HAYMON taschenbuch 31

Personen und Handlung dieses Romans sind frei erfunden.
Ähnlichkeiten mit lebenden oder verstorbenen Personen,
tatsächlichen Zuständen und Vorkommnissen waren
nicht zu vermeiden.

HAYMON tb 31

Vom Autor vollständig neu durchgesehene,
überarbeitete und erweiterte Taschenbuchausgabe.
Haymon Taschenbuch, Innsbruck-Wien 2010
www.haymonverlag.at/haymontb

ISBN 978-3-85218-831-7

Umschlag und Buchgestaltung:
Kurt Höretzeder, Büro für Grafische Gestaltung, Scheffau/Tirol
Mitarbeit: Ines Graus
Umschlagillustration: Peter Kaser
Autorenfoto: Haymon Verlag

Gedruckt auf umweltfreundlichem,
chlor- und säurefrei gebleichtem Papier.

Kurt Lanthaler

Grobes Foul

Ein Tschonnie-Tschenett-Roman

Mit einem aktualisierten Glossar

Kurt Lanthaler

Grobes Foul

Für Kurt F.

1

Dreißig Kilometer hatte ich noch vor mir. Richtung Norden. Um da anzukommen, wo ich gar nicht hin wollte.

Im 300-Liter-Tank meiner Zugmaschine konnte sich maximal noch ein halbes Schnapsglas Diesel herumtreiben. Zu wenig, um anzukommen, und zu wenig, um umzukehren.

Wenn ich weiterfuhr, verreckte mir der Karren. Mitten auf der Autobahn. Mitten in einem verreckt engen Tal. Mitten in der Nacht.

Ich nahm einen Schluck.

Oder ich stellte die Mühle einfach auf dem Pannenstreifen ab. Mitten in einem verreckt engen Tal. Mitten in der Nacht.

Ich fuhr weiter.

Und dann war es soweit.

Ich stieg voll in die Bremse. Mitten in der Spur stand einer und fuchtelte mit den Armen. Es dauerte, bis die Zugmaschine zum Stehen kam. Die Schnapsflasche hatte sich selbständig gemacht. Ihr Inhalt war mir über die Hose gelaufen. Ich war auf und auf naß. Und der Verrückte war verschwunden.

„Sauber“, sagte ich.

Sehr viel schlimmer konnte es eigentlich nicht mehr kommen. Nichts im Sack, was wie Geld aussah. Nichts in der Flasche. Ein dicker Kopf. Und ein leerer Tank. Ein Uhr morgens. Pannenstreifen Autobahn.

Ich sprang von der Zugmaschine. Und schlug mit dem Knie auf. Schmerzen. Genau das, was ich brauchte. Ich ließ mich zurückfallen. So liegen bleiben. Bis ans Ende der Zeiten. Bis immer. Bis dann.

Ich wollte nicht mehr. Wollte nicht mehr auf den Bock. Nicht mehr über die Autobahnen fahren. Nicht mehr die Hänger quer durch die Lande ziehen. Nicht mehr brauchbar sein. Nicht mehr nichts mehr.

Gebt mir eine Kugel, und ich geb sie mir.

Das hier war der richtige Ort dazu. Der Arsch der Welt. Ein Stück Autobahn, verkommen und verdreckt, das über eine baufällige Militäranlage führte. Genauso verkommen und verdreckt. Ich war angekommen. Endlich.

„Ciao. Salve. Tachjen."

Ich sah erst gar nicht auf. Das mußte der Verrückte sein. Das kranke Hirn, das sich vor meine Zugmaschine geschmissen hatte.

„Tachjen is juut", sagte ich.

So einer hatte mir gerade noch gefehlt.

„Willste?" sagte er.

Ich sah nach links. Der Typ war eben dabei, sich neben mich hinzusetzen. Mit einem Joint in der Hand.

„Paolo", sagte er und grinste. Von links ganz hinten bis rechts ganz hinten. „Paolo heeß ick."

„Ach nee", sagte ich.

„Willste?"

Ich nahm den Joint, zündete ihn an und sah mir den Menschen genauer an. Da saß er, grinste mich an, blondhaarig bis auf die Schultern, braungebräunt, höchstens Mitte Zwanzig und damit zehn Jahre jünger als ich, dunkles Jackett, feines Tuch, die Füße nackt in Lederschuhen. Keine Ahnung, was so einen um diese Uhrzeit an diesen Ort verschlagen hatte.

„Und wie kommste auf Paolo?" sagte ich.

„Is so", sagte er.

„Auch gut."

Ich tat ein paar Züge, schloß die Lungenklappen und gab ihm den Joint zurück. Während mir der Rauch durch die Bronchien wanderte, stand ich auf, ging an die Leitplanke und knöpfte meine Hose auf. Dann ließ ich Luft und Wasser ab. Oben rauchte es, unten auch. So kühl war die Nacht geworden, mitten in diesem August des Jahres 1989.

Direkt neben mir stand ein Ferrari mit eingeschalteter Warnblinkanlage.

„Sieht juut aus, wa?“ sagte der Typ.

Stand hinter mir. Und inhalierte.

„Die Farbe ist nicht so besonders“, sagte ich.

„Ich rede nicht von der Karre“, sagte der Typ und zeigte in meine Richtung.

Ich knöpfte mir die Hose zu. Stieg über die Leitplanke, suchte mir ein nettes Plätzchen und setzte mich.

„Gibt’s was zu trinken auch?“ sagte ich.

„Hier“, sagte er, nachdem er sich neben mich gesetzt hatte, und hielt mir eine Whiskyflasche vors Gesicht.

Whisky. Warum nicht. War zwar nicht unbedingt das Gesöff, das ringsum in den Bergen von fleißigen Landarbeitern gekellert wurde. Nichts Bodenständiges. Ich riß den Verschluß auf, nahm einen ordentlichen Schluck und griff mir den Joint.

„Hätte gut sein können, daß ich dich totfahre“, sagte ich.

Er zog sich seine Nobeljacke aus, faltete sie und schmiß sie hinter sich. Dann ließ er sich zurückfallen und starrte in den Himmel.

„Ick weeß“, sagte er.

„Paß auf“, sagte ich. „Wenn du mit diesem komischen Berlinern aufhörst und endlich wie ein Mensch redest, könnte das eventuell noch ein gemütlicher Abend werden.“

„E perché no“, sagte er, „wieso nicht.“

Wenn er gedacht hatte, mich mit seinem plötzlichen italienischen Umschwung zu verwirren, hatte er sich getäuscht. Mir war es scheißegal, was er von sich gab. Solange er genug Whisky und Shit im Kofferraum seines Ferraris gelagert hatte. Und mich ansonsten in Ruhe ließ.

Plötzlich war das Leben ziemlich erträglich geworden. Ich saß da, kratzte mich am Sack, hielt mich an die Whiskyflasche und ließ mich durch die Kollegen, die in meinem Rücken die Kilometer runterrissen, nicht drausbringen. Für mich war Feierabend. Hier und jetzt. Und wenn es sich machen ließ, für immer.

„La pace dei sensi“, sagte ich, weil mir das eingefallen war, während ich an dem Joint nuckelte.

La pace dei sensi. Der Frieden der Sinne und Gelüste. Den Begriff hatten die Italiener für ihre alten Männer erfunden. Jenseits von Gut und Böse. Über den Dingen stehend.

Während ich den Rauch auf eine zweite Runde durch die Lunge schickte, geisterte mir noch ein anderer Satz durchs Hirn. Zuerst ein Wort, dann ein anderes, bis sich die beiden gefunden hatten und zu einem Satz geworden waren. *Den Anfechtungen der Welt entrückt*. Was auch immer der Erfinder damit gemeint haben konnte: es klang ganz so, als wäre er eines Nachts mit wackligen Knien und nassen Hosenbeinen über die Leitplanken der Autobahn gestiegen, hätte sich ins feuchte Gras gelegt und alle viere von sich gestreckt.

Es mußten Stunden vergangen sein, in denen ich auf das orange Licht gestarrt hatte, das sich vor und unter mir breitmachte, als ich plötzlich eine Stimme hörte.

„Ich kauf das Ding da. Ich kaufe es.“

Ich drehte mich so lange um mich selbst, bis ich festgestellt hatte, woher das Gerede kam. Es war der Typ, der rechts von mir saß. Dann erinnerte ich mich: das war der, auf dessen Kosten ich zur Zeit lebte. Er hatte sich in der Zwischenzeit wieder aufrecht hingesetzt und bastelte an einem neuen Joint. Noch größer, noch bunter.

„Muß ja ganz etwas Geheimes sein, daß die das so anleuchten“, sagte er.

„Ist Militär“, sagte ich, „und Militär ist immer geheim. Die haben sonst nichts zu tun.“

„Bello però“, sagte er. „Hat was.“

Ich mußte ihm recht geben. Die Burschen besaßen Geschmack. Da hatten sie diese Festung ins Tal geklemmt. Stein auf Stein, Mauern über Mauern, Schießscharten und Türmchen. Türkisches Mittelalter. Und jetzt waren sie so nett und hatten die Weihnachtsbeleuchtung angemacht. Ein erbauliches Spektakel.

„Es gibt noch Idealisten in dieser Welt“, sagte ich.

„Du meinst die da?“

Da war er wieder.

„Wenn ich jetzt noch wüßte, wie du heißt“, sagte ich und sah meinen Nachbarn an.

Irgendwo habe ich den schon gesehen, dachte ich mir.

„Paolo“, sagte er. „Schon wieder vergessen?“

Ich ließ mir mit meiner Antwort Zeit.

„Schon mal gehört?“ sagte ich dann.

„Was?“

„Ist egal.“

Ich war längst wieder ganz woanders. Nach einer Weile zwickte mich etwas am Arm.

„Komm mal zurück, Kollege“, sagte Paolo. „Nur ganz kurz.“

„Wozu?“

„Weil hier gleich die grünen Männchen auftauchen werden, rote Ohren kriegen und uns ins Raumschiff verladen.“

Ich setzte mich auf.

„Sag mal, hältst du mich für beklopft, oder was? Nur weil ich dir deinen Whisky wegtrinke und meine Ruhe haben will?“

„Ma dai“, sagte er und haute mir auf die Schulter, „ganz ruhig, Kollege, dai.“

Und hielt mir den neuen Joint vors Gesicht. Wie war das noch gewesen? Wie war ich hier gelandet? Ich kramte in meinem Hirn herum, bis so etwas wie eine Erinnerung auftauchte. Richtig. Der Ferrari. Und der Selbstmordkandidat auf der Autobahn. Meine Zugmaschine. Und der leere Tank. Scheiße. Schon hatte sie mich wieder, die Welt. Und ich hatte sie.

„Mein Lieber“, sagte ich und versuchte angestrengt, auf die Beine zu kommen, „das war's dann.“

Wenn ich mich auf die Seite drehte, ging es vielleicht leichter.

„Was machst du?“ sagte Paolo.

„Aufstehen“, sagte ich. „Früher einmal habe ich gewußt, wie das geht.“ Ich holte Luft. „Ich erinnere mich schon noch.“

„Ti sei incazzato?“

„Inca ... was?“

„Erzürnt. Beleidigt. Verärgert.“

Ich wußte nicht, wovon der Mensch sprach.

„Dai“, sagte Paolo, „Bleib sitzen.“

„Wer bist du?“

„Paolo“, sagte er und grinste.

„Aha.“

Der Mann, der aus der Dunkelheit aufgetaucht war.

„O.k.“, sagte ich. „Du bist Paolo. Ich bin Tschenett.“

„Und was ist das?“

Er zeigte auf die orange leuchtende Festung.

„Wenn ich's noch richtig im Kopf habe“, sagte ich, „dann haben sich früher hier die Österreicher gegen die Italiener verteidigt. Und heute verteidigt sich der Italiener gegen den Russen. Heißt *Franzensfeste*. Auf italienisch ganz einfach *Fortezza*, die *Festung*.“

„Der Italiener verteidigt sich gegen den Russen? Mit so etwas?“

„Ja“, sagte ich. „Was dagegen? Der Russe überrollt Österreich und will dann nach Italien.“

„Cesenatico, Rimini, Caorle."

„Genau", sagte ich. „Der Russ' in Rimini. Stell dir das vor. Vergewaltigt deutsches Frau, läßt sich von kleines schwarzes Italiener die Stiefel putzen und brunzt ins Meer."

„Und deswegen haben die hier die Lichter angeworfen?"

Ich sah mir die Festung an. Richtig nett sah sie aus, wie sie sich im Tal breitgemacht hatte, von einem Berghang zum anderen. Sie hatten reihenweis Stacheldraht gesetzt auf das Ding und alle paar hundert Meter einen dieser altertümlichen Riesenscheinwerfer. *Sicherheitszone.* Bis an die Zähne bewaffnet. *Achtung, Schußwaffengebrauch. Pericolo di morte. Todesgefahr.* Und dann reichte es, einen Schritt über die Leitplanke der Autobahn zu tun und man stand ihnen sozusagen auf dem Dach. Das mit Gras bewachsen war.

Ein schönes Plätzchen hatten wir uns ausgesucht. Mein Nachbar wurde mir langsam sympathisch.

„Ja", sagte ich. „Damit der Russ' sieht, daß er keine Chance hat."

„Wenn der angreift, sind wir mittendrin", sagte Paolo. „Dann kommen von da oben ein paar Raketen und jagen das ganze Zeug hier in die Luft. E basta. Chiuso lì. Feierabend. Aus."

Er langte mir den Joint herüber.

„Dem Russen sind wir scheißegal", sagte ich. „Und er mir auch."

„Druschba", sagte Paolo.

„Hunger", sagte Paolo.

„Wie bitte?"

„Hunger. Hammhamm. Panini caldi. Pizzette. Apfelstrudel. Tramezzini."

„Du hast Hunger?" sagte ich.

„Richtig."

„Dann müssen wir uns etwas zu essen suchen."

„Sissignore. Zu Béffel."

Wir halfen uns gegenseitig auf die Füße. Die Leitplanke war zwar ein Hindernis, aber irgendwann hatten wir auch das geschafft.

„Welchen nehmen wir?" sagte ich.

Wir standen vor unseren zwei Fahrzeugen, die auf dem Pannenstreifen immer noch brav vor sich hin blinkten. Paolo gab seinem Ferrari einen Tritt.

„Den kannst du vergessen", sagte er. „Der tut es nicht mehr. Feierabend."

„Dumm, dumm", sagte ich. „Oder hast du einen Kanister Diesel im Kofferraum?"

Paolo sah mich schräg an.

„Dann eben nicht", sagte ich. „Fahren wir halt trotzdem mit meinem. Aber weiter als ein paar Kilometer werden wir nicht kommen, bevor er uns verreckt. Ich bin total auf dem trockenen."

„E beh", sagte Paolo und zuckte mit den Achseln.

„Richtig", sagte ich. *„Ein Dosenfisch stürzt sich locker ins offene Meer.* Steig auf."

2

„Hertha BSC", sagte Paolo, als er von der Zugmaschine stieg. „Drei Jahre *Hertha*."

Das Wunder war eingetreten. Irgendein Schutzengel hatte mir in den Tank gespuckt und uns auf die Autobahnraststätte geleitet. Paolo hatte mir erzählt, daß er als Sohn eines italienischen *pizzaiolos* in Berlin-Neukölln groß geworden war. Halb als Berliner, halb als Pugliese. Und deswegen in beiden Sprachen gleich zuhause war.

Und Anfang der 80er Jahre bei *Hertha BSC* Profifußball gespielt hatte.

„Bei dem Schlappverein?“ sagte ich, als wir uns durch das Drehkreuz in das Innere des Lokals zwängten.

„So schlecht war der Verein gar nicht“, sagte Paolo, während wir uns einen Espresso bestellten und er sich nach etwas Eßbarem umsah. „Okay, der Vorstand war ziemlich korrupt. Aber das gehört dazu.“

„Wenn du das sagst.“

Schien ein unkomplizierter Bursche zu sein, dieser Pizzabäcker Paolo. Genau richtig für so einen wie mich, der alles versuchte, um eine Nacht wie diese möglichst schmerzlos über die Runden zu bringen.

Wir hatten es uns vor ein paar warmgemachten Broten und Bieren bequem gemacht.

„Und bei *Hertha* verdient man so viel, daß man sich einen Ferrari leisten kann?“ sagte ich. „Und einen Mechaniker, falls das Teil auf der Autobahn liegenbleibt?“

Paolo grinste mich an.

„Da mach dir nur keine Sorgen“, sagte er. „Man braucht einfach nur einen kleinen Nebenjob. Dann geht das. Und für die *Hertha* spiele ich schon lang nicht mehr.“

„Nebenjob“, sagte ich, „pfui. Mir ist eigentlich schon einer viel zuviel. Und, was ist das für ein Nebenjob?“

Paolo nahm das vierte Brot in Angriff. Er schien einen gesegneten Appetit zu haben.

„Lassen wir das“, sagte Paolo, „ich habe keine Lust, darüber zu reden. Außerdem bin ich in Urlaub. Zwei Whisky.“

Der Kellner reagierte prompt. Allzuviel zu tun hatte er im Augenblick nicht. Neben uns am Tresen standen eine Handvoll Männer. Einige kannte ich vom Sehen. Waren Abspüler, Kellner und ähnliches Fußpersonal der hier in den Bergen so florierenden Fremdenverkehrsindustrie. Sie traten nach Feierabend den Fußweg über die Felder an, schlichen sich von hinten her an die Raststätte und überstiegen, streng verboten, den Zaun zum Autobahnareal, um sich, endlich, ihren Lohn hinter die Binde zu kippen. Was um diese Uhrzeit, nach vier Uhr morgens, nur mehr hier möglich war. Falls einen die Polizei, die in regelmäßigen Abständen die Raststätten anfuhr, um sich ebenfalls einen hinter die Binde zu kippen, nicht nach der Autobahnmautkarte fragte. Ohne die man kein Recht darauf hatte, sich hier zu verpflegen. Wer ohne erwischt wurde, durfte hunderttausend Lire auf den Tisch legen. Gegen ordentliches Strafmandat. Oder dreißigtausend ohne. Aber was tut man nicht alles für ein Bierchen oder zwei Schnäpse nach Feierabend. Sogar einen dieser Ordnungshengste nett anlächeln.

Wie ich jetzt.

„Buona sera, signori", sagte einer der zwei Männer, die eben ins Lokal gekommen waren.

Polizei in Zivil, hundertfünfzigprozentig. Hatte also mein Lächeln nichts genützt.

„Paolo", sagte ich, „was hast du angestellt?"

„Ich?" sagte Paolo, grinste und hob die Arme, „ich bin unschuldig wie ein Kleinkind, das sich in die Hose gemacht hat."

Der Polizist lächelte zurück. Mir war nicht ganz klar, was das zu bedeuten hatte.

„Sie", sagte er und drehte sich zu Paolo, „Sie haben schon genug am Hals. Stia buono. Ganz brav bleiben."

„Am Hals? Was hast du am Hals?" sagte ich.

Paolo machte ein Zeichen. Es sah ganz nach einem Strick mit Henkersknoten aus. Ich griff mir mein Whiskyglas und prostete ihm zu.

Der Polizist beobachtete uns in aller Ruhe. Sein Kollege graste inzwischen die restlichen Trinker ab.

„Evvabbene", sagte der Polizist, zog einen Ausweis, hielt ihn uns für den Bruchteil einer Sekunde unter die

Nase, als würde er sich selber dafür schämen und ließ das Ding dann ebenso schnell wieder verschwinden. „Favoriscano i documenti, per favore. Ausweise, bitte."

„Cazzo", sagte ich.

Unserem Besuch war's egal.

„Documenti ...", sagte ich und suchte in meinen Taschen herum, „documenti. Der hat Nerven. Wo soll ich die denn hernehmen?"

Paolo war schneller.

„Ecco quà", sagte er und hielt der Obrigkeit sein Portemonnaie hin.

„Die Ausweispapiere", sagte die nur.

Und sah auf das Ding, als hätte es die Pest. So lange, bis Paolo seinen Ausweis herausgefischt hatte.

„Bene", sagte der Polizist, nahm den Ausweis in die eine Hand und hielt die andere erwartungsvoll vor mich hin.

Ich war noch am Suchen.

„Find ich nicht", sagte ich.

„Schlecht", sagte der Polizist.

„Der LKW", sagte Paolo.

„Danke", sagte der Polizist, als er meine Papiere in der Hand hatte. „Die können Sie morgen bei uns abholen. Heute wird nicht mehr gefahren."

„Das ist nicht wahr", sagte ich.

„E come. Und wie das wahr ist. Oder wollen wir Promille messen?"

„Scheiße."

„Dann rufen Sie uns ein Taxi", sagte Paolo. „Oder ihr nehmt uns mit. Wir können ja schlecht zu Fuß nach Hause laufen."

„Perché no?" sagte der Polizist, „warum denn nicht?"

„Bis zu meinem Hotel ist es mindestens eine Stunde, zu Fuß", sagte Paolo, „ich muß bis in die Stadt rein."

Da hatte ich ja noch Glück. Für mich war's nur halb so weit.

„Schönen Abend noch, die Herren", sagte der Polizist und ging.

Hinter den Bergspitzen wurde es langsam hell. Die feuchte Luft, die über dem Talkessel lag, leuchtete orange von den Scheinwerfern, die entlang der Auf- und Abfahrten, Parkplätze und Laderampen standen. Über die Autobahn zogen Kolonnen von LKWs Richtung Norden. Auf dem Zollabfertigungsareal schüttelten sich die Fahrer den Schlaf aus den Knochen und füllten ihre Espressomaschinen mit Kaffeepulver. Es würde ein langer Tag werden.

„Das war's dann", sagte ich zu Paolo, als sich der Feldweg gabelte. „Ich muß hier nach rechts. Du brauchst nur immer geradeaus weiterzugehen."

„Bene", sagte er. „Ci vediamo."

Tapfer setzte ich einen Fuß vor den anderen. Dabei brachte mich jeder Schritt nur einen Schritt der sogenannten Wirklichkeit näher. Es war jetzt sechs Uhr morgens. Ich hatte noch genau fünf Stunden, um ein wenig zu schlafen und meinen dicken Kopf loszuwerden. Dann mußte ich mir Geld besorgen und meine Papiere und die Zugmaschine zurückholen. Schließlich hatte ich eine Fuhr nach Rotterdam übernommen. Und die sollte spätestens um vier Uhr vom Hof rollen. Es hatte alles nichts genützt. Sie hatte mich wieder, die Welt.

Haus Waldfrieden stand da wie der Prinz im Märchen: verzaubert und verschlafen. Blümchen auf dem Balkon. Eine millimetergenau zurechtgestutzte Hecke, an der meine Nachbarn ihre ganze Liebe ausgelassen hatten. Ein akkurat gefegter Parkplatz. Und das alles mitten in einem kleinen Dorf südlich von Sterzing, das den lieblichen Namen Maria Trens trug. Womit hatte ich das verdient? Gottseidank wohnte ich direkt unterm Dach. Falls ich einmal aus dem Fenster springen würde.

3

„Hast du was dagegen, Berta, wenn ich mich hinters Haus lege und in Ruhe sterbe?"

Berta sah mich an, drehte sich um und verschwand in die Küche. Als sie zurückkam, hatte sie eine überdimensionale Schale in der Hand. Normalerweise braute sie sich darin ihren Milchkaffee. Berta legte ihre schwere Hand auf meine Schulter, schob mich vom Pudel weg zu dem kleinen Tisch, drückte mich in den Stuhl und setzte mir die Schale vor die Nase.

„Das wird jetzt getrunken", sagte sie, „vorher red ich nicht mit dir. Punktum."

Das Ding war randvoll mit dampfender Fleischsuppe. Und mittendrin schwammen zwei Eier, halbroh.

„Berta ..."

„Nix da. Austrinken", sagte Berta und setzte sich.

Mir genau gegenüber. Und ließ mich nicht aus den Augen. Ich versuchte zaghaft, die Tasse anzuheben, ohne alles zu verschütten. Nach den ersten Millimetern war schon klar, daß ich keine Chance hatte.

„Los. Auf geht's", sagte Berta.

Ich sah sie kurz an. Sie schaute gnadenlos zurück. Dann gab ich auf. Beugte mich über die Fleischsuppe und schlürfte.

„Vielleicht wirst so wieder ein Mensch", sagte Berta.

Was sollte ich tun? Ich war Berta auf Gedeih und Verderb ausgeliefert. Nirgendwo sonst hatte ich noch auch nur einen Rest von Kredit. Und Berta ließ Widerspruch prinzipiell nicht gelten. Vor allem, wenn sie sich in den Kopf gesetzt hatte, so einen wie mich auf den Rechten Weg zurückzubringen. Und wenn es mit Hilfe eines dreiviertel Liters kochendheißer Suppe war.

„Mein Bruder hat einmal zwei Tage lang nicht mehr gewußt, wie er heißt", sagte Berta. „So viel gesoffen hat er gehabt. Heumachen hab ich ihn geschickt, mitten in die größte Hitze. Und zu trinken hat er nur Fleischsupp bekommen. Und rohe Eier. Aber geholfen hat's."

Bertas Bruder war seit fünfzehn Jahren tot. So gut war ich noch nicht dran.

Dann war da noch Bertas Verlobter: vor vierzig Jahren gestorben. Als dann auch der Bruder tot war, hatte sie sich allein geholfen. Und eine Bar aufgemacht. Hier hinten in Pflersch, diesem kleinen Seitental abseits der Welt, führte sie ein kleines Lokal, das für die Bauern der Umgebung so etwas wie ein Sanatorium war. Hier konnte man sich für ein paar Lire die Mühen einer ganzen Woche langsam und in Ruhe von der Seele trinken und reden. Für gescheiterte Figuren wie mich hatte die Berta auch immer einen Platz frei. Und ein paar Lire übrig. Deswegen war ich hier.

„Ich glaube nicht, daß mir noch etwas helfen kann", sagte ich.

„Hör auf, dir ewig leid zu tun."

„Und dann?"

„Gar nichts. Trink aus und geh arbeiten."

Genau so hatte ich sie vor Jahren kennengelernt. Ein Weibermensch mit Haaren auf den Zähnen, sagten die Einheimischen. Und verwiesen auf Bertas ebenso unvollendete wie frühe Witwenschaft und die nachfolgenden ledigen Jahrzehnte. Zuerst wollte sie nicht und dann hat sich keiner mehr getraut, sagten sie. Berta sah das anders.

„Junger hab ich noch geglaubt, es nützt etwas, sich mit einem Mandermensch zusammenzutun", hatte sie mir erklärt, als wir wieder einmal über einem halben Roten ins Philosophieren gekommen waren. „Jetzt weiß ich's besser. Es wird nichts leichter dadurch. Also hab ich's bleibenlassen", hatte sie gesagt. Und mir dringend ähnliches empfohlen. „Dann wirst ruhiger. Zum Heiraten bringst du's eh nie. Und alles andere macht dich nur konfuser. Schau dich an."

Viel zum Schauen gab's da nicht. Ich war inzwischen, ohne es zu merken, sechsunddreißig Jahre alt geworden, machte, wenn's gar nicht anders ging, zwischendurch ein paar Fuhren als Aushilfs-LKW-Fahrer und versuchte ansonsten, mir vom Leben möglichst wenig anhaben zu lassen. Was nicht immer leicht war. Denn was sich da um mich herum abspielte an Geschäftigkeit, Tüchtigkeit, Fleiß und Pünktlichkeit und wie diese Kardinaltugenden einer verrottenden Welt alle hießen, konnte einem die Pickel bis ins letzte Glied schießen lassen.

Und für heute hatte ich noch diese LKW-Fuhre am Hals. Mit dem letzten Schluck war mir das halbrohe Eiweiß durch die Kehle geschlurft. Es schüttelte mich.

„Komm, komm", sagte Berta, „das ist mehr als gesund. Es hilft dir wieder auf die Beine."

Und genau dahin wollte ich nicht. Eigentlich.

„Berta, ich habe in ein paar Stunden eine Fuhre. Rotterdam. Aber die Zugmaschine steht noch auf der Raststätte. Tank leer. Ich brauch ein paar Lire."

Berta sah mich an, stand langsam auf, verschwand kurz in der Küche und legte dann zwei Hunderttausender vor mich hin.

„Kriegst es vom nächsten Gehalt."

Wobei *Gehalt* für das, was ich von meinen Arbeitgebern zu erwarten hatte, ein maßlos übertriebenes Wort war.

„Was?“ sagte Berta. „Das hier, oder die anderen Schulden?“

Ich hob langsam den Kopf und sah Berta an. In diesem Augenblick kam ein Gast in die Bar.

„Vergiß es“, sagte Berta, „es hat keine Eile. Zum Leben hab ich genug. Und zu was anderem brauch ich’s nicht.“

Ich steckte das Geld ein. Berta stand inzwischen hinter dem Pudel und schenkte ihrem Gast einen Treber ein. Ich stand auf, möglichst langsam, um die Fleischsuppe nicht durcheinanderzubringen, und stellte mich dazu.

Der Mensch, der gerade versuchte, sich den Schnaps einzuverleiben, war mindestens so schlimm dran wie ich. Er zitterte so stark, daß er das Glas mit beiden Händen halten mußte. Und trotzdem kam er nicht recht weit damit. Nach ein paar Zentimetern verschüttete er die ersten Tropfen. Sofort stellte er das Glas wieder hin. War ja auch schade um das gute Zeug. Berta schaute zwischen ihm und mir hin und her. Und schien zu überlegen, wem von uns beiden sie als nächstes die Ohren langziehen sollte. Inzwischen hatte der Kollege die Lösung gefunden, sich über das Glas gebeugt und schlürfte den Schnaps direkt in sich hinein.

„Gib mir einen Weißgespritzten“, sagte ich zu Berta.

„Den zahlst aber“, sagte sie, „wenn schon unbedingt trinken mußt. Die Supp ist gratis.“

„Ins Rutschen gekommen“, sagte der Mensch neben mir, mehr zu sich als zu sonst jemandem. „Der Bagger ist ins Rutschen gekommen. Auf einmal. Grad daß ich noch Zeit gehabt hab. Grad noch.“

„Was ist los, Franz?“ sagte Berta.

Kannte sie also auch den.

„Feierabend hab ich für heut. Der Bagger ist mir abgestürzt. Tot könnt ich sein. Hin wie der Bagger. Feierabend. Und noch ein’ Treber.“

Den letzten Schluck hatte er schon mit beinahe ruhiger Hand in sich hineingeworfen.

„Wenn's sein muß", sagte Berta. „Was war denn?"

Darauf hatte er nur gewartet.

„Am Morerberg oben bauen wir einen Forstweg. Soll bis ganz oben aufs Eck raus gehen. Weißt eh. Seit einer knappen Woche sind wir in dem Hang drin. Dreihundert Meter hab ich schon hinübergebaut, steh vorn mit dem Bagger, leg noch einen von den Felsbrocken hin, dreh mich, hol mir mit der Schaufel noch einen, da kommt der sauteuflige Bagger ins Rutschen."

Den zweiten Schnaps trank er in einem Schluck aus. Er war merklich ruhiger geworden. Und ich begann langsam, den Mann zu verstehen.

Die neue Forststraße, die sie oben am Morerberg quer durch das steile Gelände zogen, damit sie sich jeden Baum, der dort gefällt werden sollte, direkt auf den LKW fallen lassen konnten, war ein ziemlich gewagtes Unterfangen. Ein paar Bürokraten in der Hauptstadt hatten einen Strich quer über eine Karte gezogen, unter Zuhilfenahme eines Lineals. Und jetzt wurde da oben die Straße gebaut. Das sah dann so aus, daß einer wie Franz mit seinem Bagger vorne überm Abgrund stand und einen nach dem anderen Felsbrocken, die kaum in die Schaufel paßten, an den Hang legte. So lange, bis eine Hangmauer und darauf eine Art Straße entstanden war. Auf der er selbst als erster fuhr. Sozusagen probeweise. Und hinter ihm der LKW, der die Felsen antransportierte. Zyklopenmauern hießen die Dinger unter Fachleuten. Für den, der sie da mit seinem Schaufelbagger in die steilen Hänge legen mußte, war das eine nervenaufreibende Angelegenheit. Da waren einiges Fingerspitzengefühl, Geschicklichkeit, gute Nerven und vor allem jede Menge Glück gefragt. Wenn es mein Nachbar, nachdem ihm sein Bagger abgestürzt war, noch bis in Bertas Bar geschafft hatte, hatte er sogar ziemlich viel Glück gehabt. Meist blieben die Baggerfahrer, wenn sie erst einmal ins Rollen gekommen waren, zusammen mit ihren Maschinen ein paar hundert Meter weiter unten liegen. Und nichts bewegte sich mehr.

„Jetzt bin ich für zwei Tage krankgeschrieben", sagte Franz, der Baggerfahrer, als er sich den dritten Schnaps bestellte.

„Ist ja auch etwas", sagte Berta.

„Zwei Tage? Das vergeht dir ein Leben lang nicht mehr. Ich weiß es. Ist das zweite Mal, daß es mich putzt. Das wirst nicht mehr los."

„Die Schnäpse gehen auf meine Rechnung, Berta", sagte ich. „Und gib ihm noch einen."

Mir war plötzlich alles zuviel geworden.

„Ist schon gut", sagte Berta. „Geh."

Mein Nachbar drückte mir die Hand.

„Bist ein guter Mensch", sagte er. „Höchstwahrscheinlich."

4

Sie hatten mir zweiundvierzig *Original Tiroler Bauernstuben* auf den Hänger geladen, die nun via Rotterdam nach Übersee gehen sollten. *Stilmöbel* stand in den Frachtpapieren. Mir war's ziemlich egal, welchen Dreck die sich da drüben überm Großen Teich von der Alten Welt wieder hatten aufschwatzen lassen. Für mich bedeutete das Ganze an die achtzehn Stunden Fahrt. Und ein paar Lire, grad genug, um einen Teil der Schulden zurückzuzahlen, die sich im Lauf der Zeit angesammelt hatten. Und achtzehn Stunden Gelegenheit, über meine Zukunft nachzudenken. Falls das überhaupt etwas brachte.

Der Bulle vom Dienst, bei dem ich mir meine Papiere wieder geholt hatte, hatte mich ziemlich unverschämt angegrinst. „Alla prossima volta, bis zum nächsten Mal", hatte er gesagt. „No di sicuro", hatte er zur Antwort bekommen, „hundertprozentig nicht."

Als ich mich den Brenner Richtung Innsbruck hinunterbremste, erfuhr ich über das Radio, daß man vor ein paar Stunden eine Leiche gefunden hatte. Ziemlich genau an der Stelle, wo ich letzte Nacht mein Wasser gelassen hatte.

Auf dem Gelände der früheren k. u. k. Befestigungsanlage Franzensfeste, auf dem heute ein Lager des italienischen Militärs stationiert ist, wurde vom wachhabenden Posten bei einem Kontrollgang in der Nähe der Autobahn die Leiche eines jungen Mannes gefunden. Ersten Informationen zufolge soll der noch unbekannte Mann in der letzten Nacht an einer Überdosis Rauschgift verstorben sein.

Nicht schlecht. Da hatten wir gelegen, dieser Fußballer und ich. Hatten dagelegen und uns unter Zuhilfenahme von Whisky und Haschisch einen Rausch verpaßt, bis wir kaum mehr gehen konnten. Und wenn von der Meldung auch nur die Hälfte stimmte, hatte ganz in der Nähe noch ein anderer Giftler gelegen. Tot.

Ich haute den Blinker rein und überholte ein paar Kollegen, die ein bißchen mehr als ich geladen hatten. Bis Rotterdam war's noch weit. Und ich mußte mich beeilen, um dem österreichischen Nachtfahrverbot zuvorzukommen.

Neunundzwanzig Stunden später hatte ich Rotterdam, Amsterdam und Bremerhaven angefahren. Tomaten geladen, um sie nach Brescia zu bringen. Weiß der Teufel, was sie dort damit vorhatten.

Mir reichte es, daß ich mir ein paar Stunden abzwakken hatte können, um den Abstecher nach Amsterdam zu machen. Und dann hatte ich auch noch das Glück gehabt, den französischen Kollegen aufzutreiben, der bei mir Schulden hatte. Noch besser: der Kollege war flüssig gewesen. Ich hatte das Geld sofort umgesetzt und den Gegenwert in meiner Zugmaschine verstaut. Die zwei kleinen Päckchen nahmen nicht viel Platz weg.

Als ich von Brescia kommend und nach Norden fahrend an der *Franzensfeste* vorbeikam, war es bereits dunkel. Wieder hatten sie das Lichterspektakel inszeniert. Langsam, wie aus der hintersten Galaxie, tauchten einige Erinnerungen auf. Die Joints, der Ferrari, der fußballernde *pizzaiolo*. Und der Tote.

Mir war das alles jetzt ziemlich egal. Ich wollte nur den Hänger abstellen und dann in Ruhe ein ordentliches Bier trinken. Als erstes und gegen den Durst. Und dann etwas Schönes zum Essen und eine Flasche Wein. Soviel mußte noch drin sein. Und wenn's wieder auf Kredit war. Dafür war morgen Zahltag. Zweieinhalb Tage hatte ich auf dem Bock gesessen, mir die Nächte um die Ohren geschlagen, sämtliche gesetzlichen Regelungen über Ruhe- und Schlafenszeiten eines LKW-Fahrers und die Höchstgeschwindigkeit seines Gefährts mißachtet: ich hatte mir einen möglichst angenehmen Feierabend redlich und unangenehm genug verdient.

5

Als ich das Bierglas abgesetzt hatte, fühlte ich mich langsam besser. Angekommen. Als zuhause konnte man die Gegend hier zwar nicht unbedingt bezeichnen. Dazu war sie zu ungemütlich, diese italienische Provinz mitten in den Bergen, in der sie drei Sprachen redeten, aber immer nur von einer die Rede ging. Von der eigenen.

Ich hatte mich noch immer nicht daran gewöhnt, daß es mich hierher verschlagen hatte. Nach den vielen Jahren im Hohen Norden. Bis es mir dort zu kalt geworden war. Und ich Richtung Süden gezogen war. Und dort auch keine richtige Wärme gefunden hatte. Weiter südlich war es mir zu heiß, und hier, mittendrin, hielt ich es nicht aus. Und trotzdem war ich heute froh, angekommen zu sein.

Ich war nicht mehr auf Fahrt, saß nicht mehr auf dem Bock. Sondern auf einem Kneipenhocker. Einem ziemlich unbequemen, mit einem Kuhfellimitat überzogenen auch noch. Aber immerhin. Keine Autobahn vor mir, keine hinter mir. Keine Stilmöbel, keine Strumpfgürtel, keine Tomaten, Äpfel, Kirschen, Kürbiskerne, Goldfischlaiche, keine sinnlosen Ersatzteile für noch sinnlosere Maschinen, die noch viel Sinnloseres produzierten.

Ich stieg gerne auf den Bock, aber ich saß ungern drauf. So einfach war das.

Mit dem Bier hatte ich den ärgsten Staub hinuntergespült. Jetzt wurde es Zeit, sich mit etwas Ordentlichem zu versorgen.

Ich setzte mich an meinen Stammplatz. Bestellte *spaghetti aglio, olio e peperoncino* und eine Flasche *Lagrein, Villa Karneid*. Den Wein hatten sie im Angebot, seit ich dem Chef einmal eine Flasche zum Verkosten mitgebracht hatte. Direkt aus der *Kellerei Castelfeder*. Recht viel wurden sie hier allerdings nicht los von dem Wein. War verständlich, bei einem Lokal, das sich *Försterkeller* nannte und als Diskothek für Volksmusikfanatiker der übelsten Sorte galt. Für die reichte ein *Löwentrunk* oder *Meraner Gold Auslese*.

Dafür war bei der Ausstattung an nichts gespart worden. Rundherum Holz, so weit das Auge trug. Höchst schlampig auf alt gemachte Baumstämme, die an die Betondecke gedübelt worden waren. Eine Sitzecke, die so tat, als sei sie eine Almhütte. Rotweißkarierte Vorhänge. Hörner und Felle diverser alpiner Gattungen an der Wand. Und die abscheulichsten Blech-, Messing- und Eisengerätschaften, die man sich nur vorstellen konnte. Eine Folterkammer.

Der *Försterkeller* war normalerweise der Austragungsort von Stellungskriegen und Grabenkämpfen zwischen den Rekruten des italienischen Heeres und den mindestens ebenso tapferen und wackeren Burschen der umliegenden Seitentäler.

Die Jungsoldaten, von sadistischen Oberbefehlshabern aus dem tiefsten Süden des Landes hierher in diese unwirtliche Berggegend verschickt, hielten sich, und das nicht immer zu Unrecht, für die schöneren Exemplare der männlichen Spezies. Die Burschen, die nächtens von den Berghöfen in die Diskothek einfielen, waren sich ihrerseits ziemlich sicher, hier ältere und verbrieftere Rechte zu haben. Vor allem auf die vereinzelten Exemplare holder Weiblichkeit, die sich manchmal hierher verirrten. Die eine oder andere Abspülerin und nördliche Touristinnen auf der Suche nach dem Echten, Wahren, Unverfälschten.

Worauf dann, sobald sie leergetrunken waren, die Bierkrüge flogen. Und was sonst noch in Reichweite stand. Sie verhauten sich gegenseitig mit solcher Regelmäßigkeit und Inbrunst, daß man nur mehr von Liebe sprechen konnte.

Der Lagrein war gekommen. Ich gönnte mir einen ersten Schluck. Gut so.

Es schien ein ruhiger Abend zu werden heute. Mitternacht war grad vorbei, die tapferen Soldaten längst schon auf ihren schmalen Matratzen. Der *silenzio* hatte sie wieder. Und die Seitentalbewohner hatten schon so viel intus, daß sie sich, den Kopf schwer auf beide Hände gestützt, kaum mehr rührten. Sogar die zwei Abspülerinnen auf der Tanzfläche ließen sie kalt. Jetzt, wo weit und breit keine Konkurrenz mehr zu sehen war. An der Decke hing ein Fernseher, in dem stumm ein Fußballspiel lief.

Dann ging die Tür auf. Zusammen mit einem übermäßig hoch aufgeschossenen jungen Mann betrat ein kleines Ding das Lokal.

Im selben Augenblick brachte Charlie, der Chef des Hauses, meine *spaghetti aglio, olio e peperoncino*.

Einige Sekunden lang war ich hin und her gerissen. Und kam mir dann selbst blöd dabei vor. Sie war kaum älter als fünfzehn. Also standen zwanzig Jahre, der Lagrein und die Spaghetti zwischen ihr und mir. Zuviel.

„Mahlzeit", sagte Charlie. „Scheinst ja einen ziemlichen Appetit zu haben."

Er hatte mich dabei ertappt, wie ich, Gabel in der Hand, quer durchs Lokal gestarrt hatte.

„Laß die alten Leut in Ruh", sagte ich zu ihm.

„Und du die jungen."

„Verschwind", sagte ich, „sonst vergeht mir noch das Essen."

Kaum zu glauben, aber der *Försterkeller* hatte einen erstaunlich guten Koch auf seiner Gehaltsliste stehen. Mehr als eine Handvoll Gerichte gab es zwar nicht zur Auswahl, und recht viel mehr als sieben, acht Essen schickte er pro Abend nicht ins Lokal, aber der Mann war gut. Wodurch oder womit er sich bezahlt machte, war wieder eine andere Frage.

Die *aglio, olio e peperoncino* waren wie immer richtig auf dem Punkt. Zwischen einer Gabel Spaghetti und der anderen mußte ich feststellen, daß die beiden Neuankömmlinge schon wieder verschwunden waren.

Ich war gerade dabei, mir Wein nachzuschenken, als die Kleine wieder auftauchte. Vom Klo her. Sie stellte sich an den Tresen und bestellte. Ich wickelte langsam meine Nudeln um die Gabel und schaute ihr zu. Sie war verdammt jung. Leicht hinüber. Und suchte nach Zigaretten. Ich schob meine in ihre Richtung. Sie kam herüber und setzte sich, übers Eck, an den Tresen.

„Zwei brauch ich“, sagte sie.

„Für den Typ?“

„Welcher Typ?“

„Der von vorhin.“

Sie schien kurz nachzudenken. Senkte ihren Kopf, hob ihn dann ruckartig wieder hoch und sah mir direkt ins Gesicht.

„Ciccio? Nein.“

Stand abwartend da, und wie nebenbei.

„Nimm, wieviel du brauchst“, sagte ich.

„Ist gut.“

Sehr gesprächig war sie nicht.

„Trinkst ein Glas mit?“

„Ich krieg schon eine Cola.“

„Stimmt“, sagte ich, „Cola. Was denn sonst.“

Ich schob den Teller weg. Hatte genug gegessen. Und dann sah ich sie mir an. Sie saß da, trank sich langsam in ihre Cola hinein und rührte sich ansonsten nicht.

„Brauchst du Feuer auch?“

Ich kam mir zwar ein bißchen blöd vor, aber es mußte sein.

„Nein. Ich rauch sie später.“

Und während sie das sagte, sah sie mich an. Und ließ mich nicht mehr aus den Augen. Ich schaute zurück. Es dauerte. Ich hätte nicht sagen können, was ich sah.

„Kann das weg?“

Das war Charlie. Mischte sich wieder ein. Ich schaute gar nicht erst hin.

„Nimm sie mit. Und sag dem Koch, heut haben sie nicht geschmeckt.“

„Wird wohl kaum seine Schuld sein."

„Hau ab."

Den vorlauten Mensch konnte ich im Augenblick nicht brauchen. Andererseits hatte er recht. Was ich da gerade am Aufführen war, war ziemlich albern. Charlie grinste sich einen und langte nach dem Teller.

„*Ich* hab Hunger, wenn's gleich ist."

Die Kleine hatte sich, mit ziemlicher Geschwindigkeit, die Spaghetti geschnappt.

„Oui, Madame", sagte Charlie.

„Cretin", sagte ich.

„Was?"

„Eben", sagte ich. „Fang gar nicht erst damit an, wenn du eh nur die zwei Worte kannst."

Jetzt war er beleidigt. Und ich hatte ihm noch gar nicht gesagt, daß ich heute auf Kredit essen und trinken wollte. Er verzog sich in seine Schmollecke gleich neben der Espressomaschine.

Die Kleine war näher herangerückt, drehte die Gabel in die Nudeln und sah ihnen dabei zu.

„Eigentlich hab ich gar keinen Hunger", sagte sie.

„Dann laß es stehen."

Sie drehte weiter.

War ein zierlich gebautes Geschöpf. Schmales, blasses Gesicht. Eine halbe Stupsnase, dünne, kurze, dunkle Haare. Enge, schwarze Hosen, ein T-Shirt bis fast aufs Knie, schwarze Jacke, Kreuze und andere Reliquien. Und einen Ausdruck im Gesicht, als wüßte sie von allem und von nichts. Dann lächelte sie.

„Rechnest dir was aus?" sagte sie und sah immer noch den sich drehenden Nudeln zu.

„Nein", sagte ich. „Ich schau mir was an."

Sie hob den Blick.

„Und was?"

„Weiß ich noch nicht, was das ist", sagte ich.

„Ich heiß Sabrina.“

„Tschenett.“

Dann saßen wir da und sagten nichts. Was auch?

Tschenett, laß den Blödsinn, dachte ich mir. Nachher bist wieder unglücklich. Laß das. Das ist nichts. Wo er recht hatte, hatte er recht, der Tschenett. Das war nichts für ihn. Ich schau ja nur, sagte ich zu mir. Schauen wird man ja noch dürfen. Dürfen tut man gar nichts, Tschenett. Außer man tut es.

„Sabrina“, sagte ich.

„Wenn dir ein anderer Name lieber ist, mir ist's egal.“

„Wird eh nicht besser“, sagte ich.

Dann saß ich da, zündete mir eine Zigarette an und sah ihr zu. Sie ließ sich nicht stören dadurch und kämpfte weiter mit den Spaghetti. Zwischendurch biß sie ein paar Nudeln, die überstanden, einzeln ab.

„Verschwind. Sparisci.“

Vor der Kleinen stand einer und hatte ihr die Hand auf die Schulter gelegt. Er drehte mir den Rücken zu. Die Kleine sah zu mir herüber, dann stand sie auf.

„Arschloch“, sagte sie.

„Fai la brava. Sei brav und geh nach Hause.“

„Non rompere, coglione“, sagte sie und sah ihn gleichgültig an, „geh mir nicht an den Nerv. Tranquill.“

Wenigstens hatte das *Arschloch* nicht mir gegolten. Einen Augenblick lang war ich mir nicht sicher gewesen.

Dann drehte sich der Mensch um. Es war der Polizist, der mir vor knapp zwei Tagen meine Papiere abgenommen hatte. Der hatte mir gerade noch gefehlt.

„Tschenett, richtig?“

„Kann sein“, sagte ich.

Ich hatte anderes zu tun, als mich mit ihm zu befassen. Die Kleine verließ gerade das Lokal. Ich schaute ihr hinterher.

„Attenzione. Die ist so jung, daß sie eigentlich gar nicht in diese Bruchbude hereindürfte. Capito, Tschenett?"

„No."

„Come vuole", sagte er, „ganz wie Sie wollen. Sie sind mit dem LKW da?"

Was wollte dieser Polizist in Zivil von mir? Sah aus, als hätte es ihn direkt von Sizilien hierher gespült. Mußte so in etwa mein Alter haben. Noch nicht ganz alt und schon lang nicht mehr jung. Gab sich halbwegs umgänglich. Und hatte zeitweise einen Dialekteinschlag aus dem hintersten Tal in seinem Deutsch.

„LKW?" sagte ich. „Ist das jetzt auch schon verboten?"

„Ganz ruhig. War ja nur eine Frage."

Ich griff nach der Flasche Lagrein. Der Kerl legte seine Hand auf meinen Arm.

„Augenblick noch. Un'attimo di pazienza, etwas Geduld. Wir haben zuerst noch etwas zu tun."

„Glaub ich nicht", sagte ich.

„E come", sagte er. „Andiamo. Gehen wir. Ich habe einen Durchsuchungsbefehl für den LKW."

Er drehte sich um und ging. Mir blieb gar keine Wahl.

Wir standen vor meiner Zugmaschine. Auf dem Weg zum Parkplatz hatte ich mich nach der Kleinen umgeschaut. Sie war wie vom Erdboden verschluckt. Pech. Aber ich hatte zur Zeit ganz anderen Ärger am Hals.

„Evvabbene, also gut. Dann wollen wir einmal."

Der Bulle stand da und wartete darauf, daß ich ihm die Kabine aufschloß. Ich tat es. Jetzt war's eh schon, wie es war. Vielleicht hatte ich Glück.

Nach zehn Minuten war alles vorbei. Der Kollege von der Polizei hatte sich gründlich umgesehen. Und war mit zwei kleinen Päckchen in der Hand wieder von der Zugmaschine gestiegen.

Er hielt sie mir vors Gesicht.

„Allora, vediamo. Mal sehen“, sagte er. „Was haben wir denn da?“ Er nahm den einen Beutel, wog ihn in der Hand und sah mich an. „Knapp zehn Gramm, oder?“

„Inzwischen keine sieben mehr“, sagte ich.

Er sah mich abschätzend an.

„Kokain?“

„Für den Hausgebrauch“, sagte ich.

„Hausgebrauch? Evvabbene. Und das hier?“

„Auch.“

„Marihuana. Für den Hausgebrauch. Fünfzehn, zwanzig Gramm.“

„Ja“, sagte ich. „Uso personale. Hausgebrauch. Ich bin kein Dealer. Deswegen könnt ihr auch nicht mehr tun, als das Zeug zu konfiszieren.“

„Wir werden sehen.“ Er steckte sich die Beutel in die Jackentasche. „Ich glaube, wir haben etwas zu besprechen. Andiamo a bere qualcosa. Gehen wir etwas trinken.“

Wieso nicht. Für heute war die Nacht eh gelaufen. Die Kleine verschwunden und meine Amsterdamer Päckchen in der Tasche dieses Bullen. Außerdem stand in einer Folterkammer namens *Försterkeller* noch eine halbe Flasche Lagrein herum.

„Un Whisky. Doppio“, hatte sich der Bulle bestellt.

Ich hatte mir meine Flasche gegriffen. Dann saßen wir in der stillsten Ecke des Lokals. Hinter einem Mühlrad versteckt, über das, in Plexiglas verpackt und rot angeleuchtet, fröhlich sprudelnd verdrecktes Wasser floß.

„Allora, Tschenett: come la mettiamo? Was tun wir jetzt?“

Ich zuckte mit den Schultern. Sollte er seine Genugtuung haben. Recht viel konnten sie mir nicht antun, solang ich damit durchkam, daß ich das Zeug nur für den

Hausgebrauch mit mir herumschleppte. War ja schließlich auch so.

„Tschenett, wir haben ein Problem."

„Houston hört heut nicht."

„Ich rede nicht von dem Zeug aus dem LKW. Das wird ein Richter zu entscheiden haben. Falls ich's offiziell mache. Und es zur Anzeige kommt."

„Was heißt hier *falls*?"

„Das heißt, daß es um etwas ganz anderes geht. Um einen Toten."

Ich versuchte, möglichst ruhig zu bleiben. Und mir nichts anmerken zu lassen.

„Kann nichts mit mir zu tun haben", sagte ich. „Ich lebe noch. Ist mir deswegen auch schnurz. Zeigen Sie mich einfach an. Und vergessen wir das Ganze."

„Wo waren Sie vor drei Tagen? So gegen ein Uhr morgens?"

Was war das jetzt wieder?

„Weiß ich nicht mehr. Ist viel zu lange her."

„Dann helfe ich Ihnen weiter. Sie standen mit Ihrer Zugmaschine auf dem Pannenstreifen der Autobahn, Nordspur, Kilometer 87. Wissen Sie, wo das ist?"

„Keine Ahnung."

„Franzensfeste."

„Immer noch keine Ahnung."

Tschenett, Vorsicht. Der will dich einsargen.

Der Bulle ließ den Eiswürfel ein paar Runden in seinem Whiskyglas drehen.

„Was soll ich von einem halten, der mitten in der Nacht seinen LKW stundenlang auf dem Pannenstreifen parkt? Neben einem Ferrari? Und die zwei Fahrer sind verschwunden. Nirgendwo zu sehen. Später tauchen die beiden Herren in deutlich berauschtem Zustand in einer Autobahnraststätte auf. Und wir finden am Tag danach, auf Militärgebiet, direkt an der Autobahn, genau an der

Stelle, wo es sich die beiden Herren ganz offensichtlich haben gutgehen lassen, außer einer leeren Whiskyflasche und ein paar leergerauchten Joints auch noch eine Leiche. Sozusagen einen Menschen, sagt uns unser Pathologe, einen Menschen, der zwischen Mitternacht und fünf Uhr früh dort gestorben ist. Wie finden Sie das? Und was soll ich davon halten?"

Ich trank mein Glas aus. Und schenkte dann langsam nach.

„Das war jetzt ein bißchen viel auf einmal."

Atemholen, Tschenett. Überlegen.

„Sehen Sie. Und ich habe solche Geschichten jeden zweiten Tag am Hals."

„Dafür kann ich nichts."

„Vielleicht doch."

Der Bulle saß da, schaukelte leicht von einer Arschbacke auf die andere und genoß das Leben. Mensch, war mir dieser Berufsstand unsympathisch. Was konnte einen halbwegs normalen, halbwegs intelligenten, halbwegs unverdorbenen Menschen dazu bringen, anderen hinterherzuschnüffeln, unnütze Fragen zu stellen, sich in alles und jedes einzumischen. Und so zu tun, als wüßte man immer, wo vorn und hinten, oben und unten, links und rechts, Gut und Böse sei. Ich tat mir schon schwer, zu entscheiden, ob ich Männlein oder Weiblein war. Und die dachten, sie wüßten alles. Und hätten alles unter Kontrolle.

„Habt ihr wieder einmal alles unter Kontrolle?" sagte ich.

„Unter Kontrolle? Tschenett, ich glaube, wir verstehen uns nicht. Da ist ein Mensch umgekommen, und ich will wissen, wie es passiert ist. Für den Rest sind die Staatsanwälte und die Richter zuständig. Nicht ich. Capisce? Non ha niente a che fare con *alles unter Kontrolle*, gar nichts hat das damit zu tun."

Er hatte sich ein paar Schritte weit in eine gewisse Aufregung hineingeredet. Als ob ich einen wunden Punkt erwischt hätte. Seltsamer Bulle. Tschenett, Obacht, schreib dir das in dein dickes, schwarzes Buch. Da kannst ihn packen, wenn er dir zu nah kommt.

Und dann hatte er sich schon wieder.

„Falls Sie etwas mit dem Toten zu tun hatten, komme ich Ihnen dahinter. Und so lange werde ich Sie im Auge behalten, Tschenett."

„Wenn in der Welt keine größeren Gauner herumlaufen", sagte ich, „von mir aus. Aber wenn's mir zuviel wird, wird's mir zuviel."

„E poi?" sagte der Bulle und beugte sich langsam nach vorne, bis er mir ziemlich nahe gekommen war, „was dann?"

„Was dann? Si vedrà", sagte ich und hielt ihm mindestens genauso stur meine Fresse entgegen. „Wird man alles noch sehen."

Was dachte der sich eigentlich? Daß er mich einschüchtern konnte? Mußte er früher aufstehen. Gut, sie hatten eine Leiche gefunden. An einem Ort, an dem ich mich auch herumgetrieben hatte. Ungefähr zur selben Zeit. Ich konnte mich zwar nicht mehr im Detail an die Nacht damals erinnern. Dazu hatte ich mich zu sehr vollgeknallt. Aber wenn ich einen umlege, vergesse ich das normalerweise nicht so schnell. Der Bulle mußte sich schon einen anderen suchen. Auch wenn das Arbeit bedeutete.

„Tschenett, Le vorrei raccontare una piccola storia", sagte der Bulle und lehnte sich, plötzlich wieder ganz entspannt, auf die Kuhhaut zurück.

„Eine kleine Geschichte? Wenn's der Wahrheitsfindung dient", sagte ich und grinste so teuflisch, wie ich nur konnte.

Ich war gespannt, welche Geschichte mir dieser eigenartige Mensch erzählen würde. Und wieso. Er gönnte sich zuerst noch einen Schluck.

„In Terenten“, sagte er dann, „in Terenten gab es vor fünfundzwanzig Jahren einen alten Menschen. Einer, von dem man nicht genau wußte, woher er gekommen war. Irgendwann, als Kind noch, war er auf einem Terner Hof gelandet und hatte Knechtsarbeit getan. Und als Knecht war er alt geworden. Je älter er wurde, umso mehr hielten ihn die Dorfbewohner für einen ziemlich eigenartigen Menschen, manche sogar für einen alten Zauberer. Oder zumindest für einen, der anders war als sie. Und wenn er mit seinen von der ewigen Arbeit verkrüppelten Füßen in viel zu großen Gummistiefeln durch das Dorf humpelte, machten die einen ein Kreuzzeichen, und die anderen lachten ihm hinterher. Manchmal, wenn kein Viehdoktor mehr helfen konnte, rief man ihn auf den Hof. Dann holte er ein paar Zweige aus dem Wald, ging damit um die Kuh herum, murmelte unverständliche Wörter, ließ sich eine Flasche Schnaps geben, rieb mit der einen Hälfte die Kuh ein und trank die andere selber. Dann ließ er sich vom Bauern noch ein Stück Speck zustecken und verschwand wieder, wie er gekommen war. Manchmal überlebten die Kühe.“

Was erzählt mir dieser Bulle da? dachte ich mir. Sind wir schon so weit gekommen, daß sie alpine Volksmythen zu lernen haben, auf ihrer Polizeischule?

Der Bulle erzählte weiter, nachdem er sich einen ordentlichen Schluck Whisky einverleibt hatte. Fehlte nur noch, daß er mir mit der anderen Hälfte die Schenkel massierte.

„Die Kühe überlebten. Der alte Mann ist tot. Die zwei jungen Söhne des größten Bauern im Dorf waren im Nachbardorf auf einer Hochzeit gewesen. Als sie spätnachts auf dem Nachhauseweg waren, trafen sie den alten Mann. Sturzbesoffen, wie sie waren, warfen sie ihn hinten auf die Ladefläche des *Ape*. Da saß schon ein Bub, der ein paar Jahre jünger war als sie, dreizehn war er und hatte mit der Ziehorgel auf der Hochzeit gespielt. Die zwei Bauernburschen machten sich einen Spaß daraus, mit dem *Ape* so schnell wie möglich durch jedes Schlagloch zu fahren, das sie im Scheinwerferlicht entdecken konnten. Die zwei hinten auf der Ladefläche wurden wild hin und her geschmissen. Der Bub hatte alle Hände voll damit zu tun, seine Ziehorgel zu retten und sich selbst festzuhalten. Anhalten, schrie er, fermatevi. Halt's Maul, Walscher, riefen die zwei Chauffeure zurück. Und der alte Mann schrie auch. Bis er sich in einer Kurve nicht mehr halten konnte und von der Ladefläche fiel. Der Bub, der mit den beiden Großbauernburschen, die vor ihm in der Kabine des *Ape* saßen und lachten, in dieselbe einklassige Schule ging, auch wenn sie ein paar Jahre älter waren als er, ließ seine Ziehorgel los und hieb mit seinen Fäusten auf das Fenster der Fahrerkabine ein. So lange, bis sie ins Dorf gekommen waren. Die Ziehorgel war inzwischen verlorengegangen. Dann hatten sie angehalten, waren ausgestiegen und hatten ihm gesagt, er solle nach Hause gehen. Und sein Maul halten. Falls er nicht ein paar hinter die Löffel wolle. Aber der ist vom *Ape* gefallen, hatte er gesagt. Gar nichts ist er, hatten sie gesagt, hat halt aussteigen wollen und ist abgesprungen. Laß den alten Tepp, wo er ist. Und dann hatten sie ihm noch einmal gedroht. Er war zurückgegangen, hatte seine Ziehharmonika gesucht und den alten Mann. Die Ziehharmonika hatte er gefunden. Ziemlich zerdeppert. Der alte Mann blieb verschwunden. Zwei Tage später war ein Bauer auf ihn gestoßen, ein paar hundert Meter weiter im Wald unten. Er muß noch in der Nacht gestorben sein. Hatte sich den Brustkorb und den Kopf ziemlich zerschlagen. Und im Dorf war gesagt worden, er sei sturzbesoffen abgestürzt. Und daß man das hatte kommen sehen, bei dem, was er immer geladen hatte. Der Bub war zu seinem Vater gegangen und hatte ihm die Geschichte erzählt. Der hatte ihm zwei geohrfeigt. Erstens wegen der Ziehharmonika. Und zweitens, damit er den Mund hielt. Senti, hatte der Vater gesagt, per me è già abbastanza difficile vivere e lavorare quà. Chi lo vuole, un maresciallo pugliese, in un paese come questo? E adesso che le cose stanno per andare un po' meglio, non impicciarti. E chiudi la bocca. Non hai visto niente. Basta. Und dann hatte der Bub noch eine Ohrfeige erhalten. Weil, wie ihm der Vater erklärt hatte, es für ihn als aus Apulien stammenden Carabiniere-Maresciallo von Haus aus schon schwer genug sei, in diesem Bergdorf zu leben und zu arbeiten. Weil ihn, den Maresciallo, hier eh keiner mag. Und jetzt, wo es langsam besser werde mit dem Verhältnis zum Dorf, solle er sich nicht einmischen. Und den Mund halten. Und gefälligst nichts gesehen haben.

Die zwei Großbauernburschen waren ungeschoren davongekommen, ihr Vater hatte zwei Frühmessen gestiftet für den alten Mann. Und der Bub konnte seinem Vater, dem Carabiniere-Maresciallo, ein Leben lang nicht mehr in die Augen schauen, ohne an den alten Mann zu denken, der keinem etwas getan hatte und trotzdem so sterben mußte."

Er war fertig. Griff nach dem Whiskyglas und trank es in einem Zug aus. Ein seltsamer Bulle war das. Und erzählte seltsame Dinge.

„Das war eine lange Geschichte. Woher kennen Sie die?" sagte ich.

Was konnte ein italienischer Bulle, egal, wie gut er deutsch sprach, auch schon von Terenten oder einem anderen dieser gottverlassenen Bergbauerndörfer wissen?

„Das ist wieder eine andere Geschichte. Vielleicht erzähle ich sie Ihnen einmal", sagte der Bulle. „Un'altra volta. Può darsi. Ein andermal vielleicht."

Und dann stand er langsam auf. Inzwischen war das Lokal so gut wie menschenleer geworden.

„Tschenett, wenn Sie etwas über unseren Toten wissen, werden Sie es mir sagen. Früher oder später. Das verspreche ich Ihnen. Glielo prometto."

„Versprechen Sie nicht zuviel", sagte ich.

Über sein Gesicht hatte sich graue Müdigkeit gelegt. Er schüttelte langsam den Kopf.

„Vedrà", sagte er, „Sie werden sehen. Wir werden sehen."

Und dann drehte er sich um und ging Richtung Ausgang.

„Das ist einer der wenigen, die nicht ganz zum Wegwerfen sind", sagte jemand hinter mir, und dann hatte sich schon eine Hand auf meine Schulter gelegt. Ich drehte mich um. Hinter mir stand Charlie.

Charlie hieß eigentlich Sebastian Rieger. Aber *Sebastian* war kein Name für einen Diskotheken-Besitzer. Nicht einmal, wenn es sich bei der Disko um den *Försterkeller* handelte.

„Woher willst du denn das wissen?" sagte ich. „Ein Bulle ist ein Bulle. Und bleibt ein Bulle."

„Bei dir vielleicht, Tschenett. Weil du nicht ganz hier bist."

Charlie hatte sich an die Stirn getippt.

„Willst mich jetzt beleidigen?"

„Gar nichts will ich", sagte er. „Außer dich zwei Sachen fragen: erstens, ob das heute schon wieder auf Kredit gehen soll, oder ob du zur Abwechslung einmal zahlen willst. Und zweitens, ob du morgen abend Zeit hast, hier ein bißchen zu arbeiten. Dann könnte man das mit den Schulden verrechnen, die du bei mir hast."

„Das glaubst doch selber nicht. Daß ich dir hierher komm, eine Schicht schieb, und dann keine Lire sehe. Für nichts arbeiten?"

„Wieso für nichts?" sagte Charlie. Und holte eine Flasche Whisky hinter seinem Rücken hervor. „Für die

Schulden, wenn schon. Irgendwann wirst sie mir ja abzahlen wollen."

„Das kannst du nicht von mir verlangen."

Er schenkte mir randvoll ein.

„Reicht so", sagte ich, als das Glas am Überlaufen war.

„Das glaub ich. Mir auch. Tut mir leid, Tschenett, aber solang du nicht wenigstens teilweise deine Schulden bei mir abarbeitest, kann ich dir keinen Kredit mehr geben. Du verstehst."

Ich verstand. Ich saß plötzlich, bis auf das Glas vor mir, auf dem Trockenen.

„Charlie, ich mach dir einen Vorschlag", sagte ich. „Wir machen halbe-halbe. Je besser du bezahlst, um so schneller kriegst du dein Geld zurück. Und ich habe weiter Kredit."

Charlie sah mich eine Zeitlang von der Seite an. Als ob er nachdenken würde. Tat er nicht. Das wußte ich. Er hatte gar keine andere Chance, an sein Geld zu kommen. Also würde er ja sagen. Und ich war noch einmal glimpflich davongekommen. Falls er mich nicht an die Spüle stellen wollte.

„Gut", sagte Charlie.

„Noch gar nicht gut", sagte ich. „Sag mir erst einmal, was zu tun ist. Und wieviel ich dabei verdienen werde."

„Diskjockey. Und Rausschmeißer", sagte er.

Und sah mich gespannt an. Mußte ihm sein Vorschlag also selbst etwas eigenartig vorgekommen sein.

„Charlie", sagte ich, „wie lang kennen wir uns jetzt schon?"

„Seit ich den Laden hier habe. Ein Jahr."

„Genau. Ein Jahr. Und in dem Jahr ist dir noch nie aufgefallen, daß mir die Musik hier nur auf die Eier geht und daß ich ein ziemlich wehleidiger Mensch bin? Diskjockey, Rausschmeißer ... Schau mich an."

„Ist ja gut", sagte Charlie. „Aber morgen wird ein harter Tag. Und so auf die Schnelle finde ich keinen anderen."

„Harter Tag?“

„Tischreservierung für dreißig *naioni*. Ein paar von ihnen fahren übermorgen nach Hause. Endgültig. Dreißig *naioni*. Kannst du dir vorstellen, was das heißt?“

Und ob. Kleinholz. Mehr als Kleinholz würde nicht übriggeblieben sein von dem Lokal, wenn sie wieder nach Hause gegangen waren. Dreißig tapfere Soldaten und ein paar Handvoll kerniger Bauernburschen: das genügte, um das Tagesinkasso gegen Null tendieren zu lassen. Und darunter litt Charlie, der gewesene Kellner, der es zum Pächter dieser Bude gebracht hatte, schon zu lange. Rausschmeißer hielten es im *Försterkeller* nicht lange aus. Und Diskjockeys schon gar nicht. Weil man hier sofort eins auf die Rübe bekam, wenn man das Falsche auflegte. Und für irgendeinen spielte immer die falsche Musik.

„Von mir aus“, sagte ich. „Hatte sowieso nichts Besseres vor.“

Charlie nahm die Whiskyflasche, setzte sie sich an und tat einen ordentlichen Schluck. Dann wischte er sich ziemlich gebildet den Mund mit dem Handrücken ab.

„Wunderbar“, sagte er.

„Wieviel?“

„Hundert.“

Ich schüttelte den Kopf.

„Das war's noch nicht, Charlie“, sagte ich.

„Hundertzwanzig. Schwarz. Auf die Hand.“

„Fünfundsiebzig“, sagte ich. „Fünfundsiebzigtausend für dich. Und fünfundsiebzig für mich.“

„Gauner. Ladruncolo. Halsabschneider.“

„Wieso? Kriegst fünfzig Prozent. Ist doch ein Geschäft. Und ich garantier dir, daß die Bübchen ganz brav sein werden.“

Wie ich das anstellen wollte, war mir zwar noch nicht klar. Aber darüber konnte ich mir ja noch früh genug den Kopf zerbrechen.

Charlie stand auf.

„Gut. Morgen ab acht Uhr abends. Pünktlich. Und nüchtern.“

„Mal sehen.“

„Es ist deine letzte Chance, Tschenett. Sonst ist’s hier aus, mit Kredit. Vergiß das nicht.“

Charlie machte die Neonlampen an. Das Lokal sah plötzlich genauso aus, wie ich es mir immer vorgestellt hatte: verdreckt, versifft, verludert, billiges Plastik, tristes Preßholz.

6

Die feuchte Nachtluft tat gut. Zuviel getrunken, zuviel geraucht, zuviel geredet. Und vielzuviel dummes Zeug gehört. Ich atmete ein paarmal tief durch.

Rund um den Parkplatz der Diskothek hatte ein vorsichtiger Bauer einen hohen Zaun gezogen. Wahrscheinlich hatte er Angst gehabt, daß sie ihm sonst nach der Sperrstunde auf seiner Wiese ein Querfeldeinrennen mit ihren Golf GTIs veranstalteten.

Ich lehnte mich an den Zaun. Suchte zwischen den Wolken nach dem Mond. Und in meinem Hirn nach irgend etwas, das mich ein bißchen aufheitern würde. Beide Male hatte ich keinen Erfolg. Es blieb zappenduster.

Von der Autobahn her dröhnte es. Gleichmäßig, und beinahe schon wieder beruhigend. Irgendeiner ist da, der dich nicht vergessen hat. Und für dich, nur für dich, Kinderwindeln von Nord nach Süd fährt und rosa Überzieher von Süd nach Nord. Ganz hat dich diese Welt noch nicht vergessen.

Dann knirschte Kies unter Schuhen. Nicht einmal um diese gottvergessene Uhrzeit auf diesem von allen Mächten verlassenen Drecksparkplatz war man allein. Mir reichte es für heute. Ich wollte keinen mehr sehen.

Und dann wollte ich doch.

Sie mußte da in der Dunkelheit gestanden haben. Ganz in meiner Nähe. Sabrina. Das kleine Ding. Sie kam langsam auf mich zu. So langsam, als ob sie es sich noch überlegen würde.

„Und?“ sagte ich, als sie neben mir stand.

Sie hielt sich mit beiden Händen am Maschendraht, hatte das Gesicht daran gelehnt, die Nase durchgesteckt. Und schaukelte. Der Zaun gab jedesmal ein jämmerlich kreischendes Geräusch von sich, wenn sie sich mit ihrem ganzen Gewicht auf ihn legte.

„Nichts“, sagte sie nach einer Weile.

Und schaukelte weiter. Ich sah ihr dabei zu.

Was, um alles in der Welt, hielt mich noch? Der Tag war schlimm genug gewesen. Erst der Bock, dann der Bulle und die Päckchen, die Leiche und der alte Mann, Charlie, der Kredit und der Rausschmeißerjob. Und morgen dasselbe nochmal. Und übermorgen. Und. Es gab keine Hoffnung, daß sich etwas ändern würde. Also konnte ich gleich heimgehen.

Ich sah ihr immer noch zu. Sie schien in der Wiese etwas entdeckt zu haben. Irgend etwas, das für meine Augen nicht sichtbar war. Noch nicht.

„Hast keinen Heimgang?“ sagte ich.

Und stolperte über das Wort. *Hast wieder einmal keinen Heimgang gehabt?* hatte mein Vater, der unglückliche Carabiniere-Brigadier Johann Tschenett, mir mit sturer Regelmäßigkeit entgegengeschrien, wenn ich in den paar Jahren, die wir zusammen unter einem Dach wohnten, seiner Meinung nach zu spät nach Hause gekommen war. *Hast wieder einmal keinen Heimgang gehabt.*

Mir kam kurz ein Lächeln hoch.

„Ich mein, mußt morgen nicht raus? Oder heute, wie man's nimmt."

Sie hörte mit dem Schaukeln auf. Sah zu mir herüber. Und schaukelte dann weiter.

Das Gekreische des Maschendrahtzaunes schien immer lauter zu werden.

„Ich geh dann", sagte ich.

„Bleib noch."

Geh, Tschenett. Ich blieb.

Sie schaukelte weiter.

„Er hat dich wegen der Leiche gefragt, stimmt's?"

„Wer?" sagte ich.

„Der sbirro, der Bulle. Wegen der Leiche. Wegen Franco."

Jetzt ging das schon wieder los. Und: was wußte die Kleine davon?

„Wer ist Franco?" sagte ich.

„Die Leiche."

„Hast du ihn gekannt?"

Sie zuckte mit den Schultern und schaute wieder in die Wiese. Als würde da gleich etwas passieren. Dann schauderte sie, zog die Jacke enger um ihren kleinen Körper. Und ließ sich mit dem Rücken in den Zaun fallen.

„Hast du ihn gekannt?"

„Ich weiß es nicht mehr."

„Wer war dieser Franco?"

„Ich weiß es nicht mehr."

Es reichte mir. Mit zwei Schritten war ich bei ihr. Jetzt, wo sie direkt neben mir stand, war sie noch dünner, noch kleiner geworden. Ein schmaler Strich mit großen Augen.

„Was weißt du dann?"

„Nichts", sagte sie.

Und hatte sich, mit dem Wort, an mich geworfen. Mir ihre Arme um den Hals gelegt. Und hielt sich jetzt an mir fest. Zitternd.

Da stand ich, mit einem kleinen Ding am Hals. Das mir kaum zum Kinn reichte. Ich fühlte mich auf einmal gar nicht mehr wohl. Und ließ die Arme senkrecht zu Boden fallen. Sie drückte mich. Und ließ mich dann genauso schnell wieder los, wie sie sich an mich geworfen hatte.

„War nicht so gemeint“, sagte sie.

Das auch noch.

„Dir geht's nicht besonders, oder?“

„Tranquill“, sagte sie.

Sie hatte sich zu Boden gesetzt, lehnte mit dem Oberkörper am Zaun, Beine von sich gestreckt, und schaute in die Luft.

„Der wird auch noch herunterfallen“, sagte sie, nach einiger Zeit, „der auch noch.“

Ich setzte mich zu ihr.

„Glaub ich nicht“, sagte ich, „dazu ist er zu stabil.“

„Aber zu weit weg. Und wozu braucht's einen Himmel, wenn er so weit weg ist?“

Da hatte sie auch wieder recht. Das kleine Ding kam mir immer näher. Und entfernte sich immer mehr. Zuerst war es nicht mehr als eine Art Erscheinung gewesen. Und jetzt, je länger ich mit ihr zu tun hatte, wurde sie mir immer fremder. Unerklärlicher.

„Wozu braucht's einen Himmel?“ sagte ich und schaute jetzt auch in die Luft.

„So ein bißchen Himmel wär schon nicht schlecht“, sagte sie. „Ab und zu einmal. Oder wenigstens, daß man weiß, daß er da ist.“

„Vielleicht bin ich schon zu alt geworden, um ihn überhaupt sehen zu können.“

„Laß das mit dem Alter, Alter."

Jetzt hatte sie gelacht.

„Ist ja wahr", sagte ich. „So ganz ungestraft läuft man auf Dauer nicht durch die Welt. Nicht, wenn man ihr mit dem Arsch voraus ins Gesicht springt."

„Und das tust du?"

„Lang schon nicht mehr."

„Na also."

„Gar nix *na also*. Wenn du der Welt mit dem Arsch voraus ins Gesicht springst, beißt sie dir in die Eier. Ist logisch. Und jahrelang nachher noch. Da wird nichts vergessen."

„Bis ans Ende deiner Tage."

„Wo hast denn das her?"

„Was?"

„Bis ans Ende deiner Tage."

„Weiß ich nicht", sagte sie, nach einer langen Pause.

Das kleine Ding war schon wieder dabei, abzudriften.

„Gehn wir ein Stück? Kommst du mit?" sagte sie.

Sie ließ sich nicht festhalten. Kaum hatte ich gedacht, ich hätte einen Zipfel erwischt, drehte sie sich und war verschwunden. Und dann schaute ich hinter mich, und da stand sie, als hätte sie immer schon dagestanden. Sie war zu schnell für mich.

„Komm schon."

Da stand sie, direkt vor mir, und hielt mir die Hände entgegen. Irgendein Scheinwerfer, der eigentlich für die Autobahnabfahrt gedacht sein mußte, leuchtete ihr von hinten ins Haar. Sie strahlte.

Alter, dachte ich, wenn du jetzt schon Engel siehst, dann ist's endgültig aus.

Wir waren, langsam und ohne etwas zu sagen, an der Autobahn entlangspaziert. Genauer: an dem Zaun, der am Fuße der Böschung anzeigt, wo der *Sogenannte*

Freie Westen aufhört und der extraterritoriale Bereich des *Großen Asphalt Streifen* anfängt. Betreten verboten, bei Strafe. Befahren erlaubt, bei Maut. Am Zaun entlang war ein schmaler Fußweg in das Gras getreten. Als hätten die Autobahnen auch ihre Streckenläufer. Wie die Eisenbahn. Eigentlich waren sie schon längst überfällig, die Autobahnstreckenläufer. Andächtige Buß- und Betgänger der neuen Religion. Laterne in der einen Hand, als Ewiges Licht. Und Vorschlaghammer in der anderen, als Zeichen der Macht, Krummstab der Pharaonen.

Laß die Pharaonen in Ruh, Tschenett. Kennst dich eh nicht aus damit. Bist ein LKW-Fahrer. Falls dich überhaupt einer haben will.

Sie schien etwas zu suchen, die Kleine. Und nicht zu wissen, wonach und wo sie suchen sollte. Wir waren vorwärts gegangen, nebeneinander, wortlos. Zwischendurch schaute der Mond durch die Wolkenfetzen. Kurz und zur Kontrolle. Den Rest der Zeit leuchtete uns die Autobahn den Weg. Dann waren wir auf einen Feldweg gestoßen. Und an seinem Ende auf einen Bildstock. Eines jener kleinen Wärterhäuschen, aus denen irgendein Heiliger in die Welt schaut. Weil ihn, vor Jahrzehnten und Jahrhunderten, ein dankbarer Bauer dort aufgestellt hat. Dafür, daß der Blitzschlag seine Kühe, den Heustadel und Hund und Frau und Kind nur gestreift hatte. Und dafür, daß er es sich das nächste Mal auch wieder anders überlegte. Dafür konnte man schon ein Bildstöckl in die Gegend stellen.

Das kleine Ding war stehengeblieben, hatte sich auf die Stufe des Bildstöckls gesetzt und ein Brillenetui aus der Jackentasche geholt. Dann hantierte sie in dem fahlen Licht eine Zeitlang herum.

Tschenett, was tust du dir hier eigentlich an. Ist alles vergessen und vorbei. Jahrelang schon. Hast du gedacht. Also halt dich dran.

Hinter den Bergen wurde es langsam heller. Hatte er es sich also wieder einmal anders überlegt, der neue Tag. Und fing doch wieder von vorne an. Statt es bleibenzulassen.

Ich schlug mir über Kreuz auf den Rücken. Das half am ehesten gegen die frostige Feuchtigkeit, die von den Wiesen aufstieg.

Als ich mich umdrehte, war das kleine Ding gerade damit beschäftigt, die Ader an ihrem Fuß zu finden. Und zu treffen. Dann drückte sie sich das Zeug rein. Und atmete durch.

Du hast es gewußt, Tschenett. Also sag jetzt nichts.

Ich hatte es gewußt. Und, weil mich die Vergangenheit eingeholt hatte, es nicht sehen wollen. Ich drehte mich wieder um.

Vor mir nichts als Dreck. Und hinter mir nichts als Dreck. Und das Dreckszeug. In meinem Kopf ein paar alte Fetzen, die auftauchten und wieder verschwanden. Erinnerungen an längst vergangene Zeiten.

„Und“, sagte ich, „geht's jetzt besser?“

„Ja“, sagte sie. „Ich will nach Hause. Zu dir.“

7

Waldfrieden. Da war dem unbekannten Dichter die Phantasie gewaltig durchgegangen. Denn von Wald war rund um das *Haus Waldfrieden* ebensowenig zu sehen wie von Frieden. Es war nichts anderes als ein dreistöckiger Bau aus den fünfziger Jahren, quadratisch, praktisch, gut. In die grob verputzten Mauern hatten sie in regelmäßigen Abständen kleine Fenster eingelassen, der erste Stock hatte sogar einen Balkon spendiert bekommen. Dach und Fassade hätten seit Jahren schon eine kleine Generalüberholung notwendig gehabt. Aber dazu konnte sich das Verteidigungsministerium anscheinend nicht aufraffen.

Das römische Ministerium war, wenn die Gasthausgeschichten stimmten, irgendwann in den sechziger Jahren in den Besitz des Hauses gekommen. Sozusagen als Wiedergutmachung für den Schaden, den ein oder mehrere unbekannt gebliebene Attentäter einem aufgelassenen Wachhäuschen irgendwo oben am Berg zugefügt hatten.

Eines Nachts war es in die Luft geflogen. Besonders schad drum sei es nicht gewesen, hatte man im Gasthaus erzählt, „die Baracke hat schon jahrelang leergestanden, durchs Dach hat's durchgeregnet, recht lang hätt's nicht mehr gedauert, und dann wär sie von selbst eingefallen". Aber, und das war der springende Punkt, um das langsam, aber sicher verfallende Wachhäuschen hatte das Militär einen Zaun gezogen und Schilder angebracht: *Attenzione! Zona militare. Achtung! Militärzone.* Und deswegen hatte es, als die unbekannten Attentäter dem Lauf der Zeit mit ein paar Kilo Tritol zuvorgekommen waren, einen riesen Aufstand gegeben, kompanieweise waren die *alpini*, die italienischen Gebirgsjäger angerückt und hatten die ganze Gegend belagert. Schließlich hatte man es mit einem Anschlag auf die *Integrität des italienischen Staates und seine Einrichtungen* zu tun. Gleichzeitig hielten sich hartnäckig Gerüchte, die Baracke sei von den *Freiheitskämpfern* als Zwischenlager für den aus dem *Vaterland Österreich* über die Jöcher eingeschmuggelten Sprengstoff zweckentfremdet worden. Und unglücklicherweise sei das Ganze dann ganz einfach und aus purem Zufall in die Luft geflogen. So gesehen wäre der Schaden für die *Freiheitskämpfer* größer als für den italienischen Staat gewesen. Ein anderes Gerücht wollte wissen, man habe an der ziemlich versteckt oben am Berg gelegenen Baracke nur einen neuen Sprengstoff erproben wollen. Bevor es ernst wurde.

Wie auch immer: die italienische Staatsmacht war ziemlich beleidigt gewesen. Und hatte sich schadlos gehalten. Der Besitzer des *Haus Waldfrieden* war in Verdacht geraten, an der Sache beteiligt gewesen zu sein. Und deswegen hatte sie ihn ein paar Monate lang in Haft genommen, den *Waldfrieden* beschlagnahmt und nach und nach mit Carabinieri und Finanzern belegt.

Seither wohnten in Maria Trens, dem gottvergessenen kleinen Dorf und Wallfahrtsort am Talrand, treue Staatsdiener mit ihren glücklichen Familien. Und ich.

Mir war immer noch nicht klar, wie ich zu der fragwürdigen Ehre gekommen war, in dieser staatstragenden Umgebung kostengünstig hausen zu dürfen. In ihren Dossiers, die sie über alles und jeden anlegen, konnte nichts Allzugutes über mich stehen. Und man hatte mich schon einmal wegen Spionageverdachtes aus Italien abgeschoben. Eine lächerliche Vorstellung. Als ob so eine verunglückte Figur wie ich irgend jemandem gefährlich werden könnte. Und dann schienen sie es sich plötzlich anders überlegt zu haben. Wieso auch immer. Man hatte mir diese Junggesellenwohnung unterm Dach des *Haus Waldfrieden* zugeschoben. In meiner Verzweiflung und nachdem ich monatelang vergebens nach irgendeiner bezahlbaren Absteige gesucht hatte, war ich eingezogen.

Inzwischen hatte ich es längst schon bereut. Es war nicht zum Aushalten. Es gibt nichts Schlimmeres, als bei der Rückkehr von einer langen Nacht im Treppenhaus vor deiner Wohnungstür auf einen ausgewachsenen, unrasierten Carabiniere in rosa Hausschuhen zu treffen. Mir passierte es mit entnervender Regelmäßigkeit.

Der einzige Ort, an dem ich mich vor der Staatsmacht einigermaßen in Sicherheit fühlen konnte, war der Holzschuppen, der an die Rückseite des *Haus Waldfrieden* gelehnt vor sich hin moderte. Hierher traute sich sonst keiner. Die Holunderstauden wucherten, seit der Besitzer gewechselt hatte, in aller Ruhe in den Himmel, die Brennesseln reichten einem bis zur Hüfte. Aber sobald man sich durchgekämpft hatte, tat sich ein kleines, ruhiges Plätzchen auf, an dem man seine Ruhe vor der Welt hatte.

„Hier", sagte ich und tat einen Schnaufer. „Das ist er."

„Was?" sagte das kleine Ding.

„Der Ort, an dem einem die Welt den Buckel hinunterrutschen kann."

Sie sah mich ziemlich skeptisch an. Und setzte sich dann neben mich.

„Das kann sie mir überall."

„Aber hier geht es leichter", sagte ich.

„Da bin ich aber gespannt."

Die Kleine lachte.

„Vorsicht beim Hinsetzen", sagte ich. „Daß du mir die Hesamandln nicht verschüttest."

„Die was?"

„Hesamandln. Ameisenlöwen."

„Ich seh keine Löwen. Gehört hab ich auch noch keine."

„Weil sie still sind. Sehen kann man sie auch nicht. Die verstecken sich. Und warten auf die Ameisen. Und wenn sie sie haben, beißen sie sich fest und saugen sie aus."

„Grausam."

„Nicht mehr als wir anderen auch. Aber ziemlich schlau. Schau her ..."

Ich zeigte ihr einen der kleinen Trichter. Er war ein paar Zentimeter breit. Und genauso tief.

„Sie graben sich ein Loch. Dann wird der Trichter gebaut. Aus feinem Sand. Unten, am Ende, sitzt der Ameisenlöwe. Einen knappen Zentimeter groß. Und mit Sand bedeckt. Da sitzt er und wartet. Und dann ..."

Ich sah mich um.

„Was suchst du?"

Die Kleine begann, sich für meine Hesamandln zu interessieren.

„Eine Ameise. Ich brauch eine Ameise. Vielleicht sind sie ja schon wach." Endlich hatte ich eine gefunden. „Die nimmt man und schiebt sie zum Trichter. Wenn sie gar nicht will, mußt du sie halt bei den Beinen nehmen. Und jetzt schau zu."

Die Ameise war, kaum hatte sie sich über den Trichterrand vorgewagt, abgerutscht. Und kämpfte jetzt um ihr Leben. Aber in den Sandwänden des Trichters fand sie keinen Halt. So sehr sie sich auch abstrampelte. Es dauerte. Sie rutschte immer tiefer.

„Weiß sie, daß da unten ein Hesamandl wartet?"

Der Kleinen schien die Ameise leid zu tun.

„Ich weiß es nicht", sagte ich. „Aber am Ende macht das keinen Unterschied."

Und dem Ende war die Ameise jetzt schon ziemlich nahe. Unten am Trichterboden bewegte sich der Sand, für den Bruchteil einer Sekunde war das Hesamandl zu sehen, wie es sich mit seinen Beißzangen in den Hinterleib der Ameise verkrallte. Dann versanken beide im Sand. Es waren nur mehr der Kopf der Ameise und ihre Vorderbeine zu erkennen. Und ihr Zappeln.

„Und jetzt?"

Die Kleine sah gebannt zu.

„Jetzt spritzt das Hesamandl Gift und einen Verdauungssaft in die Ameise. Durch einen kleinen Kanal in den Beißzangen. Und durch einen anderen Kanal in den Zangen saugt es dann die Ameise leer. Bis nichts mehr übrigbleibt. Die leere Ameisenhülle schmeißt es dann über den Trichterrand hinaus."

„Machst du das öfter?"

„Was?"

„Die Ameisen in den Trichter schicken.“

„Ja.“

„Wieso?“

„Weiß nicht.“

„Wieso?“

„Schicksal spielen, vielleicht.“

„Dauert das noch lange?“ sagte die Kleine und zeigte auf die zappelnde Ameise.

„Ja. Meistens.“

„Ich schau mir das nicht mehr länger an.“ Die Kleine stand auf. „Das ist ja brutal.“

„Das ist Sterben immer.“

Sie zuckte mit den Schultern.

„Ich hab zu kalt.“

„Dagegen kann man etwas tun“, sagte ich.

8

Es schneite. Handtellergroße Flocken. Weißes, klebriges Zeug. Die Scheibenwischer des LKWs schafften es gerade noch, einen kleinen Streifen freizuschaufeln. Eine Straße, auf der man fahren hätte können, gab es schon lang nicht mehr. Der LKW arbeitete sich stokkend bergauf. Dann kam er wieder ins Rutschen. Vor mir, am Armaturenbrett, leuchteten hektisch Lampen in allen Farben auf. Die Maschine neigte sich immer weiter zur Seite. „Tschenett, wenn du uns die Maschine nicht heil zurückbringst, geht das vom Gehalt ab“, sagte jemand. „Leckt mich am Arsch mit eurem Gehalt“, sagte ich und kurbelte verzweifelt am Lenkrad. Es half nicht viel. Der LKW machte, was er wollte. Ich öffnete mein Seitenfenster, um mehr sehen zu können. Mit einem Mal war die Fahrerkabine voller Schnee. Und der LKW rutschte immer weiter rückwärts. Dann begann eine Alarmglocke zu klingeln. Es wurde Zeit. Ich versuchte, die Tür zu öffnen und abzuspringen. Aber das Schloß klemmte. Ich ließ das Lenkrad los und stemmte mich mit ganzer Kraft gegen die Tür.

Die Sonne schien mir ins Gesicht. Das war das erste, was ich feststellen konnte. Ich schloß sofort wieder die Augen. Und versuchte, mich so zu drehen, daß die stechende Helligkeit hinter den Augenlidern nachließ. Irgendwo in meinem Kopf machte sich Schmerz breit. Wanderte kreuz und quer, verschwand kurz und fing dann wieder von vorne an. Ich legte beide Hände an den Schädel und drückte. Lärm und Schmerz verschwanden für ein paar Sekunden. Und setzten dann wieder ein. Diesmal zusammen mit einem Klopfen. Das aber von irgendwo anders herzukommen schien.

Ich öffnete ein Auge. Der Raum, in dem ich mich befand, schien mein Schlafzimmer zu sein. *Haus Waldfrieden*, dämmerte es mir langsam. Ich lag, jedenfalls mit dem Oberkörper, in meinem Bett. Auf dem Bauch. Die Beine schienen ins Leere zu fallen. Ich versuchte, mich zu bewegen. Und rutschte noch weiter von der Matratze.

Dann klopfte es wieder. Diesmal nicht in meinem Kopf. Sondern an der Tür. Das hörst du ganz einfach nicht, Tschenett. Wenigstens in Ruhe sterben werden sie dich schon lassen. Dann tut der Kopf auch nicht mehr so weh.

Gar nichts ließ man mich. Wer auch immer da draußen vor meiner Tür stand und klingelte und klopfte, wollte meinen Tod nicht abwarten. Langsam kam ich auf die Beine. Und tastete mich, gebeugt und mit halbgeschlossenen Augen, in den Gang vor.

„Ruhe“, versuchte ich zu sagen.

Aber mehr als ein unverständliches Gekrächze war nicht zu hören.

Es dauerte Ewigkeiten, bis ich es geschafft hatte, den Kopf unter den Wasserhahn zu bekommen. Und dann blieb mir die Luft weg.

Langsam begann ich klarer zu sehen. Die Kopfdusche hatte geholfen. War allerdings auch eine ziemlich brutale Methode.

Da stand ich jetzt. Auf und auf naß. Und so wach, daß ich mich endlich entschließen konnte, an die Tür zu gehen, um nachzusehen, wer mich um diese Uhrzeit in den Wahnsinn treiben wollte.

„Finalmente, Tschenett. Endlich."

Ich machte mich resigniert zurück auf den Weg in die Küche. Und versuchte, nicht über die Kartons zu stolpern, die kreuz und quer herumstanden. Irgendwo mußte etwas Trinkbares zu finden sein. Hoffte ich. Aber ich mußte mich beeilen. Sonst brachte mich der Durst um. Bevor es mein Kopf schaffte. Oder das Rudel Ordnungshüter, das sich gerade in meiner Wohnung breitmachte.

Ich hatte eine Handbreit Rotwein gefunden. Ihn in der Flasche mit Wasser verlängert. Die Rolläden heruntergelassen. Und lehnte jetzt im Halbdunkel am Kühlschrank und versuchte, ins Leben zurückzufinden. Es ging schneller, als mir lieb war. Langsam begriff ich, was hier los war. Eine Handvoll Bullen war dabei, meine Wohnung auf den Kopf zu stellen. Und dann fiel es mir ein. Das kleine Ding. Wo war sie? Ich machte mich auf die Suche.

„Tschenett, ci lasci fare il nostro dovere. Lassen Sie uns unsere Pflicht tun."

Einer dieser Ordnungshüter hatte sich mir in den Weg gestellt. Ich nahm einen ordentlichen Schluck aus der Flasche und sah genauer hin. Vor mir stand ein

Beamter der *Guardia di Finanza.* Mehr noch. Ein Nachbar. Wohnte zwei Stockwerke tiefer. Das hatte ich jetzt davon.

„Macht, was ihr wollt", sagte ich.

Im Schlafzimmer waren zwei gerade dabei, in dem Zeug zu wühlen, das auf dem Boden verstreut herumlag.

„Buon divertimento", sagte ich. „Scheint euch ja richtig Spaß zu machen."

Im Badezimmer montierte einer den Spiegel ab.

„Auch recht", sagte ich, „kann mich sowieso schon lang nicht mehr sehen."

Der Bulle drehte sich zu mir um und sah mich an.

„Ist schon gut", sagte ich und ging.

Wieder nichts. Das kleine Ding blieb spurlos verschwunden. Sehr viele Möglichkeiten, sich in der Vierzig-Quadratmeter-Wohnung zu verstecken, gab es schließlich nicht. Ich ging in die Küche zurück.

„Auch einen Kaffee?" sagte ich zu meinem Nachbarn.

„Cafè? Perché no. Grazie."

Eine Handvoll Anständigkeit schien ihm noch geblieben zu sein. Sogar noch, während er sich an meinen Nudeln, dem Reis, der *polenta,* den *fagioli* und dem *Schwarzplenten* zu schaffen machte.

„Der Kaffee steht ganz woanders", sagte ich.

Er reagierte nicht. Von mir aus. Sie konnten nichts finden. Nicht, seit mir ihr Kollege die Zugmaschine leergeräumt hatte. Und außerdem war ich seit Wochen nicht mehr einkaufen gewesen. In meiner Wohnung hatte es, schon bevor sie mit ihrer Durchsuchung anfingen, wie nach einem Erdbeben ausgesehen. Sehr viel schlimmer konnte es gar nicht mehr werden.

Als der Kaffee hochgekocht war, suchte ich nach zwei Tassen. Eine fand ich. Dann mußte eben das Whiskyglas herhalten.

„Ecco qua", sagte ich und stellte dem Finanzer seinen Kaffee hin.

„Grazie."

Während wir dastanden und wortlos unseren Kaffee tranken, kam ein Bulle nach dem anderen in die Küche, sah neidvoll auf den Kaffee und sagte: „Niente."

Hatten sie also nichts gefunden. Hätte ich ihnen auch vorher sagen können.

„Niente", sagte ich, sah meinen Nachbarn an und hob entschuldigend die Schultern. „Tut mir leid für euch."

Er trank seinen Kaffee aus.

„C'è un telefono?" sagte er. „Telefon?"

Ich deutete Richtung Gang. Suchen mußte er es schon selbst.

„Colonello Paganotto, *Guardia di Finanza*", hörte ich ihn sagen. „C'è Ziggler?"

Richtig. Famiglia Amorino Paganotto. Erster Stock links. Zwei ewig schreiende Kinder und eine auch nicht gerade mit Sprachlosigkeit geschlagene Frau. Sonntags raus zum Familienspaziergang. Und im linken Ohr den Knopf, der die Fußballnachrichten vom Taschenradio ins Hirn weitergab. Und die Frau daran hinderte, schon wieder auf die neue Sitzecke zu sprechen zu kommen.

Ziggler schien dazusein.

„Niente, Ziggler", sagte Paganotto. „Nichts. Leider."

Dann war es wieder still. Schien ihn der Ziggler am Ohr zu ziehen. Mußte hart sein, so einem deutschen Vorgesetzten und *crucco* mit dem beinahe unaussprechlichen Namen Ziggler Rapport zu machen. Und nichts melden zu können. Weil man nichts gefunden hatte.

„No, niente. Nix. Assolutamente. No. Neanche quella. Nein."

Er war ganz offensichtlich bemüht, mich nicht verstehen zu lassen, um was es ging. Aber er hatte *quella* gesagt. Und das war weiblich.

„Bene", sagte er und hängte ein.

„Colonello", sagte ich, „mi dispiace. Tut mir leid für Sie."

Inzwischen hatten sich seine vier Kollegen neben ihm aufgestellt.

„Mi dispiace per Lei e i suoi colleghi. Sarà per un'altra volta. Ein anderes Mal vielleicht."

Und dann waren sie gegangen. Leiser, als sie gekommen waren. Und ließen mich mit mir zurück. Und einem dicken Kopf. Und der Frage, wo das kleine Ding geblieben war. Und was sie von ihr wußten. Und von mir wollten.

Dann klingelte das Telefon. Gottseidank hatte mir der Colonello der *Guardia di Finanza* schon die Arbeit abgenommen und den Apparat aus dem Gerümpel gegraben.

„Tschenett."

„Hören Sie. Bringen Sie uns den LKW-Schlüssel vorbei. Heute, spätestens morgen. Wir brauchen Sie nicht mehr. Sie sind entlassen, sagt der Chef. Die Zugmaschine haben wir schon abgeholt."

„Was heißt das?"

Das war jetzt ein bißchen schnell gegangen.

„Das heißt, daß wir noch Ihren Schlüssel brauchen."

Das mußte die Sekretärin der Firma *Trans-Port* sein. Der Firma, für die ich hin und wieder den Ausputzer spielte. Falls sie auf die Schnelle einen LKW-Fahrer brauchten. Weil sie gerade einen zuwenig hatten. Das Geld, das ich mit den Fahrten verdiente, war zur Zeit mein einziges reguläres Einkommen. Mit dem ich gerade mein Auskommen hatte. Wenn die den Schlüssel wollten, war ich die Zugmaschine los. Und damit sozusagen auch meinen privaten fahrbaren Untersatz. Und, was in gewissem Sinne schlimmer war, meinen Job.

„Moment einmal ...", sagte ich. So einfach wollte ich denen das auch nicht machen. Sich die Leute holen, wenn man sie unbedingt braucht. Und dann, zagg, Tritt in' Arsch und weg damit. „Augenblick mal, ja? Wir haben für diese Woche noch zwei Fuhren ausgemacht. Und daß ich in der Zwischenzeit die Zugmaschine behalte."

„Das hab ja nicht ich ..."

Es krachte in der Leitung.

„Laß mich einmal." Jetzt hatte sich der Chef den Hörer gekrallt. „Tschenett ..."

„Was ist?"

„Tschenett, wenn der Schlüssel bis morgen nicht bei uns im Büro ist, wird hier erstens nicht gezahlt und zweitens zeige ich Sie an."

„Versteh ich nicht", sagte ich. „Nicht daß mir besonders viel daran liegt, für eure schöne Firma zu arbeiten. Aber so einfach rausschmeißen laß ich mich auch nicht, wenn wir schon etwas ausgemacht haben."

„Ausgemacht war aber auch nicht, daß mir hier die Finanzer ins Büro schneien und nach Ihnen fragen. Verstanden, Tschenett?"

„Die Finanzer?"

„Richtig. Deswegen: bis spätestens morgen den Schlüssel. Und dann Feierabend. Das war's dann. Ich will Sie nicht mehr sehen."

Ich hängte ein.

Das war aber schnell gegangen. Da hatte jemand ganze Arbeit geleistet. Ich hatte den Bullen von gestern abend in Verdacht. Coglione. Als ob ich ihm etwas getan hätte. Nur weil der eine Leiche am Hals hatte. Und sie loswerden wollte. An mich.

9

Heiß war es. Unerträglich heiß. Sauna, Backofen, Hühnergrill. Irgendein unbekannter Heizer mußte sie gleichzeitig auf volle Leistung aufgedreht haben. Ich wagte kaum zu atmen. Aus Angst, die flirrende Luft würde mir die Lungen von innen her gar kochen. Gleich würde der Eierwecker klingeln, ich würde mir mit dem Löffel auf den eigenen Kopf schlagen, die Schale abziehen, Salz draufstreuen und mich über das hartgekochte Ei hermachen.

Ich kämpfte mich am Straßenrand in Richtung Stadt vorwärts. Und war unfähig, auch nur den Daumen zu heben, um irgendeinen dieser Touristen, Kindsmörder und Familienväter zum Anhalten zu bewegen.

„Das ist schon eine Hitze“, hatte der Bauer gesagt, der mich auf seinem Traktor von Maria Trens Richtung Sterzing mitgenommen hatte. Genau einen Kilometer weit. „Aber wenn's im August nicht heiß ist, wann dann?“

Das hatte zwar seine Logik, aber ich mußte ihr ja nicht unbedingt folgen. Und deswegen verzog ich statt einer Antwort nur das Gesicht.

„Bei der Hitze ist's in der Stadt auch nicht angenehm“, hatte der Bauer gesagt.

Und damit übertrieben und untertrieben. Diese Hitze war schon lang keine Hitze mehr, sondern etwas viel Schlimmeres, für das ich nur noch keinen Namen gefunden hatte. Und Sterzing war noch lange keine Stadt, nur weil mitten in dieser Ansammlung von Häusern so ein Ding stand, das sie Stadtturm nannten.

Eine knappe Stunde später saß ich unter diesem Stadtturm und dankte den hochwohlgeborenen Stadtvätern und seinen Erbauern, daß es ihn gab. Weil er einen wunderschönen Schatten warf. In dessen Schutz ich mich zurückziehen konnte, kurz bevor meine wertvollen Körpersäfte vollkommen verdampft waren.

Ich hatte mir eine Dose Bier besorgt, sie überm Kopf ausgeleert und kam jetzt so langsam wieder zu Kräften und Verstand. Was hatte mich hierhergetrieben? In diese

Stadt? In der es nur heiß war und sonst nichts. Dasselbe, was mich in *Haus Waldfrieden* nicht hatte bleiben lassen. Eine Unruhe, von der ich nicht wußte, woher sie gekommen war und wohin sie mich bringen würde. Für die ich sogar durch die Hölle gelaufen war. Immer hart am Straßenrand entlang.

Ich kramte in meinen Taschen und zählte nach. Mir war gerade noch genug Geld geblieben, um eine Schachtel Zigaretten und eine Zeitung zu kaufen. Und ein Glas Weißwein. Alsdann. Langsam stand ich auf. Nur nichts übereilen. Noch stand mir der Schweiß auf der Stirne. Und gleich, sobald ich mich wieder aus dem Schatten hinaustraute, würde es wieder losgehen.

Aber der Weißwein lockte. Und der Nachmittag wurde immer kürzer. In ein paar Stunden mußte ich zur Arbeit antreten. Im *Försterkeller.* Falls mich die Erinnerung an den gestrigen Abend nicht im Stich gelassen hatte.

Jetzt war ich doch froh, zugesagt zu haben. Auch wenn der Bursche sich die Hälfte sofort wieder unter den Nagel riß. Aber wenigstens brauchte ich mich heute abend um Essen und Trinken nicht zu sorgen. Der Rest würde sich dann von alleine ergeben. Sobald es kühler geworden war.

Bei den Zigaretten hatte ich mich für *Esportazione* ohne Filter entschieden, eine aktuelle Ausgabe der rosa Sportzeitung hatte sich in einem Abfalleimer gefunden. Junge, Junge, dachte ich, jetzt hast ein *cash flow* von drei Gläsern Weißwein. Wenn das nichts ist. *Cash flow* hatte ich irgendwann einmal irgendwo gelesen. Das Wort klang genau so, wie ich mich zur Zeit fühlte.

Den letzten Tisch hatte ich mir gerade noch ergattern können in diesem Gartencafé in der Altstadt. Und das auch nur durch einen Zwischenspurt, dem sich eine fünfköpfige Touristenfamilie um Nasenlänge geschlagen geben mußte. Ob man sich an meinen Tisch dazusetzen könne, fragte das Oberhaupt. Ich machte ein Gesicht, das ihn dazu bewog, sich wortlos wieder umzudrehen, tapfer dem Gekreische seiner Liebsten entgegenzutreten und mit langem Arm die Straße hinunterzuzeigen. Dorthin, wo Eis und Cola im Überfluß fließen sollten, glaubte man einer alten Überlieferung.

Ich blätterte in der rosaroten Sportzeitung. Ziemlich unkonzentriert. Noch hatte mir der am Rande eines Nervenzusammenbruches dahintreibende Kellner meinen Weißwein nicht gebracht. Und noch schien es in meinem Körper immer noch versteckte Quellen zu geben, aus denen der Schweiß in Schüben an die Oberfläche trat.

Auf Seite eins dominierte die Frage, ob *El pibe* diese oder nächste Woche von seinem Schiausflug in Argentinien zurück nach Napoli kommen würde. Um endlich mit dem Training zu beginnen. *El pibe* war Maradona, *die Hand Gottes*, und hatte es gut. War beim Schifahren, irgendwo in den Anden. Ich an seiner Stelle wäre auch nicht nach Napoli zurückgekehrt. Jedenfalls nicht mitten im August des Jahres 1989 und bei dieser Affenhitze. Aber ich war ja auch nicht Maradona, der Liebling der Götter und zur Zeit im Besitz des *FC Napoli*.

„Allora, Tschenett?"

Wer immer das auch sein mochte, er störte mich gerade bei der Vorstellung von weißen Schneehängen, über die es sich so herrlich hinunterwedeln ließ, so herrlich unbeholfen, daß es einen jeden zweiten Meter in den Schnee baute. Und der war erfrischend kühl, naß, kalt und gefroren.

Dann rührte sich eine Erinnerung, irgendwo in einer der hinteren Ecken meines Hirnes. Die Stimme kannte ich. Schließlich war ich mir sicher. Sie gehörte zu dem

Bullen, der mir eine Leiche ans Bein binden wollte. Ich sah auf.

„Buona sera“, sagte der Bulle.

„Wenn's sein muß“, sagte ich. „Was ist es heute? Wieder eine Leiche, für die ihr noch einen Zuständigen sucht? Nur her damit. Geht alles in einem.“

„Niente paura, keine Angst. Es ist immer noch dieselbe Leiche.“

„Die meine, sozusagen.“

„Tschenett, senta: io faccio il mio lavoro. Ich tu nichts als meine Arbeit. Nicht mehr, nicht weniger. Und ich habe eine Leiche. Und jetzt, wo ich sicher weiß, daß sie ermordet worden ist, brauche ich um so mehr einen Mörder.“

„Wieso?“ sagte ich. „War das gestern noch nicht so klar, daß das ein Mord ist?“

„No.“

„Aha. Aber mir Angst einjagen wollen.“

„Heute *ist* es ein Mord. Perciò ...“

Ich gab es auf. Wenn die mir etwas anhängen wollten, sollten sie es tun. Aber mich damit in Ruhe lassen. Wenigstens so lange, bis sie etwas in der Hand und mich hinter Schloß und Riegel hatten.

„Trinken Sie noch einen?“

Jetzt kam das Zuckerbrot. Wieso nicht. Ich nickte. Der Bulle bestellte uns Weißwein. Seine Höflichkeit und sein Siezen gingen mir langsam an die Eier. Bei Bullen mochte ich das nicht so gerne. Und war es auch nicht gewohnt.

„Sagt Ihnen der Name Franco Quagliato etwas?“

Er ließ nicht locker.

„Das ist die Leiche.“

„Woher wissen Sie denn das?“

„Weil Sie mich sonst kaum nach dem Namen fragen würden, oder?“

Jetzt hatte ich gerade noch die Kurve gekriegt. Im letzten Augenblick. Hatte das kleine Ding also doch recht gehabt.

„Und was sagt Ihnen der Name Paolo Canaccia?"

Was war denn das jetzt wieder?

„Canaccia? So auf die Schnelle: nichts."

Vorsicht, Tschenett. Den Namen hast du schon irgendwo gehört. Irgendwann.

„Grazie", sagte der Bulle, nahm dem Kellner die Gläser ab, reichte mir eines und prostete mir dann zu.

„Paolo Canaccia: mai sentito? Nie gehört?"

„No, nicht daß ich wüßte." Ich mußte aus der Ecke raus, in die mich der Bulle manövriert hatte. „Was war das heute mittag? Wollt ihr mich jetzt nicht einmal mehr in Ruhe schlafen lassen?"

„Heute mittag?"

„Ganz genau. Nur nicht unschuldig tun, nachdem man einen hundstodmüden Menschen aus dem tiefsten aller Träume gerissen hat. Für nichts und wieder nichts. Nur, um ihm die Bude auf den Kopf zu stellen."

Jetzt war er hellhörig geworden. Und ich aus meiner Ecke heraußen. Siehst du, so schnell geht das, Bulle.

„Ich versteh nicht."

„Ich hab's auch nicht verstanden."

„No, sul serio. Di che parla? Wovon reden Sie?"

Von mir aus.

„Di che parlo? Ich red davon, daß mich heute fünf Finanzer aus dem Bett geschmissen haben, nur um meine Wohnung auf den Kopf zu stellen und nach etwas zu suchen, was sie dann doch nicht gefunden haben. Capito? Ich im Bett, schnarchschnarch, dann klopfklopf an Tür, ich auf, fünf Männlein rein, schmeißen alles um, schrauben alles ab, gehen wieder. Ah, und Paganotto, der Colonello vom ersten Stock, hat von mir noch einen Kaffee bekommen. Für den hat sich das Ganze wenigstens ausgezahlt. Auch wenn der Kollege gar nicht zufrieden war mit ihm."

„Welcher Kollege?"

„Der am Telefon, der Zaggler oder Ziggler, oder wie der geheißen hat."

Der Bulle kratzte sich kurz am Kopf. Legte den Kopf schief und sah mich an.

„Ziggler", sagte er. „Ziggler."

Dann blieb es wieder für ein paar Augenblicke still.

„Damit habe ich nichts zu tun", sagte der Bulle.

„Und der Besuch bei meinem Chef? Seit die Finanzer dort aufgetaucht sind, bin ich meinen Job los. Nicht, daß ich gern arbeite. Aber immerhin."

„Der Kollege Ziggler ist bei der *antidroga*. Und mit der Drogenfahndung habe ich nichts zu tun. Trotzdem, eigenartig, daß er sich für Sie interessiert."

Eigenartig, hatte der Bulle gesagt. Und dabei wußte er noch nicht einmal, daß die Finanzer in meiner Wohnung ganz offensichtlich vor allem nach einem gesucht hatten: nach etwas Weiblichem.

Jetzt war ich nicht nur aus der Ecke raus, jetzt hatte ich sogar den Ring verlassen. Und der Bulle hatte mich ziehen lassen. Hatte eine verblüffende Wirkung, der Kollege Ziggler. Saß irgendwo im Hintergrund am Telefon und ließ die Puppen tanzen.

„Evvabbene, vedremo", sagte der Bulle. „Wir werden sehen."

„Hauptsache, es kommt nicht noch einmal vor. Ich kann nach einer Durchsuchung immer so schlecht wieder einschlafen."

„Garantieren kann ich nichts."

Und lächelte vor sich hin. Und dann schien er etwas entdeckt zu haben.

„Ah, Canaccia. Molto bene", sagte er.

Was war das jetzt wieder?

„Sehen Sie, da hinten. Kommt Ihnen da jemand bekannt vor?"

Ich drehte mich wieder zurück. Für Leute, die bei so einer Hitze schreiend und hüpfend durch die Straßen zogen, hatte ich nichts übrig. Sie lagen ganz einfach nicht auf meiner Wellenlänge. Ich würde es in meinem ganzen Leben nie verstehen. Wie man so etwas überleben und dann auch noch Spaß daran haben konnte.

Ich drehte mich um. Durch die Fußgängerzone kam ein ganzer Schwarm von Menschen. Aufgeregt und schreiend trieb es sie durch die Straße. Es sah ganz danach aus, als ob da etwas gefeiert würde.

„Und?" sagte ich.

War wohl ein Ablenkungsmanöver seinerseits gewesen. Hatte aber nicht geklappt.

„Da kommt Canaccia."

Da war er wieder, der Name.

„Wer ist Canaccia?" sagte ich.

Und drehte mich noch einmal um. Damit war meine Frage fürs erste schon beantwortet. Denn da, mitten in der Menschentraube, die sich um ihn riß, hatte ich Paolo gesehen. Meinen Kiff- und Whiskywohltäter. Den Ferrarifahrer. Den Berliner *pizzaiolo,* den lahmen Fuß von *Hertha BSC*.

Und dann klingelte es. Paolo war Paolo Canaccia. Und der wilde Hund beim Erstligisten *AS Roma*. Der Star der Saison 88/89. Der Mann, der die Tore machte. Und das große Geld. Paolo.

Sie kamen langsam näher. Die Fans ließen nicht locker. Jetzt hatten sie ihren Canaccia schon einmal in Reichweite. Da wollten sie ihm auch ein Autogramm abluchsen und ein paar Tips für die kommende Saison geben. Schließlich hatten sie lange genug darauf gewartet.

Der *AS Roma* war, wie die letzten Jahre auch, zum *ferragosto*-Trainingsaufenthalt nach Sterzing gekommen. Und mit ihm die römischen Fans. Vor allem die weiblichen.

„Allora, Tschenett?“ sagte der Bulle.

„Canaccia“, sagte ich. „Da hab ich den Namen und das Gesicht nicht zusammengebracht. Für mich ist das Paolo. Mehr nicht. Ich kann mir nichts von dem merken, was ich in den Zeitungen lese. Die Gesichter auf den Fotos schon gar nicht. Und Fernseher hab ich keinen.“

Jetzt war Paolo auf unserer Höhe. Eine Frau am Nebentisch sprang auf und schrie: „Paolo, guardami, dai Paolo. Per favore.“

Sie stand knapp vor einem hysterischen Anfall. Und als Paolo endlich zu ihr herübersah und ihr so etwas wie ein halbes Lächeln zuwarf, drückte der Ehemann der Hysterischen wie verrückt auf den Auslöser. Küßte seine Frau. Und sank entzückt in den Stuhl zurück.

„L'ho beccato, l'ho beccato“, stammelte er. „Ich habe ihn erwischt.“

Seine Frau war verstummt und griff sich an den Kopf.

Dann trafen sich Paolos Blick und der meine. Er schien kurz nachzudenken. Und dann schmunzelte er.

In diesem Augenblick sah ich die Frau an seiner Seite. Ebenso blond wie Paolo. Hoch aufgeschossen. Und auf jeden Fall eine Schönheit. Das war sie also. Die zweite Hälfte des Traumpaares des Jahres. Von der Hochzeit hatte sogar ich etwas mitbekommen. Paolo Canaccia, Stürmerstar des *AS Roma*, der in diesem Jahr zum zweiten Mal Spitzenreiter der italienischen Liga geworden war, Canaccia, das Idol der *giallorossi*, Sohn eines Süditalieners, der es in Berlin zum Pizzabäcker gebracht hatte. Paolo Canaccia, der sich in Maria Mercedes Fosco, einziger und wohlbehüteter Sproß des Zeitungszaren Francesco Alberto Fosco, verliebte, sich dann verlobte und verheiratete. Und das alles innerhalb von vier Monaten. Ganz Italien hatte die Geschichte von Beginn an mit angehaltenem Atem verfolgt. Kriegt er sie, kriegt er sie nicht? Und, vor allem: kriegt sie ihn, kriegt sie ihn nicht? Papa Fosco schien zuerst gar nicht besonders angetan gewesen zu sein von diesem Balltreter. Aber am Ende hatte die Liebe gesiegt. Und sie hatten sich gekriegt. Endlich. Und unter allgemeinem Beifall. Wenn ich mich recht erinnerte, war das junge Glück noch ziemlich jung. Höchstens eine halbe Saison alt. Und jetzt promenierten sie durch die Fußgängerzone der Provinzstadt und hielten hof. Lächelten huldvoll. Und die Pressefotografen und Kameramänner ließen sich nicht einen Augenblick entgehen.

Die Horde zog weiter.

„Cosa avete fatto li, voi due?"

„Wie bitte?"

Das war der Bulle gewesen. Er war also immer noch da.

„Was haben Sie denn da getan, an dem Abend? Sie und Canaccia?"

Ja, was denn?

„Nichts Besonderes", sagte ich. „Sein Auto ging nicht mehr, er hat mich angehalten, ich hab ihn mitgenommen."

„Und Ihr Zustand?"

„Welcher Zustand?"

„Nüchtern waren Sie ja beide nicht mehr, da auf der Autobahnraststätte."

„Ich weiß auch nicht", sagte ich. „Ist einfach so passiert. War auf einmal da."

„Aha. Wissen Sie, wo der gute Herr Canaccia vorher war? Bevor Sie ihn, wie sagt man, an Bord genommen haben?"

Stellte wieder einmal ziemlich viele Fragen, der Bulle.

„Ist das ein Verhör?"

„No, per niente", sagte er. „Überhaupt nicht. Nur ein paar Fragen. Also?"

„Weiß ich nicht. Und geht mich auch nichts an“, sagte ich. „Und euch noch weniger.“

„Uns?“

„Die Bullen.“

Er nickte kurz.

„Lo sa come è morto il Quagliato? Wie er gestorben ist?“

„Chi?“

„Franco Quagliato.“

Jetzt ging das wieder los.

„Woher soll ich denn wissen, wie der verreckt ist?“ sagte ich.

„Gut. Dann sag ich's Ihnen. Sie können es dann ja Ihrem Freund weitererzählen. Also: Es sah alles nach Überdosis aus. Ganz einfach. Bis unser Gerichtsmediziner die Flecken im Nacken entdeckt hat. Knapp unter dem Haaransatz. Und was sagt uns das?“

„Was soll uns das sagen?“

„Daß es eine saubere Arbeit war. Ein gezielter Schlag. Beinahe schon professionell.“

„Das kann euch ja nur recht sein“, sagte ich. „Sich immer nur mit Stümpern herumzuschlagen, muß ziemlich langweilig sein.“

Der Bulle sah mich eine Zeitlang an.

„Tschenett“, sagte er dann langsam, „c'è qualcosa che non quadra. Ganz blicke ich noch nicht durch.“ Er schob das leere Weinglas von einer Hand in die andere. „In den Unterlagen über Sie fehlen ein paar Jahre. Und ich weiß nicht, wieso. Noch nicht.“

„Sobald Sie's wissen, sagen Sie's mir. Würd mich sowieso interessieren, was in euren Scheißakten steht.“

„Weniger, als Sie denken“, sagte der Bulle.

Und dann stand er auf.

„Ci vedremo ancora“, sagte er. „Purtroppo lo devo risolvere, questo caso. Dazu sind wir schließlich da. Daß wir unsere Fälle aufklären.“

„Faccia pure", sagte ich. „Wenn's sein muß."

„Es ist nichts Persönliches."

Dann ging er. Drehte sich noch einmal um. Und kam an den Tisch zurück.

„Tschenett", sagte er, „controlli un pò a pagina tre. Seite drei. Lesen Sie. Wird eine nette Überraschung für Sie sein."

Und dann ging er. Ich schlug Seite drei der Sportzeitung auf und las. Und mußte lachen. Hatte Humor, der Bulle.

Freund Paolo Canaccia war in Schwierigkeiten. Nach dem letzten Spiel der abgelaufenen Saison hatten sie in seinem Urin Spuren von Kokain gefunden. Und das nicht zum ersten Mal.

Schien ein Händchen fürs gute Leben zu haben, der Kollege. Und hatte Pech gehabt. Genau wie ich. Sie hatten ihn erwischt. Genau wie mich. Aber laut dem, was da in der Zeitung stand, hatte er gute Chancen, mit nichts weiter als einer zweimonatigen Sperre und einer Geldstrafe davonzukommen. Zahlbar an eine wohltätige Einrichtung. Ein paar Millionen Lire. War gar nichts. Im Vergleich zu den Milliarden, die er verdiente.

10

Die hinterste Ecke in Candalostias Bar war zwar ein ziemlich verrauchtes Loch, aber genau richtig für mich. Erstens war es hier am kühlsten. Und zweitens von der Musik am wenigsten zu hören.

Candalostias Publikum bestand zum Großteil aus fanatischen *metal*-Fans. Und die schienen ihren Spaß daran zu haben, sich den Lärm mit maximaler Gewalt links ins Ohr rein, einmal quer durchs Hirn und dann rechts zum Ohr hinaus blasen zu lassen. Mir war das ein bißchen zuviel. Hier hinten war es gerade noch zum Aushalten, außerdem wurde man in Ruhe gelassen. Und die brauchte ich zur Zeit dringend.

Viel, viel Ruhe. Und ein Glas Wein. Candalostia hatte einen netten *Verdicchio* auf Lager. Und noch nie das Wort Kredit in den Mund genommen.

„Von mir aus“, sagte Candalostia, „wieso soll ich nicht auch einmal etwas Gutes tun?“

„Eben.“

„Und du siehst aus, als ob du’s dringendst brauchen könntest.“

Seit einem knappen halben Jahr war ich Stammgast in Candalostias kleiner, übelbeleumdeter Bar. Wir hatten uns von Anfang an verstanden. Gingen beide, wenn auch verschieden schnell, auf die Vierzig zu. Waren vom Leben oder wem auch immer ziemlich herumgetrieben worden. Und zur Zeit hier in dieser eigenartigen Gegend gestrandet. Diese Gegend, die so tat, als würde sie nur darauf warten, jeden Fremden an die Brust zu drücken. Aus lauter Freude, daß er überhaupt gekommen war. Und dann stellte sich heraus, daß sie nur ganz Bestimmte meinten. Die, die bezahlen konnten. Die, die sich auf Brauchtumsabenden von Lederhosen niederjodeln lassen wollten. Alle anderen, egal ob fremd oder nicht, taten sich etwas schwerer.

Dabei war ich selbst an meiner Lage schuld. Ich hätte, wie die zwanzig Jahre vorher, weiterhin in Hamburg bleiben können. Und von dort aus meine LKW-Touren fahren. Oder wieder in die Christliche Seefahrt zurückkehren. Aber seit ich, vor drei Jahren, bei der Geschichte mit dem Sattelzug, der zur Hälfte plötzlich mir gehört hatte, in dieser Gegend hier hängengeblieben war und mich wieder daran gewöhnt hatte, mitten im Satz vom Deutschen ins Italienische zu wechseln und zurück, seither hatte mich eine seltsame Müdigkeit befallen. Ich bekam den Arsch nicht mehr so richtig hoch. Und daß mitten im Jahr des Herrn 1989 in Berlin und Restdeutschland das Deutsche immer höher gehandelt und der DDR via Ungarn der Marsch geblasen wurde, machte mir eine Entscheidung auch nicht leichter.

Candalostia. Eigentlich hieß er ja Gigi. Wie seine Bar. Aber alle nannten ihn Candalostia. Weil er selbst so gut wie jeden zweiten Satz mit diesem Kraftwort anfing. „Daran erkennt man den Traminer", sagte er. Und schon wußte ich mehr über die Traminer. Bis dahin war das eher ein Fremdwort gewesen für mich. Bis auf den Wein. Candalostia erzählte immer wieder von Tramin. Von seltsamen Gebräuchen und tiefen Weinkellern. Obwohl er seit Ewigkeiten nicht mehr dort gewesen war. „Alte Geschichten", sagte er. Mußten ziemlich ernst sein, die alten Geschichten, daß sich so einer wie Candalostia nicht mehr nach Tramin traute. „Irgendwann vielleicht", sagte er, „irgendwann erklär ich's dir. Candalostia. Dann wirst dich wundern, und verstehen."

„Candalostia", sagte ich, „ich bin dabei, mir wieder einmal eine Arbeit zu suchen."

Er hatte sich an meinen Tisch gesetzt. In der Bar war es etwas ruhiger geworden. Die Jugend war mit sich selbst beschäftigt.

„Du hältst es auch nie lange an einem Ort aus. Wird Zeit, daß du älter wirst."

„Das geht von allein", sagte ich. „Außerdem haben dieses Mal sie mich rausgeschmissen. Ich bin gar nicht zum Kündigen gekommen."

„Was hast du angestellt?"

„Nichts. Einen Tag später waren die Finanzer in der Firma. Der Bulle sagt zwar, daß nicht er sie geschickt hat. Aber trotzdem. Aus."

„Künstlerpech“, sagte Candalostia. „Was war’s denn?“

„Gras. Und Koks für die Hausapotheke.“

„Sauber.“ Er schenkte nach. „Dann würde ich, wenn ich du wär, die ganze Strecke von hier nach Bozen zu Fuß gehen. Vielleicht kannst dich revanchieren.“

„Soll ich wallfahrten, Candalostia? Laß das.“

Ich mußte mich von dem nicht auch noch auf den Arm nehmen lassen.

„Im Ernst. Nichts davon gehört?“

„Wovon?“

„Von den eineinhalb Kilo Koks, die irgendwo zwischen Sterzing und Bozen aus dem Zug geflogen sind.“

„Du spinnst.“

Er schüttelte den Kopf und grinste.

„Ist eine Tatsache. Einer Chilenin ist im Schnellzug München – Mailand schlecht geworden. Da haben sie sie hier ins Krankenhaus gebracht. Bewußtlos. Und um den Bauch gewickelt ein gutes Kilo bestes Pulver gefunden. Gestern.“

„Und?“

„Die waren zu zweit. Ihre Kollegin haben sie in Bozen aus dem Zug geholt, verhaftet und durchsucht. Und nichts gefunden. Und jetzt glauben sie, daß sie das Zeug irgendwo aus dem Fenster geschmissen hat.“

„Hör auf“, sagte ich. „Das findet man nie. Das sind sechzig Kilometer. Und Tunnel, Wiesen und Wald. Und der Fluß. Scheiße, das schwimmt jetzt in die Adria.“

„Vielleicht auch nicht. Ich hab gehört, heute sollen ziemlich viele Spaziergänger unterwegs sein. Weil sie so blöd waren, die Geschichte gestern abend im Fernsehen zu bringen. Überall, wo sie mit ihren Hunden hinkommen, sind schon ein paar. Und schauen unschuldig in die Gegend. Der Ziggler ist heut nachmittag ganz fertig gewesen.“

„Ziggler?“

Jetzt ging das schon wieder los.

„*Antidroga.* Drogenbulle. Paß auf bei dem. Der ist nicht sauber."

Candalostia mußte es wissen. Bei seiner Klientel war es ganz normal, daß sich die entsprechende Abteilung regelmäßig um die Bar kümmerte. Candalostia hielt sich, soweit es ging, aus dem Spiel raus. Wenn ihm einer auf dem Klo kollabierte, rief er den Krankenwagen. Wenn ihm einer über dem Tisch einschlief, ließ er ihn schlafen. Und die Bullen ließen die Bar laufen, weil sie es dann einfacher hatten. Alles unter Kontrolle. Es genügte, einen Spitzel reinzusetzen.

Candalostia war keiner, da war ich mir sicher. Ich hatte ihn lange genug beobachten können, von der anderen Seite des Tresens aus.

„Ist der öfters hier, der Ziggler?"

„Manchmal. Gesehen hast du ihn sicher schon."

„So ein Geschniegelter?"

„Richtig", sagte Candalostia. „Sie nennen ihn *Miami.* Zuerst hat er's gar nicht verstanden. Obwohl ich sicher bin, daß er sich jede Folge von *Miami Vice* anschaut. Benimmt sich genauso. Immer das Teuerste an, lackiert, eingebildet. Arrogant und dumm."

„Keine gute Mischung", sagte ich.

„Aber er bringt's noch zu etwas."

„Und wir nicht", sagte ich.

„Eben."

Und dann gab es mir einen Riß. Sabrina war in die Bar gekommen. Das kleine Ding. Unterhielt sich mit einem, der in der Tür lehnte. Und schien es ziemlich eilig zu haben.

„Was ist?" sagte Candalostia.

„Nichts."

„Siehst mir aber nicht danach aus."

Das kleine Ding schien kein Glück zu haben. Und wurde laut.

„Dann eben nicht, du Arschloch. Aber komm nie wieder zu mir. Dimenticalo. Vergiß es."

„Der geht's heut nicht gut", sagte Candalostia.

Und dann verschwand sie aus der Bar. Ich schaute ihr hinterher.

„Tschenett", sagte Candalostia, „muß man sich Sorgen um dich machen?"

„Nein. Zur Zeit nicht."

„Hast du etwas mit der?"

Ich antwortete ihm nicht.

„Nur zur Information", sagte Candalostia. „Der Ziggler ist hinter ihr her. Wie der Teufel hinter der armen Seele. Das letzte Mal hat er gar nicht mehr wegschauen können. Eine Stunde lang."

„Und?"

„Und nichts. Ich hab's dir gesagt."

Der Ziggler. Schon wieder.

„Interessierst dich deswegen für ihn?" sagte Candalostia.

„Weißt du was?" sagte ich. „Laß mich. Laß die Flasche hier stehen und laß mich. Am besten in Ruhe."

Ich hatte nachzudenken. Candalostia stand auf.

„Von mir aus", sagte er.

Jetzt hatte ich ihn beleidigt. Konnte ich ihm auch nicht helfen.

„Candalostia", sagte ich, „nimm's nicht tragisch."

Er sah mich zweifelnd an.

„Wenn du meinst", sagte er.

Dann hatte ich die Flasche, den Tisch, die Bar und die Welt wieder ganz für mich allein. Und fühlte mich gar nicht einsam.

Zwei Stunden noch. Dann mußte ich in den *Försterkeller*. Mir graute jetzt schon davor.

„Das sieht man gern. Ein einzelner Mensch, und eine ganze Flasche. Und etwas drin auch noch."

Ich schaute auf. Die Stimme hatte ich schon erkannt. Das war einer von Candalostias Stammkunden. Einer, den ich auch schon bei Berta getroffen hatte. Ein Mensch, dem man nicht bös sein konnte. Und ein Glas Wein abschlagen schon gar nicht. Christus.

„Hol dir ein Glas", sagte ich, „und setz dich. Wie geht's?"

„Himmlisch", sagte Christus.

Ich lachte.

„Lach nicht. Das ist ein Ernst, wenn ich das sag."

Dann setzte er sich und fischte ein Glas aus der Hosentasche.

„Du bist der, wart einmal, der Tschenett bist du. Könntest ein guter Mensch sein. Wenn dich anstrengst."

„Ist so schon anstrengend genug."

Ich schenkte ihm ein.

War eine eigenartige Figur, dieser Christus. Ein Sonderling, den es vom Berg immer wieder ins Tal heruntertrieb. Für ein paar Tage. Und dann verschwand er wieder wochenlang. Zwischendurch ging er bei Bauern, die ihn schon seit Jahren kannten, *ins Brot*. Half beim Heumachen. Oder bei Holzarbeiten. Hatte er schließlich gelernt. Seit er als lediges Kind auf verschiedenen Höfen groß geworden war, einmal bei dem, einmal bei dem anderen Bauern. Und damit war eigentlich der Rest seines Lebens schon ziemlich genau vorgezeichnet. Eine gute Arbeitskraft, die für wenig mehr als Essen und reichlich Trinken sich abrackerte und ansonsten ein bißchen eigenartig war. Aber das konnte man ihm, solang er in der Früh auf die Beine kam, nachsehen. Jahrelang hätte das so gehen können.

Aber Christus, der früher einmal anders geheißen hatte, wollte es anders. Und hatte sich aufs Predigen verlegt. Wo auch immer er gerade war, wenn es ihm einschoß, fing er mit seinen Strafpredigten an. Und verschonte nichts und niemanden. Ich hatte ihn ein paarmal dabei erlebt. Und ihm beinahe schon wieder recht geben müssen.

Pünktlich zu Anfang der Sommersaison hatte er sich im Tal hinten drinnen an der Talstation des Sesselliftes aufgestellt. Nachdem er sich bei Berta einen Liter Roten erbettelt hatte. Und dann hatte er gepredigt. Und die Touristen unbedingt davon abhalten wollen, sich mit dem Sessellift den Berg hinaufschaufeln zu lassen. „Da kommt ihr nie oben an“, hatte er gesagt und die Arme ausgebreitet und damit herumgefuchtelt. „Da oben, hinterm Eck, da wo der letzte Pfeiler steht, da fährt die Bahn in den Berg hinein und von da aus immer weiter und weiter, so lange, bis sich die Tore der Hölle auftun und das Untier aus seinem Rachen euch Feuer entgegenspeit und euch verschlingt samt Haut und Haaren.“

Christus mußte wissen, wovon er sprach. Schließlich hatte er vor knapp fünfzehn Jahren am Sesselliftbau mitgearbeitet. Zusammen mit Bertas Bruder, der vom Gerüst herunter in einen Schacht gefallen war, während Beton hineingepumpt wurde. Für Bertas Bruder war alles zu spät gewesen. Und Christus hatte sich an der Stelle hingekniet und war drei Tage lang knien geblieben. Bis man ihn eines Morgens bewußtlos gefunden und ins Krankenhaus gebracht hatte. Dort hatte er sich die Nacht darauf von den Schläuchen losgerissen und war durchs Fenster verschwunden. Die Ärzte hatten ihm aufgrund seiner Leberwerte noch knapp ein Jahr gegeben. Die meisten von ihnen waren inzwischen gestorben. Und Christus wandelte immer noch.

Als Christus an der Talstation des Sesselliftes auf die Touristen einpredigte, hörten diese eine Zeitlang zu und klatschten ihm dann Beifall. Weil sie seine Androhung des Ewigen Feuers für die Protestaktion einer Ökogruppe hielten, die sich einen Schauspieler angemietet hatte, der in der örtlichen Tradition des Bauerntheaters für ihre Ziele werben sollte. Christus hatte, kaum war Beifall aufgekommen, die Hose hinuntergelassen und seinem Publikum das Hinterteil gezeigt. „Das ist das Gesicht der Ewigen Bestie", hatte er geschrien. Die Touristen hatten sich abends beim Kurpräsidenten wegen dieser empfindlichen Störung ihrer Urlaubsruhe bitter beklagt.

„Morgen", sagte Christus, „morgen mach ich eine Wallfahrt."

„Mir ist heute eine vorgeschlagen worden", sagte ich.

Christus nahm die Flasche und schenkte sich nach.

„Dir", sagte er, „dir tät ich keine Wallfahrt empfehlen."

„Wieso?"

„Weil du nicht reinen Herzens bist."

„Ich kann mich ja anstrengen."

„Das ist es ja. Anstrengen wirst du dich nie. Bist ein viel zu kommoder Mensch. Dir ist eh nichts heilig."

„Und?" sagte ich, „kann man dann nicht wallfahrten gehen?"

„Woll", sagte Christus. „Dann ist's aber nur gut für die Schuster."

„Und wohin gehst du wallfahrten?"

„Das wirst schon noch früh genug erfahren", sagte Christus. Und war mit jedem Wort lauter geworden. „Alle werdet ihr das noch erfahren. Pauken und Trompeten, Donnerschlag und Hagelblitz. Alle werdet ihr das noch erfahren. Und dann werdet ihr auf die Knie fallen. Ob eures Unglaubens und eurer Verworfenheit."

Da hatte er anscheinend Aufregendes vor für morgen, der Christus. Er war aufgestanden, hatte das Glas ausgetrunken, es mit einem Hemdzipfel getrocknet und dann in die Hosentasche gesteckt. Und dann ging er, mit halbwegs geradem Schritt, auf den Ausgang zu.

Candalostia kam an den Tisch.

„Es wird immer schlimmer, mit dem", sagte er.

„Der ist grad recht", sagte ich, „und schlimmer dran als wir ist er auch nicht. Apropos, Candalostia: Hast du ein Auto für mich? Nur bis morgen, solang ich im *Försterkeller* den Rausschmeißer mach."

„Rausschmeißer, du?"

„Wieso nicht?" sagte ich.

11

Inzwischen wußte ich, wieso. Zuerst waren die dreißig versprochenen *naioni* in das Lokal gekommen. Hatten sich ein jeder einen Teller Spaghetti bestellt. Und darauf bestanden, daß es erstens mit der Musik endlich losgehen sollte. Und zweitens möglichst laut.

Ich hatte mit den Achseln gezuckt. Solange die Bauernburschen noch daheim beim Ausmisten waren, schob ich hier eine ruhige Kugel. Und ich hatte nicht vor, sie mir abnehmen zu lassen.

„Tschenett", hatte Charlie gesagt, „vergiß nicht, was wir abgemacht haben: Rausschmeißer. Und Diskjockey. Und nüchtern."

„Nüchtern taug ich zum Rausschmeißer aber nicht. Und das Zeug, mit dem sich der Lärm aushalten läßt, den diese tapferen Jungsoldaten sich auf den Teller wünschen, bevor sie heim zu Muttern müssen, das Zeug hast du eh nicht auf Lager."

„Von mir aus. Hier", sagte Charlie und drückte mir entnervt eine Flasche Whisky in die Hand, „Rausschmeißer und Diskjockey. Kapiert?"

Ich sah zuerst ihn, dann die Flasche an.

„Laß mich nicht im Stich, du Hund", sagte Charlie.

Die Diskjockeys, die bisher für Charlie gearbeitet hatten, mußten alle Zwerge gewesen sein. In dem kleinen Verschlag konnte man kaum seinen Arsch bewegen. Geschweige denn sich umdrehen.

Kaum stand ich hinter dem Plattenteller, schaltete Charlie zwei Scheinwerfer ein. Die mir direkt auf die Birne brannten. Die Jungsoldaten johlten auf. Ich drückte so lange auf sämtliche Knöpfe, an die ich herankam, ohne mich bücken zu müssen, bis das Mikro ein Rauschen von sich gab.

„Ebbene", schrie ich ins Mikro.

Ein fürchterlicher Lärm wanderte durchs Lokal. Bis jetzt hatte ich noch nicht gewußt, daß ich so laut sein konnte. Von den Jungsoldaten kam begeisterter Applaus. So wenig brauchte es. Sonst blieb es ruhig in Charlies *Försterkeller*. Außer den Soldaten hatte noch niemand hierher gefunden.

Charlie stand hinter der Bar. Ich hob die Whiskyflasche und grinste ihm zu. Er prostete zurück. Von mir aus. Er wollte es nicht anders. Während ich die nächstbeste Platte auf den Teller legte, zog ich mir das Mikro näher.

„Ebbene", schrie ich, „allora, luridi pezzi di merda. Attenzione. Sapete chi sono io? No? Evvabeh. Adesso ve lo dico io, chi sono. Sono il capo dello stato. Sull'attenti!"

Und dann ließ ich die Nadel auf die Platte aufsitzen.

Die Jungsoldaten waren bei meiner äußerst willkürlichen Behauptung, ich sei ihr Staatspräsident, in die Höhe geschnellt und hielten sich die rechte Hand an den Kopf. Mußte ein militärischer Gruß sein. Während sie so dastanden, fingen die *Zillertaler Kittelschmecker* mit einer Polka an. Ich ließ die Platte laufen. War vielleicht nicht genau das, was sich die Jungsoldaten vorstellten. Aber es war laut. Und das war ja schon was.

Nach und nach setzten sie sich und machten sich wieder über ihre Nudeln her.

„Nicht schlecht, für den Anfang“, sagte Charlie, der an meinen Verschlag gekommen war. „Aber die Ansagen kannst, denk ich, auslassen. Und such irgend etwas Italienisches. Oder Rockiges. Am besten beides. Ich möcht, daß die auch noch ein Schnitzel bestellen. Und eine Nachspeise. Und Sekt. Also reiß dich zusammen. Und verjag sie mir nicht.“

„Blutsauger.“

„Nur nicht jammern. Noch ist ja nichts los. Die Braunviehzuchtabteilung muß erst noch kommen. Dann geht's auf. Und erinner dich: Du bist hier der Rausschmeißer *und* der Diskjockey. Und den meisten Ärger gibt's, wenn nicht die richtige Musik läuft. Also: ist alles in deiner Hand.“

Würde schwer verdientes Geld werden, heut abend.

Ich ließ die *Kittelschmecker* weiter Polka jodeln und versuchte, ein paar brauchbare Platten zu finden. Brauchbar war für mich alles, was schwarz, nicht allzusehr gewellt und halbwegs rund war. Solange es ein Loch in der Mitte hatte. Ich stand in einem heillosen Durcheinander, das ungefähr auf dem Stand von vor zehn Jahren war, und sortierte drei Haufen: deutsches, italienisches und englisches Liedgut. Platte auf Platte. Die Reste, die von den Hüllen noch geblieben waren, landeten am Boden. Jetzt konnte mir nicht mehr viel passieren. Ich schmiß die oberste Platte des mittleren Stapels auf den zweiten Plattenteller. Und war dann selbst überrascht, wie präzise ich den Geschmack der jungen Menschen getroffen hatte. Eine spätpubertäre Frauenstimme sang einen verzweifelten Text, der die Gäste des Lokals von ihren Tellern losriß und zum Mitsingen zwang. Bis sie an ihren Tränen erstickten. *Tu mi fai girar, tu mi fai girar, come fossi una bambola. Poi mi butti giù, poi mi butti giù, come fossi una bambola.* Undsoweiter undsofort.

Eineinhalb Stunden später waren die Kühe gemolken, der Stall ausgemistet, die Jungbauern am ersten Bier und die Jungsoldaten am vierten. Und mein Job härter geworden. Die ersten Gläser waren schon zu Bruch gegangen, Charlie hatte mir sorgenvolle Blicke zugeworfen, und ich machte mir auch schon Gedanken um meine Zukunft. Vor mir standen zwei Vertreter der verfeindeten Lager und schrien, so laut sie konnten, auf mich ein. Gleich würde es losgehen.

Dann kam mir die rettende Idee.

„Sentite, ragazzi, paßt's auf, Leute", sagte ich. „Mehr als ein Lied auf einmal a volta kann der Apparat nicht non posso mettere sù. Capito kapiert? E allora facciamo così: wer warten muß, bis sein Lied kommt riceve bekommt un whischetto einen Whisky. Quà da me hier. Capito kapiert? Wer ist der erste il primo?"

Und schon stritten sie sich. Wer dem anderen den Vortritt lassen wollte. Bei der Musik. Also gab ich ihnen, ausnahmsweise, beiden einen whischetto. Und dann war die Flasche leer.

Charlie zog zwar ein leicht schiefes Gesicht, als ich gleich zwei Flaschen Nachschub holte. Aber er traute sich nichts zu sagen.

Die jungen Leute hatten das Konzept relativ rasch verstanden. Es genügte, im richtigen Moment zu behaupten, man hätte sich schon lange eine Platte gewünscht, und schon konnte man sich gratis einen hinter die Binde hauen. Vorausgesetzt, man verhielt sich ansonsten nett und brav. Es dauerte nicht allzu lange, und sie waren so breit, daß schon deswegen nichts mehr zu Bruch gehen konnte, weil sie genug damit zu tun hatten, sich selbst auf den Beinen zu halten. Ein paar von ihnen lagen sich im Arm.

Wenn nichts Unvorhergesehenes mehr dazwischenkam, war der Abend gelaufen. Ich lehnte mich in Ruhe zurück. Na also. Warum nicht gleich.

Ich erkannte Paolo erst im letzten Augenblick. Mußte daran gelegen haben, daß er mindestens einen so schiefen Gang hatte wie die Mehrzahl unserer Gäste. Er schaute sich im Lokal um. Als er mich entdeckt hatte, hob er versuchsweise den einen Arm, ließ es dann bleiben, kämpfte sich zu mir durch und lehnte sich dann an die Seitentür meines Verschlages.

„Giovani", sagte er, „guardali. Schau sie dir an, die heutige Jugend."

„Sehr viel besser siehst du heut abend aber auch nicht aus", sagte ich.

Von dem siegreichen, strahlenden Helden, der am Nachmittag in der Fußgängerzone hofgehalten hatte, war nicht mehr viel zu sehen. Canaccia war in einem Zustand, in dem ihn kein Sportreporter angesprochen hätte.

„Haste wat zu trinken für mich, Alter?"

Wieso nicht. Vielleicht half es. Ich hielt ihm meine Whiskyflasche vors Gesicht.

„Caro mio", sagte er, „sei froh, daß du nicht ich bist."

„Im Augenblick bin ich es", sagte ich. „Heut nachmittag war ich es auch. Und sonst weiß ich nicht."

Sehr viel wußte ich ja nicht von dem Typen. Das bißchen aus den Zeitungen. Die Meldung von heute. Die Hochzeit. Das bedeutete alles noch nichts. Und die eine Nacht am Rande der Autobahn. Die bedeutete etwas. Hatte schon was, der Goldschuh.

„Problemi, Canaccia?"

„Ah“, sagte er, „bist inzwischen auch dahintergestiegen? Schade. Paolo war eigentlich mir lieber.“

„Geht’s halbwegs?“

So richtig glücklich sah er wirklich nicht aus.

„Sehr juut“, sagte er, „allet paletti.“

Und dann drehte er sich um und ging. Schnurstracks dem Ausgang zu. So schnurstracks, wie er nur konnte.

Zwei Stunden später, die Jungsoldaten lagen längst schon auf ihren Feldbetten und träumten von Muttern, die Jungbauern lagen unter den Tischen und träumten von ihren Kühen, hatte ich mir von Charlie eine vernünftige Portion Spaghetti und eine Flasche *Bardolino* auftragen lassen.

„Zufrieden?“ sagte ich.

„Wenn du mir nicht noch die halbe Speisekammer leerräumst heut abend und nachher hilfst, die paar Typen vor die Tür zu stellen: ja.“

Dann stand er auf und sammelte leere Gläser und volle Aschenbecher ein. Ich sah auf die Uhr. Noch eine Stunde. Dann war Feierabend.

Als ich das nächste Mal hochsah, saß Paolo am Tisch.

„Salve“, sagte ich, „hai fame? Hast du Hunger?“

Hatte er nicht. Er war etwas ruhiger als bei seinem letzten Besuch. Und halbwegs nüchtern. Ich gabelte in meine Spaghetti. Wenn Paolo etwas wollte, würde er es schon sagen.

„Ich habe ein Problem.“

„Ich weiß“, sagte ich. „Ich hab’s gelesen. Aber die paar Millionen tun dir ja sicher nicht weh. Und wenn sie dich für zwei Monate sperren, dann machst du eben Urlaub. Ist also gar kein Problem.“

„Ich habe ein Problem“, sagte er wieder.

Gleichzeitig schien er sich mehr für die Tischplatte zu interessieren als für sonst etwas.

„Dai, Paolo, smettila. Hör auf damit. Die paar Lire."

„Un mililardo."

Es hatte ihn erwischt.

„Was?"

„Eine Milliarde Lire."

Die weißen Mäuse hatten ihn eingeholt.

„Was ist mit der Milliarde?"

Ich konnte das Spiel ja eine Zeitlang mitspielen. Solange ich nichts Besseres zu tun hatte.

„Sie wollen eine Milliarde."

„Wer?"

„Sie."

„Paolo, finiscila. Damit kann man mich nicht erschrekken. Das ist mir zu weit weg, eine Milliarde."

Ich wußte ja nicht einmal, wieviel Nullen das waren.

„Du mußt mir helfen", sagte Paolo und legte seine Hand auf meinen Arm, „du mußt mir helfen. Ich kann zu niemand anderem gehen, das steht sonst morgen alles in den Zeitungen."

Irgend etwas in seiner Stimme veranlaßte mich, ihn mir genauer anzusehen. Das war nicht der Paolo, mit dem ich neben der Autobahn gelegen hatte. Das war auch nicht der Canaccia, der mit Angetrauter durch die Stadt flaniert war. Das war wieder ein anderer.

„Was ist los, Paolo?" sagte ich. „Sag's mir. Vielleicht hilft es."

„Sie wollen die Kohle. Und zwei Interviews. Und sie wissen alles."

„Was wissen sie? Wer?"

„Ich weiß nicht. Alles."

So ging das nicht weiter. Paolos Hirn war mindestens so wirr wie sein Haar. Und seinem Gesicht war nicht abzulesen, wie ernst es ihm wirklich war. Ich mußte ihm eine Frage nach der anderen stellen.

„Also, mein Liebster: Was wissen sie?“

„Susan, die Briefe, die Fotos.“

„Wer ist Susan?“

„Eine Frau.“

So weit war ich auch schon gewesen.

„Und? Ihr seid ja schon seit Monaten in allen Zeitungen, du und deine Frau.“

„Sie ist nicht meine Frau.“

„Du meinst, Susan ist nicht deine Frau?“

„Nein.“

„Wer ist sie dann?“

„Eine andere. Kenn ich seit fünf Jahren.“

Langsam wurde mir einiges klarer.

„Nicht deine Frau. Und Briefe. Und Fotos. Und Milliarden.“

Paolo hatte jedesmal brav mit dem Kopf genickt.

„Du wirst erpreßt“, sagte ich, aufatmend.

Paolo nickte noch einmal.

„Laß sie doch“, sagte ich.

„Geht nicht.“

„Ich verstehe.“ Was zur Hälfte gelogen war. Aber eben nur halb. „Und?“

„Du mußt mir helfen, prego.“

„Ich?“

Er nickte wieder mit dem Kopf. Und ließ ihn dann schwer nach vorne fallen.

„Jetzt habe ich heut schon den Rausschmeißer gespielt und den Diskjockey. Warum nicht auch das. Was soll ich tun?“

„Weiß ich nicht“, sagte Paolo.

Das war alles Blödsinn. Für einen Augenblick war ich ihm auf sein versoffenes Spiel hereingefallen. Den Alptraum. Oder was auch immer das gerade gewesen war. Paolo mußte ganz einfach ins Bett und seinen Kater ausschlafen. Und fertig.

„Weißt du was", sagte ich. „Wir reden morgen drüber. Heut kann man eh nichts mehr machen."

„Morgen."

„Morgen. Mittags, bei Candalostia. *Bar Gigi*. Neben dem Kino. Da trinken wir einen Kaffee und besprechen den Rest. Einverstanden?"

Paolo ließ den Kopf wieder nach vorne fallen. Ich nahm mir die Freiheit heraus, das als Zustimmung zu interpretieren.

„Morgen. Mittags. *Gigi*. Kino. Va bene."

Ich stand auf. Jetzt mußte ich mich nur noch von Charlie loseisen.

„Charlie", sagte ich, „meinem Freund geht's gar nicht gut. Der hat deine Spaghetti gegessen. Ich muß ihn ins Hotel bringen."

„Schlaumeier", sagte Charlie, „meine Spaghetti ... Nicht einmal getrunken hat der hier bei mir. Und jetzt soll ich auf mein Personal verzichten."

„Personal, Charlie? Das hab ich überhört."

„Ist ja schon gut", sagte Charlie und zog die Geldtasche. „Ich nehm an, Geld willst du auch haben, fürs Rumstehen und Rumsaufen."

„Soll *ich* dir etwa noch ein bißchen Mobiliar kleinschlagen?"

„Hier", sagte Charlie und hielt mir meinen Fünfzig-Prozent-Anteil an meinem sauer verdienten Geld entgegen, „das ist dein."

„Blutsauger."

„Geh schon. Und bring mir morgen ein Autogramm von ihm. Heute kann er eh nicht mehr schreiben. Und vergiß nicht: Morgen abend brauch ich dich wieder. Selbe Zeit, selbes Programm."

Paolo Canaccia, den elegantesten Fuß in der *weltbesten Fußballiga*, in sein Hotel zu bringen, war keine einfache Angelegenheit gewesen.

Kaum hatten wir den *Försterkeller* verlassen, war er in die Knie gegangen. So, als ob er sich bis dahin gerade noch mit letzter Kraft gegen den Zusammenbruch gewehrt hätte. Ich hatte ihn auf den Rücksitz von Candalostias Auto gelegt und in die Stadt hinein chauffiert. Ganz, wie es sich für einen Superstar, der noch dazu in die allerbeste Familie eingeheiratet hatte, gehörte.

Aus Paolo war kein Wort mehr herauszubringen gewesen. Nicht einmal, in welchem Hotel er wohnte. Dafür wußte es der erstbeste Heimkehrer, der mir über den Weg lief.

„Canaccia?" sagte er. „Guter Mann. Sehr guter Mann. *AS Roma*. Die wohnen im *Hotel König*."

Natürlich. Das *Hotel König*. Nur das Feinste für den guten Mann. Den der Nachtportier und ich gerade aus dem Auto zogen.

12

Bei Berta hatte ich mir ein ausgedehntes Frühstück gegönnt. Einen halben Liter Kaffee in einer von ihren schüsselgroßen Schalen. Ein paar Zigaretten. Und die letzten Neuigkeiten. Von Berta selbst serviert.

Berta hatte eine seltsame Eigenart. Sie erzählte zwar immer Geschichten. Aus der näheren Umgebung. Aus den Nachbartälern. Alte und neue. Aber immer so, als sei sie nur ein Zuschauer. Der still hinschaute und weitererzählte. Ohne einen Kommentar abzugeben. „Ich werd doch keinen ausrichten", sagte sie immer.

Und das war ihre Geschäftsgrundlage. In der kleinen Bar hinten drin im Pflerer Tal wurden Nachrichten umgeschlagen, gesammelt und weiterverteilt. Wo es eine Kuh zu kaufen gab, wer einen Holzarbeiter suchte und wer eine Frau. Berta hörte zu und erzählte. Alles zu seiner Zeit.

Jetzt war sie mit Erzählen dran.

„Der Laumser Bürgermeister ist zum Bischof gefahren. Zuerst zum Bischof und dann zum Parteisekretär. Extra in die Stadt gefahren ist er. Der *Adler*-Wirt, was sein zweiter Cousin ist, hat ihn mit dem Auto chauffiert. Wegen der Kirchenglocken. Wie der Bürgermeister beim Bischof war und der Cousin derwährend im Gasthaus, haben sie ihnen das Auto abgeschleppt. Der Bischof hat dann gesagt, daß er wegen der Kirchenglocken nichts tun kann, solang sie zu einem Gottesdienst rufen, weil das eine religiöse Handlung ist. Da hat der Bürgermeister gesagt, bei ihm im Hotel und beim *Adler*-Wirt sind auch Evangelische und andere, und bei denen läuten die Glocken nicht so oft. Und schon gar nicht in aller Herrgottsfrüh. Bei der *Herrgottsfrüh* soll der Bischof geschmunzelt haben, und als dann der alte Lehrer angerufen hat, der auch im Pfarrgemeinderat sitzt, und dem Bischof, während der Bürgermeister vor ihm auf dem Stuhl gesessen ist und gewartet hat in ziemlicher Eile, weil er den Parteisekretär nicht hat wollen warten lassen, als dann der alte Lehrer dem Bischof gesagt hat, der Bürgermeister soll lieber die *Miss-Wahlen* in seinem Hotel bleiben lassen als dem Pfarrer ins Läuten hineinreden, nur weil ihn zwei Piefkes narrisch gemacht haben, da hat der Bischof, sagt der alte Lehrer, noch während er selber am Telefon war, den Bürgermeister gefragt, ob er denn zur Messe geht. Und wie er denn weiß, wann eine Messe ist, wenn's nicht läutet. Der Parteisekretär hat ihm da schon mehr zugehört, sagt der Bürgermeister, was ja auch kein Wunder ist, weil sie schließlich beide bei die Schützen sind und sich vom Andreas Hofer her kennen. Vom letzten Aufmarsch her, sozusagen. Und dann hat er den Parteisekretär und seine Gemahlin eingeladen zu sich ins Dorf und ins Hotel, weil sie in zwei Wochen eine Einweihung von einem Bildstöckl haben, was die Schützen wieder hergerichtet haben, und auf'n Abend hat er ihn dann ins Hotel eingeladen, damit er ein paar Worte sagt zu die Gäste, mehr als Schütze als als Parteisekretär natürlich, und um den bunten Abend mit der *Miss-Holiday-Tirol-Wahl* einzuweihen mit seiner Gemahlin, eventuell auch mit einem Tanz und selbstverständlich nur, wenn sie Zeit haben, und allzulang muß die Rede auch nicht sein. Und dann hat er zugesagt, der Parteisekretär, und auch daß er mit dem Bischof reden wird wegen dem Läuten, man kann's vielleicht ja auch ein kleines bißchen leiser machen, dann ist allen geholfen, katholisch sind wir ja schon, das nicht. Und da hat man wieder einmal gesehen, hat der *Adler*-Wirt gesagt, was es hilft, wenn man einen Bürgermeister hat, der die Leut in der Hauptstadt kennt und da nur so ein und aus geht. Das einzige, was es nicht gebraucht hätt, hat er gesagt, ist gewesen, daß sie uns das Auto abgeschleppt haben. Wie ich aus dem Gasthaus komm, ist's nicht mehr da. Und dann hat er, der *Adler*-Wirt, gedacht, sie haben es ihm gestohlen. Und sie sind, wie es sich gehört, mit dem Taxi nach Hause gefahren und haben dort dem Dorfpolizisten den Diebstahl gemeldet, damit er sich darum kümmert. Und bis der herausgefunden hat, daß es nur abgeschleppt war, hat es drei Tage gedauert, und dann hat der *Adler*-Wirt außer dem Abschleppen auch noch vier Tage Parkhaus zahlen müssen. Und der Bürgermeister hat gesagt, das übernimmt die Gemeindekasse. Weil amtlich."

„Siehst du, Berta", sagte ich, „wenn unsereins eine Gemeindekasse hätt."

„Dann müßten wir zweimal die Woche zum Parteisekretär hineinfahren und einmal alle zwei zum Landeshauptmann und auf die Knie rutschen."

„Da hast du auch wieder recht. Und sonst?"

„Jetzt mach ich dir zuerst einmal ein Rührei", sagte Berta.

Zwanzig Hühner hatte sie, und die Hälfte davon schien nur für mich zu arbeiten.

„Glaubst, das tut mir gut, die ganzen Eier?" sagte ich.

„Für das, was du meinst", sagte sie, „hilft's nichts und schadet's nichts. Tepp."

Und dann lachte sie und verschwand in die Küche.

Als sie zurückkam, hielt sie einen Teller in der Hand, auf dem mindestens eine halbe Legebatterie lag.

„Mahlzeit", sagte sie.

„Irgendwann bringst mich noch um."

„Da bist du selber wennschon schneller", sagte Berta. „Aber du läßt dir ja nichts sagen."

„Stimmt."

„Also iß und sei still. Und Ehrfurcht. Sind schließlich die Eier von meinen Hennen."

Auf ihre Hennen ließ sie nichts kommen, die Berta. Und als der Tubaspieler einer bayrischen Musikkapelle, die ins Tal gekommen war, um die Einweihung des neuen Feuerwehrwagens zu feiern, sich in ihren Hennenstall gelegt hatte, „weil er nicht mehr nach Hause gefunden hat in seinem Sud", hatte sie ihn so lange mit einem alten Schaufelstiel traktiert, bis er hinter der nächsten Kurve verschwunden war. Am nächsten Tag hatte sie die Carabinieri im Haus. Berta hatte ihnen einen Schnaps gegeben, ihnen ihre Hennen gezeigt, und dann waren sie wieder nach Hause gegangen. Jeder mit zwei Eiern im Sack. Gegen Bertas Hennen konnte keiner etwas ausrichten.

„Keinem kannst trauen in dieser Welt", sagte sie immer, „außer meinen Hennen."

„Wie hat der noch geheißen, der bei dir hier war, das letzte Mal?“ sagte ich.

„Hier kommen viele vorbei“, sagte sie.

„Der, der mit dem Bagger abgestürzt ist, du weißt schon, Berta. Tu nicht so.“

„Was willst mit dem?“

„Eine Arbeit such ich. Für ein paar Tage.“

„Laß das.“

„Jetzt auf einmal. Sonst sagst immer, ich soll arbeiten gehen.“

„Arbeit schon“, sagte Berta, „aber nicht so eine. Das ist nichts für dich.“

„Und warum?“

Ich war ziemlich gespannt, was jetzt kommen würde.

„Hast ihn dir nicht angeschaut?“ sagte Berta. „Hast gesehen, wie der beinander war?“

„Hat halt einen schlechten Tag gehabt. Und ein paar Schnäpse getrunken.“

„Einen schlechten Tag gehabt? Angst hat der gehabt. Angst, das sag ich dir. Und zu Recht. Wehe, du bist so blöd und kurvst da oben in den Knotten herum für die paar Lire. Nur, weil so ein paar ganz Gscheide in der Stadt, die sich schon schwertun, von ihrem Sessel aufzustehen, denken, daß da oben am Berg unbedingt eine Straße hinübermuß.“ Sie klopfte sich ein paarmal ans Hirn. „Und du willst ihnen mit dem LKW da hinauffahren. Als ob nicht schon genug passieren würde.“

„Es wird ordentlich bezahlt.“

„Aber ja“, sagte Berta. „Was machst dann mit dem Geld, wenn tot bist?“

„Meine Schulden bei dir zahlen.“

„Dann behalt’s lieber gleich.“

Berta hatte sich richtig in Schwung geredet. Und war jetzt hinter ihren Pudel zurückgekehrt und polierte die Kaffeemaschine.

„Wußte ich gar nicht, daß dir solche Sorgen um mich machst, Berta."

„Mach ich mir auch nicht. Mich ärgert nur die Dummheit."

„Danke."

„Bitte."

Jetzt hatte ich sie da, wo ich sie nicht haben wollte. Jetzt war sie eingeschnappt. Dabei war Berta die einzige weit und breit, die sich um mich kümmerte. Und das schon seit Jahren. Seit ich ins Land gekommen war. Ich hatte noch nicht genau verstanden, was sie an mir fand, die Berta. Wir lebten in zwei verschiedenen Welten. Sie war hoch sechzig, ich hoch dreißig. Sie war nie aus diesem Tal hinausgekommen. Und ich hielt es nirgendwo allzu lange aus. Sie kümmerte sich tagein, tagaus um ihre Hennen. Und ich kümmerte mich nicht einmal um mich. Trotzdem: wir verstanden uns. Berta freute sich jedesmal, wenn ich in ihrer Bar vorbeischaute. Und ich fühlte mich ziemlich wohl hier.

„Such dir was anderes", sagte Berta.

„Ja, Berta."

„Etwas Anständiges. Falls du's aushältst. Wirst ja endlich einmal alt genug dazu sein."

„Ich weiß es nicht, Berta."

Ich war aufgestanden, hinter den Pudel gegangen. Und hatte meinen Arm auf ihre Schulter gelegt.

„Wir machen das schon, Berta."

Sie lachte und schob mich von sich.

„Laß das", sagte sie. „Kein ernstes Wort kann man reden mit dir. Laggl."

„Heut nachmittag kassier ich die letzte Fuhre ab", sagte ich, „dann kriegst ein bißchen Geld zurück."

„Lieber ist mir, ich seh dich so schnell nicht wieder."

„Werd ich mir merken, Berta. Werd ich mir merken."

13

Die Sekretärin tat ganz verzweifelt. Dabei hatte ich sie nur mitten in einem Computerspiel überrascht.

„Der Herr Chef ist leider nicht da, Herr Tschenett", sagte sie.

„Lassen Sie das *Herr*, zumindest, solange Sie mich meinen, und zahlen Sie mir lieber mein Geld aus."

Jetzt hatte man schon gearbeitet und mußte immer noch betteln um seine paar Lire.

„Der Herr Chef hat gesagt, Ihre Auszahlung macht er selber."

Sie beeilte sich, das Spiel von ihrem Monitor verschwinden zu lassen. Wer weiß, was die nächsten Minuten passieren konnte. Mit der Ruhe war es jedenfalls aus und vorbei.

„Schau, Madame", sagte ich, „ich will nur mein Geld. Und jetzt hol irgendeinen, der zuständig ist. Wenn du selber schon nicht an die Kasse darfst."

Sie war ein ziemlich junges Ding und gab sich die größte Mühe, möglichst erwachsen und sekretärisch zu wirken.

„Verstehen Sie das doch", sagte sie, „das geht nicht so einfach. Das muß zuerst durch die Personalabteilung und durch die Buchhaltung ..."

„Ihr spinnt ja", sagte ich. „Die *Original Tiroler Bauernstuben* mußten auch nicht durch die Personalabteilung und die Buchhaltung. Die hab ich direkt nach Rotterdam gefahren. Und jetzt will ich direkt bezahlt werden. Verstanden?"

Langsam wurde ich sauer. Ich hatte mich schon über ihren Chef geärgert, als das Arschloch am Telefon versucht hatte, unangenehm zu werden. Aber über Leute, die für ein paar Lire im Vorzimmer die Drecksarbeit für die Herren machten, über die konnte ich mich beinahe noch mehr aufregen.

Als ich die ersten Schritte in Richtung der Tür in ihrem Rücken machte, bekam die Schreibtischdame einen unruhigen Blick. Also doch.

„Der Chef ist nicht da?“ sagte ich.

„Nein.“

„Und nur der Chef kann auszahlen?“

„Ja.“

Sie griff zum Telefon.

„Dann ist ja gut“, sagte ich, ging zur Tür, riß sie auf und schaute mir die Sache an.

Da saß er, der Chef.

„Mein Geld“, sagte ich. „Ich denk, ihr seid mir noch Geld schuldig. Zwei Fahrten. Catanzaro und Rotterdam.“

„Ich hab ihm gesagt, daß Sie nicht hier sind“, sagte die Sekretärin hinter mir.

„Sie hat es mir gesagt“, sagte ich.

„Was tun Sie dann hier, Tschenett?“ sagte der Fuhrunternehmer.

„Ich hol mein Geld ab.“

„Das geht nicht so einfach.“

„Doch. Das geht ziemlich einfach. Ganz einfach hier auf die Kralle. Scheinchen für Scheinchen.“

„Tschenett, wir hatten die Finanzer im Haus. Sie verstehen?“

„Nichts verstehe ich.“

„Wir werden das Geld einbehalten müssen. Bis geklärt ist, ob uns irgendwelche Forderungen erwachsen. Falls Sie Schwierigkeiten mit der Justiz haben. Wenn nicht, werden wir es Ihnen selbstverständlich überweisen.“

Wo hatte er das wieder her? *Forderungen erwachsen.*

Jetzt mußte ich härter dreinfahren. Sonst sah ich hier keinen *centesimo*. Der Arsch versuchte, mich reinzulegen. Und ein kleines Geschäft zu machen.

„Dann passen Sie einmal auf, Herr Chef. In fünf Minuten geh ich hier raus. Entweder mit meinem Geld. Dann geh ich in die nächste Bar und hau es auf den Kopf. Oder ich geh ohne Geld hier hinaus. Und dann geh ich direkt zu Ihren geliebten Finanzern und erzähl, wieviel Stunden eure Fahrer im Durchschnitt pro Tag absitzen. Ohne Pause. Und ganz gegen die gesetzlichen Regelungen. Weil Sie es so wollen. Oder ich erzähl von den Kuverts, die ein paar Fahrer für Sie und Ihre Freunde immer nach Österreich mitnehmen. Das wird doch nicht Schwarzgeld sein, oder? Wie gefällt Ihnen das?"

Der Chef wechselte für einen Augenblick die Farbe. Dann fing er an zu schreien.

„Fräulein", schrie er, „Fräulein, gehen Sie in die Buchhaltung und lassen Sie sich das Geld geben. Ich unterschreibe nachher."

„Unterschreiben ist gar nicht notwendig", sagte ich. „Ich nehm's auch so."

„Ich sorge dafür, daß du nichts mehr kriegst, Tschenett. Nichts mehr, außer Ärger."

Die kleine Drohung hatte er noch loslassen müssen.

„Von mir aus, Chef", sagte ich und machte mich hinter der Sekretärin her auf den Weg zu meinem Geld.

14

Ich überflog die Zeitungen, die bei Candalostia herumlagen.

Ein gewisser Totò Riina, von dem sie behaupteten, er sei ein Obermafioso, war nicht in die Falle gegangen, die man ihm gestellt hatte. Als ob er davon gewußt hätte. Aus *Gellis* P2-Archiv in Uruguay war das Dossier über Herrn Cossiga, den Staatspräsidenten, verschwunden. Einer, den sie den *corvo* nannten, setzte Briefe in Umlauf, in denen der Untersuchungsrichter Falcone der Zusammenarbeit mit der Mafia beschuldigt wurde. Ein gewisser Klinsmann wollte zu *Inter* wechseln. Im hintersten Ultental brannten nächtens der Reihe nach und höchst geheimnisvoll Schilifte ab. Die deutsche Botschaft in Budapest war wegen Überfüllung geschlossen worden. Knapp 20.000 waren inzwischen aus der DDR via Ungarn in den *Freien Westen* übergewechselt. Und ein Kommentator fragte sich, wie lange *das sozialistische Deutschland* noch existieren würde und *wozu das überhaupt gut sein solle*. Dem FC *Hellas Verona* waren sämtliche Liegenschaften beschlagnahmt worden, das Management hatte den Club mit einundzwanzig Milliarden in die Miesen manövriert. Das Rätselraten, ob und wann *El pibe* Maradona aus Argentinien zurückkommen würde, wurde als *mistero buffo* bezeichnet. Und Paolos Urlaubsaufenthalt hier in der Stadt mit *Canaccia-show* umschrieben.

Paolo. Was er gestern abend geliefert hatte, war ja auch ein spektakulärer Auftritt gewesen.

Von wegen Erpressung, eine Milliarde, undsoweiter. Der gute Mann war einfach ein bißchen überreizt und etwas zu besoffen gewesen. Und dann waren die kleinen weißen Mäuse gekommen und hatten ihn nicht mehr losgelassen. Konnte jedem passieren. War ja auch kein Unglück. Solange man jemanden hatte, der einen ins Bett brachte. Paolo war mir eine Flasche schuldig für den Abschleppdienst. Soviel war sicher.

Und dann saß er neben mir.

„Eccomi quà“, sagte er. „Hier bin ich. Wie ausgemacht.“

„Was ist ausgemacht?“

Er sah frischer aus als letzte Nacht. Vielleicht ein bißchen grauer unter den Augen als sonst.

„Daß wir uns hier treffen. Mittags. *Gigi*. Neben Kino. Hast du’s schon vergessen?“

„Ich hab's nicht ernst gemeint", sagte ich, „es war nur, um dich ins Bett zu kriegen."

„Gut", sagte Paolo, „und jetzt bin ich trotzdem da."

„Hauptsache, es geht wieder."

Paolo sah sich zuerst kurz um und dann mich an.

„Mir war Ernst damit, gestern", sagte er. „Ich war vielleicht nicht mehr ganz nüchtern. Aber mir war Ernst."

„Nicht mehr ganz nüchtern ist gut", sagte ich. „Wenn dich da einer von den Fotografen erwischt hätte, hätten sie bis Napoli hinunter gelacht."

„Tschenett", sagte Paolo, „du mußt mir helfen."

Jetzt ging das wieder los. Ich stand auf und holte bei Candalostia ein Glas für Paolo.

„Paolo", sagte ich, als ich mich wieder setzte, „wir kennen uns noch nicht lange. Deswegen sag ich's dir gleich: ich laß mich ungern verarschen."

„Ist keine Verarsche. Ist bitterer Ernst."

Jetzt war ich gespannt. Ich schenkte ihm ein.

„Erzähl."

„Da gibt es wenig zu erzählen. Du weißt eh schon alles. Ich habe einen Brief bekommen. Besser gesagt, eine Freundin von mir. Ich soll eine Milliarde zahlen. Und zwei Interviews geben."

„Interviews zu geben bist du ja gewohnt. So schlimm kann das nicht sein, oder? Hätte ich nicht gedacht, daß man solche Umstände machen muß, um dir ein paar Fragen stellen zu dürfen."

„Das mit den Interviews verstehe ich selbst nicht. Und eine Milliarde hab ich auch nicht unbedingt."

„Dann laß es einfach."

„Aber sie haben die Briefe. Und Fotos."

„Richtig."

Langsam dämmerte es mir wieder. Susan.

„Susan, richtig. Und die Ehefrau heißt Maria Mercedes. Genau. Die Fotos."

„Und Briefe. Die ich Susan geschrieben habe."

„Gut. Aber wer geht schon als Jungfrau in die Ehe. Nicht einmal ein Fußballer, oder?"

„Die Briefe und die Fotos sind keine Woche alt."

„Und schweinisch?"

Er grinste.

„Ziemlich schweinisch. Roba da luce rossa. Rotlichtqualität."

„Würde ich auch gern mal sehen, das Zeug."

„Besorg sie mir", sagte Paolo, „und du kannst sie behalten. Und einen Scheck einstecken. Nicht zu schmal."

„Woher kommt das Zeug?"

„Aus Susans Schmuckschatulle. Aus dem Hotelzimmer."

„Hotelzimmer?"

„Sie wohnt hier in der Nähe."

„Du mit Frau und Mannschaft im *König*, und die andere ..."

„Hotel Kaiserhut."

„Du läßt aber auch nichts aus."

Er hatte die ganze Zeit dagesessen und in sein Weinglas gestarrt, ohne auch nur den Kopf zu heben. Jetzt bewegte er sich plötzlich.

„Tschenett", sagte er, „ich kenne Susan seit Jahren. Bei Gelegenheit erzähl ich dir mehr, wenn du's unbedingt hören willst. Meine Frau habe ich vor einem halben Jahr geheiratet. Ich mag sie. Ziemlich. Aber wenn das aufkommt, wenn die Briefe oder die Fotos in die Presse kommen oder auch nur in bestimmte römische Kreise, dann hab ich ausgeschissen. Du kennst die Salons der *Roma bene* nicht. Dem Schwiegervater, dem alten Fosco, gehört der *AS Roma*. Der ist so schon eifersüchtig genug, seit dieser Berliner *pizzaiolo* ihm seine einzige Tochter vor der Nase weggeheiratet hat. Wenn die Geschichte rauskommt, flieg ich aus der Mannschaft. Und nicht nur auf die Reservebank. Ganz raus. Dazu muß der alte Fosco nicht einmal zum Telefon greifen. Der hat genug Leute, die ihm jeden Gedanken von den Augen ablesen. Und dann finde ich nichts mehr, in ganz Italien nicht. Das schwör ich dir. Nichts, was mit Fußball zu tun hat. Und das ist das einzige, was ich kann. Der Alte hat überall die Finger drin. Dem gehören zwei Fernsehsender und ein paar Zeitungen. Was meinst du, wie der mich fertigmacht. Maria Mercedes hat dann gar keine andere Wahl mehr. Und ich darf wieder zurück nach Deutschland. Und bevor ich das tue, geb ich mir die Kugel. Die fangen da gerade an, immer mehr zu spinnen. Und ich habe noch nie im Leben eine Pizza gekocht. Warum soll ich jetzt damit anfangen?"

Ich saß da und wartete. Daß er noch etwas sagte. Dieser Fußballer, der auf dem Rasen nicht zu Fall zu bringen war, weil er über jedes Bein, das man ihm stellte, einfach drübersprang. *Scoiattolo* nannten sie ihn, Eichhörnchen. Weil er so flink war. Und jetzt stand er da, in der Ecke, mit großen Augen, konnte nicht nach hinten, weil da die Mauer war, und nicht nach vorne, weil da einer mit dem Hackebeilchen stand.

„Canaccia, Canaccia", sagte ich.

„Mit Canaccia wird es bald vorbei sein", sagte er.

Candalostia stand hinter seinem Tresen und hatte uns zugeschaut. Jetzt kam er zu unserem Tisch herüber.

„Wünschen die Herren noch etwas? Desiderano?"

Und dabei sah er zuerst mir und dann Paolo ins Gesicht. Und hoffte, etwas zu sehen. Die Veranstaltung, die da ohne ihn ablief, hatte ihn neugierig gemacht.

„Zwei Espressi", sagte ich. „Und bitte keine Störung."

Candalostia drehte sich abrupt um und ging.

Ich ließ mir Zeit. Und überlegte. Dann gab ich mir einen Ruck.

„Paolo", sagte ich, „was willst du von mir?"

„Vedi", sagte er, „die Sache ist eigentlich ganz einfach. Ich muß mit denen verhandeln. Und das kann ich nicht selbst tun. Dazu sind zu viele Journalisten und zu viele Fotografen in der Stadt. Es war eben schon schwer genug, aus dem Hotel zu verschwinden, ohne daß es einer mitbekommt. Ewig geht das nicht gut."

„Ich soll also verhandeln. Glaubst du, die meinen es ernst?"

„Das werden wir hinterher wissen."

„Und die Polizei?"

„Laß die Polizei aus dem Spiel. Wenn da auch nur irgendeiner etwas von der Geschichte erfährt, wissen es eine halbe Stunde später die Zeitungen. Ich kenn die. Und ich trau den Bullen nicht."

„Wahrscheinlich hast du recht."

Und wie er recht hatte. Ich wollte es ihm nur nicht so genau sagen.

„Hier kommt die Störung", sagte Candalostia, „und die Espressi."

„Danke. Für beides", sagte ich, ohne Candalostia anzusehen. Paolo wartete. „Geht in Ordnung, Alter, ich mach's. Ich weiß zwar nicht, auf was ich mich da einlasse. Aber was soll's."

„Grazie."

Er kramte in seinen Taschen. Und zog dann ein paar zusammengefaltete Zettel heraus.

„Das ist der Brief."

Ich steckte die Papiere ein.

„Schau ich mir später an."

„Sie wollen sich heute wieder melden. Und ich muß zum Training. Wo kann ich dich finden?"

„Abends im *Försterkeller*. Ich hab wieder einmal Lust, mich mit jungen Leuten herumzuschlagen. Wo trainiert ihr?"

„Wir haben ein Freundschaftsspiel. Irgendwo südlich von hier. Zwischenwald."

„Mittewald“, sagte ich. „Kenn ich. Vielleicht komm ich hin.“

„Gratis sollst du die Sache natürlich nicht machen“, sagte Paolo.

„Zweihundert“, sagte ich und grinste, „zweihundert pro Tag und Spesen extra.“

Wenn ich mich schon auf das Spiel einließ, dann sollte es auch nach den internationalen Regeln gespielt werden.

„Fünfhundert“, sagte Paolo.

Ich zuckte mit den Schultern.

„Ist auch nichts mehr wie früher. Von mir aus.“

„Ist der Herr gegangen?“ sagte Candalostia, als er den Tisch abräumte.

„Ja.“

„Sie haben ja ganz berühmte Bekannte, Signor Tschenett. Freut mich sehr, daß Sie mein Lokal beehren ...“

„Candalostia!“

„... mein Lokal beehren, Ihre Schulden zahlen und sich hier nie mehr blicken lassen.“

Drehte sich um, und ging.

Jetzt hatte ich gleich drei Probleme am Hals. Erstens den erpreßten Fußballer, zweitens den beleidigten Kneipier. Und drittens mich. Den gescheiterten Aushilfs-LKW-Fahrer. An mich hatte ich mich wenigstens schon seit Jahren gewöhnt. Außerdem ließ sich da eh nichts mehr einrenken. Also war zuerst einmal Candalostia an der Reihe.

Ich stand auf und ging zum Tresen hinüber.

„Sorry, Candalostia. War eine Arbeitsbesprechung, und war ein bißchen heikel.“

Er brummte nur.

„Arbeitsbesprechung“, sagte er, „du spinnst ja. Mit dem Canaccia? Verarsch einen anderen.“

„Wenn ich's dir sag.“

Er brummte wieder, kurz.

„Ich besorg dir ein großes Autogramm, versprochen."

„Könnt ihr euch behalten, eure Autogramme."

„Candalostia, im Ernst. Ich muß etwas für ihn erledigen. Und da sind ein paar Lire drin."

„Ist ja schon gut", sagte Candalostia. „Aber merk dir eins: Wer sein' Wirt nicht ehrt, ist nichts wert."

„Tu ich ja, tu ich ja."

Es dauerte noch eine Zeitlang, bis ich Candalostia so weit hatte, daß er mir nicht mehr bös war. Und in der Lage, eine Frage zu beantworten, die ich ihm schon die ganze Zeit stellen wollte. Schließlich hatte ich einen Job übernommen. Und ganz blind wollte ich da nicht hineinlaufen.

„Candalostia", sagte ich, nachdem wir uns ein Glas genehmigt hatten, „du kennst dich aus in der Hotellerie. Was sagst du mir über den *Kaiserhut*?"

Candalostia sah mich einen Augenblick lang erstaunt an.

„Komisch", sagte er, „du auch."

„Was ist komisch?"

„Nix. Ist egal."

Er schien nicht ganz bei der Sache.

„*Kaiserhut*, Candalostia."

„Also: Ist nicht ganz deine Preisklasse", sagte er. „Ungefähr das Feinste, was es hier im Umkreis von fünfzig Kilometer gibt. Neben dem *König*. Aber der *Kaiserhut* ist etwas Besonderes. Ein *Traum-Hotel*."

„*Traum-Hotel*?"

„Ist so etwas wie eine internationale Kette. So leicht kommt man in die gar nicht rein. Den Titel mußt du dir erst verdienen."

„Und wie?"

„Perfekter Service, perfektes Angebot. Alles im Haus. Vom Arzt über Massagen, diese Schönheitsdinger da, Tennis, Golf, alles halt."

„Und der *Kaiserhut* ist so ein *Traum-Hotel*?"

„Seit drei Jahren. Eines von fünfen, die es in Italien gibt."

„Teuer?"

„Nein. Sauteuer."

„Wieso kenn ich das dann nicht?"

Jetzt mußte er lachen.

„Weiß ich auch nicht. Verkehrst sonst ja auch nur in feinsten Häusern. Bei mir hier zum Beispiel. Es liegt ein bißchen abseits. Ober Laums oben. Auf dem Hügel hinterm Dorf, mitten im Wald."

Laums war ein kleines Dorf in der Nähe von Sterzing.

„Gut", sagte ich, „jetzt weiß ich ja mehr."

Hatte sich der Canaccia also für seine Freundin ein ziemlich verschwiegenes Plätzchen ausgesucht. Für mich war die Sache eigentlich gegessen. Aber für Candalostia noch nicht.

„Was willst du mit dem *Kaiserhut*?"

„Nichts. War nur eine Frage."

Er sah mich von der Seite an.

„So eigenartig das klingt, aber da kenn ich mich leider ein bißchen aus. Und deshalb sag ich dir: Laß die Finger davon."

„Ist ja gut."

Was hatte Candalostia mit dem *Kaiserhut* am Hut? Ich verstand es nicht. Und er wollte nicht mehr darüber sagen. Also.

Dann kam mir eine Idee. Vielleicht sollte ich mich in dem feinen Hotel einmal umsehen. Schließlich waren, wenn ich das richtig gehört hatte, der Dame ihre Liebesbriefe in ihrem Hotelzimmer abhanden gekommen.

Ich ließ mir von Candalostia das Telefonbuch und noch einen Espresso geben. Bis heute abend hatte ich ja noch etwas Zeit. Und sonst nichts zu tun. Wenn ich Candalostia richtig verstanden hatte, dann gab es keine Chance, daß mich der *Kaiserhut*, egal ob mit Canaccias

Spesenkonto oder nicht, in sein Gästebuch eintrug. Also mußte ich durch die Dienstbotentür.

„*Traum Hotel Kaiserhut*, schönenguten TagSiewünschen?"

„Den Personalchef."

„Einen Augenblick bitte, ich verbinde."

Polka. Die ließen Polka laufen in ihrer Warteschleife. Fing ja gut an.

„Grossmann."

„Tag, Herr Grossmann. Tschenett. Herr Grossmann, ich bin zur Zeit disponibel. Und mir wurde Ihr Haus empfohlen. Wie sieht's aus? Haben Sie Bedarf?"

Ein wenig konnte ich mich ja an den Ton des Hauses anpassen.

„Wie meinen Sie?"

Hatte nicht geklappt. Lag also doch nicht an der Alster, das Ding.

„Ich mein: ich suche Arbeit. Hätten Sie was?"

„Arbeit haben wir immer. Aber so, am Telefon ..."

„Ich würde auch vorbeikommen."

Der Schleim mußte auf der anderen Seite schon aus dem Hörer tropfen.

„Nicht so schnell. Was können Sie denn?"

„Fahren. Autofahren, Taxifahren, LKW-Fahren. Diskjockey. Sicherheitsdienst. Und die normalen Sachen halt."

Langsam fing das Spiel an, Spaß zu machen.

„Naja ..."

Noch hatte er nicht nein gesagt.

„Kann ich vorbeikommen? Kurz? Mich vorstellen?"

„Wenn S' meinen. Versprechen kann ich nichts."

Besonders höflich war er nicht. Und so, wie er ins Telefon brummte, auch nicht unbedingt von besonders feinen Manieren. Eher ein Bauer.

„Gut. Machen wir's so. Ich komm vorbei. Wann geht's denn?"

Mehr hatte er sich nicht verdient.
„Morgen nicht."
„Übermorgen?"
„Auch nicht."
„Dann komm ich heute. Nur kurz."
Ich legte auf. Plötzlich war mir der Eiertanz zuviel geworden. Und außerdem fragte ich mich, was ich da auf einmal am Machen war.

„So. Jetzt hab ich einen neuen Job, Candalostia. Mit ein bißchen Glück hab ich einen neuen Job."
„Was denn?"
„Weiß ich nicht. Aber auf jeden Fall im *Kaiserhut*."
Candalostia sah mich erstaunt an.
„Da wirst dich aber noch gehörig wundern."
„Wieso?"
„Weil das ein ganz übler Scheißverein ist. Der *Kaiserhut*, der *Fürstenhof* und der *Schwarze Adler*. Ein Scheißverein."
Jetzt war er sauer geworden.
„Und was haben die miteinander zu tun?"
„Was die miteinander zu tun haben? Ist alles dieselbe Bagage, das sag ich dir."
Gottseidank war zur Zeit so gut wie nichts los in seiner Bude. Sonst hätten sich seine Kunden noch gewundert, wie laut ihr Wirt auf einmal werden konnte. Candalostia holte Luft.
„Halb Laums gehört der einen Familie. Den Grossmann. Dem Alten der *Schwarze Adler*. Seit dem Krieg, du verstehst. Dem älteren Sohn der *Fürstenhof*. Den haben sie sich in den Sechzigern dazugekauft. War zuerst eine Pension. Dann ein Bauernhof. Dann haben sie zwei Höfe daraus gemacht, wegen der Bergbauernbeihilfe. Und aus den zwei Höfen haben sie sich dann ein Hotel gestrickt. Ein *Sporthotel*. Dem jüngeren von den Buben hat der Alte ein paar Jahre später den *Kaiserhut* hingestellt. War ein

alter Ansitz, ein halbes Schloß. Hat früher auch jemand anderem gehört. Dann plötzlich den Grossmann. Und ist jetzt das Feinste von allem. Was willst du noch hören? Das reicht doch, oder?“

„Sind halt geschäftstüchtige Leute.“

Grossmann. Hatte ich also den Junior an der Angel gehabt.

„*Geschäftstüchtig* kannst laut sagen. Weißt du, was der alte Grossmann vor dem Krieg war? Gar nichts. Sogar eingesperrt war er, wegen Betrug. Und dann ging's plötzlich aufwärts. Seit er bei Benito Hausdiener war.“

„Benito?“

„Der Duce. Der Retter Italiens. *Repubblica fascista.* War seinem Herrn bis zum letzten Atemzug treu. Bis in die letzten Tage der *Repubblica di Salò.* Heute ist der alte Grossmann ein Herr und der Großkopfete in der ganzen Gegend. Der ältere Bub ist in der Partei und in seinem Alter noch Chef der Parteijugend. Und der andere ist Schützenhauptmann. Und alle zusammen sind sie Hoteliers und anständige Leute. Wenn man nicht genauer hinschaut. Nur eigenartig, daß es bei denen kein Angestellter besonders lange aushält.“

Ich wußte zwar nicht, was er gegen die Leute hatte. Aber es war ihm ziemlich Ernst. Mir sollte das egal sein. Ich wollte nichts von denen. Und genauer hinschauen schon gar nicht. Es gab genug von der Sorte auf dieser Welt: hochanständig, tüchtig bis zum Gehtnichtmehr, geschleckt, geschniegelt, erfolgreich. Und nur deswegen, weil ich's nicht soweit gebracht hatte, war ich ihnen noch lang nicht böse. Ich hatte nur Glück gehabt.

Es klingelte. Candalostia ging ans Telefon.

Als er zurückkam, wußte ich, daß es mit der Ruhe vorbei war. Candalostia schenkte sich einen Schnaps ein. Doppelt. Und dann explodierte er.

„Das Arschloch. Dieser ganz dumme Hund. Wenn ich den zwischen die Finger krieg."

Da hatte irgend jemand einen Feind dazugewonnen.

Und dann holte er einmal tief Luft. Und noch einmal. Und beruhigte sich.

„O.k. Alles der Reihe nach", sagte Candalostia. „Tschenett, was hast denn heute noch vor?"

Ich sagte es ihm. Fußball und Diskothek.

„Würdest du eine Fahrt für mich machen? Wär ein großer Gefallen."

„Von mir aus. Wenn ich einem Freund helfen kann. Wohin denn?"

„Tramin."

„Es gibt Schlimmeres."

Das Telefon läutete wieder. War ja richtig etwas los hier.

Tramin und zurück konnte ich in knapp zwei Stunden schaffen. Dann blieb mir immer noch genug Zeit für Canaccia, Herrn Grossmann und Charlie.

„Fährst am besten gleich los", sagte Candalostia.

„Von mir aus."

War ziemlich durcheinander, der gute Candalostia.

„Fährst bis Laums. Durchs Dorf durch. Dann ist links eine Tankstelle. Und eine Imbißbude. Da wartet eine Frau mit zwei Kindern auf dich. Die fährst du nach Tramin, Pension *Etschblick*. Und gibst sie da ab."

„Was ist, Candalostia, hast ein Familiendrama am Hals?"

„So ungefähr. Aber nicht ich. Ein alter Veroneser Freund. Sei bitte ein bißchen nett zu der Frau. Die ist hochschwanger. Und der Herr Ehemann hat sie schon wieder windelweich geschlagen. Die muß da weg."

„Bin schon so gut wie unterwegs."

15

Zuerst hatte ich gedacht, Candalostia oder die Dame, für die ich Taxi spielen sollte, hätten mich verarscht. Auf der Tankstelle war weit und breit niemand zu sehen. An der Imbißbude auch nicht.

Dann pfiff jemand. Versuchte zu pfeifen, besser gesagt. Ich sah mich um. Nichts zu sehen. Dann tauchte hinter der Imbißbude eine Hand auf. Und winkte. Ich ging hin.

An den Bretterverschlag gelehnt stand eine Frau. Ziemlich geschwollenes Gesicht, ein Auge etwas kleiner, die Frisur sicher nicht mehr so, wie sie ursprünglich gedacht gewesen war. Candalostia hatte recht gehabt. Die Frau war geschlagen worden. Und grob auch noch. So grob, daß es einem auf den ersten Blick auffiel. Das Kind, das die Frau am Arm hielt, mochte ungefähr zwei, drei Jahre alt sein. So genau kannte ich mich mit Kindern nicht aus. Es schrie und sah mich ängstlich an. Daneben stand noch ein Kind. Himmel.

„Ist schon gut“, sagte ich zu dem Kleinen. „Keine Angst. Ich beiß nicht.“

„Tut mir leid“, sagte die Frau. „Er fremdelt sonst eigentlich nicht. Aber inzwischen ... Nehmen Sie es nicht persönlich.“

Ihre Stimme war kaum zu hören gewesen. Es hatte mehr nach einem Krächzen geklungen.

„Ich bin ein Freund von Candalostia. Ich mein ...“

Scheiße, wie hieß der noch mal richtig?

„... von Gigi.“

Richtig. Gigi hieß er eigentlich. Stand sogar in Leuchtschrift außen an seiner Bar. Weil sie ihm für *Candalostia* keine Genehmigung gegeben hatten, das humorlose Pack.

„Danke“, sagte die Frau.

„Nichts zu danken. Gehen wir?“

„Wo haben Sie das Auto?"

„Vorn an der Tankstelle."

„Seien Sie so nett, bitte bringen Sie es hierher. Daß wir hier einsteigen können. Bitte. Damit man uns nicht sieht."

Was blieb mir anderes übrig. Schien mir zwar etwas übertrieben. Aber die Angst war echt.

Als wir auf der Autobahn waren, hatte ich Zeit, sie mir im Rückspiegel anzuschauen. Seit sie eingestiegen war, hatte sie kein Wort mehr gesagt. Das eine Kind lag an ihrer Schulter und schlief. Sie fuhr ihm immer wieder übers Haar und schaute bewegungslos in die vorüberziehende Landschaft. Das zweite Kind machte sich einen Spaß daraus, an meinen Haaren zu zupfen.

Gepäck hatte sie keines gehabt. Keine Tasche, nichts. Etwas wenig, wenn man vor einem schlägernden Mann abhauen will. Ich konnte Candalostias Wut verstehen. Feiges Schwein. Eine Frau so zurichten. Das Kostüm, das sie trug, sah ganz nach besseren Kreisen aus. Elegant, schlicht, qualitätsbewußt. Stand ihr gut. Sah überhaupt gut aus, die Frau. Bis auf das geschwollene Fleisch in ihrem Gesicht und die leeren Augen. Mußte um die zwanzig sein.

Als wir in Tramin angekommen waren, wachte sie aus ihrer stillen Abwesenheit auf.

„Ich weiß gar nicht, wie ich mich bedanken kann", sagte sie, nahm das Kind auf den Arm und das andere an die Hand.

„Nicht notwendig", sagte ich, „Candalostia ist ein alter Freund. Ich mein, Gigi."

Und jetzt wußte ich auch, was Candalostia mit hochschwanger gemeint hatte: man sah es ihr deutlich an.

Aus der Pension *Etschblick*, einem stattlichen, behäbig breiten Haus, kam eine Frau.

„Ich muß wieder", sagte ich. „Alles Gute."

Die Pensionswirtin sah mich einen Augenblick lang prüfend an und wandte sich dann der Frau zu.

Tschenett, dachte ich, als ich wieder auf die Autobahn auffuhr, Tschenett, wenn du keine heiratest, dann brauchst auch keine schlagen.

16

Das war also der junge Grossmann. Der Chef des Hotel *Kaiserhut*. Anfang Dreißig vielleicht, ein paar Jahre jünger als ich. Ein Bauer im noblen Leinenanzug. Viereckiges Gesicht, Haare, die sich nicht bändigen lassen wollten, und leicht abstehende, auf jeden Fall viel zu große Ohren. Und einen Blick, der keine Ruhe geben konnte, immer wieder auswich und von einem Ort zum anderen wanderte.

Ich hatte ihn erst nach langem Suchen im Hotelpark gefunden. Schien ja wirklich etwas ganz Feines zu sein, der *Kaiserhut*.

Er sah mich abschätzig von oben bis unten an.

„Eine Arbeit wollen Sie", sagte er, während er am Telefon auf eine Antwort wartete.

„Nur, wenn Sie eine haben."

„Neun Löcher, Bruderherz. Neun, oder gar nichts. Wo sind wir denn?"

Es schien nicht ganz so zu laufen, wie er wollte. Er nahm den Hörer kurz vom Ohr und stocherte mit der Antenne in seinen Haaren. Dann setzte er wieder an.

„Mit denen brauchst du gar nicht zu reden. Wir bauen die neun Löcher dazu. Nächsten Sommer steht die Anlage. Aus. Ich laß gerade meinen neuen Prospekt drucken. Und da steht, klar und deutlich: *Berauschend gelegener 18-Loch-Golfplatz*. Neun haben wir. Fehlen also wieviel? Genau, brav. Und die werden jetzt gebaut. Schleunigst. Wo sind wir denn? Nur weil das ein paar Schreihanseln nicht paßt. Verstanden? Und wer ist in der Partei von uns beiden? Du. Wird ja auch zu etwas gut sein. Also hör mir auf mit dem Dreck. Du besorgst mir die Scheißgenehmigung und ich bau den Platz. Und basta."

Er schmiß das Funktelefon auf die Hollywoodschaukel.

„Jetzt zu uns", sagte Grossmann.

Ich breitete die Arme aus.

„Brauchen würden wir schon jemanden. Aber eine Fachkraft."

Ich breitete sie noch weiter aus.

„Hausmeister, Gepäckträger, Aufräumarbeiten. Was halt so zu tun ist."

„Ist in Ordnung", sagte ich und versuchte, möglichst tatendurstig dreinzuschauen.

„Langsam, langsam", sagte Grossmann. „Die Saison ist praktisch schon vorbei. Da zahlt es sich eigentlich gar nicht aus, jemanden anzustellen. Außer schwarz."

„Ist in Ordnung. Ich bin schwarz wie ein Neger."

Langsam gewöhnte ich mich an mein Schnüfflerdasein.

„Zahlt sich nicht aus, für die paar Wochen, das Anmelden", sagte Grossmann. „Also gut, von mir aus. Die ersten Tage würden wir das auf Probe machen. Um zu sehen, ob es das Richtige für uns ist. Wir sind weitaus das beste Hotel hier in der Gegend. Da kann man nicht jeden nehmen."

Er sah mich wieder von oben bis unten an.

Mich sprang die Vorstellung an, ich müßte unbedingt und sofort die Hose hinunterlassen.

„Gut", sagte Grossmann dann und klatschte in die Hände, „morgen sieben Uhr früh. Ich hab noch einen wichtigen Termin."

Und dann drehte er sich um und ließ mich stehen.

Nach zehn Metern stoppte er wieder.

„Das Funktelefon. Bringst mir das Telefon?“

Ich ging zu der Hollywoodschaukel, nahm das Telefon und brachte es ihm. Ab jetzt stand ich in Lohn und Brot.

17

Der Mittewalder Fußballplatz war immer wieder ein kleines Wunder.

Das Tal war hier so eng, daß man an und für sich schon heilfroh darüber sein konnte, daß Landstraße, Eisenbahn, Autobahn und, warum nicht, ein paar Häuser und ein Bach Platz hatten. Und trotzdem mußte es da einen Verrückten gegeben haben, der sich darauf versteift hatte, hier in dieses Loch einen Fußballplatz zu bauen. Weil er jetzt da war. Hineingekeilt zwischen Bachbett und Straße. Hinten und vorn fehlten ihm eineinhalb Meter, hieß es. Weil man ihn nicht noch weiter in den Bach hinein bauen konnte, sagten die einen. Weil die Mittewalder Fußballer einen kurzen Schnaufer haben, sagten die anderen. Und damit ihnen die Natzer, die Sterzinger, die Laumser und die anderen nicht davonlaufen, haben sie sich einfach einen kürzeren Platz gebaut. Die Mittewalder hatten alles abgestritten. Und hofften darauf, daß der neue Platz ihnen Glück bringen würde. In der abgelaufenen Saison waren sie auf dem vorletzten Platz der 4. Amateurliga gelandet.

Dafür durfte jetzt einer von ihnen in der Talauswahl mitspielen. Gegen den *AS Roma*. Daß es bei der Aufstellung der Mannschaft für dieses Freundschaftsspiel wochenlangen Streit gegeben hatte zwischen den einzelnen Dörfern, hatte sogar ich mitbekommen. Dabei war vorher schon klar, was das für ein Spiel werden würde.

Die Stars würden ein paar Runden drehen und nebenher den Ball über das Feld schieben. Der eine oder andere würde einen *palleggio* einlegen. Ein paar Kunststücke zeigen. Das erwartete man schließlich. Und sie würden Tore schießen, ein bis eineinhalb Dutzend. Und sich mindestens eines reintun lassen. Aus Anstand, Langeweile und Mitleid.

Die Amateure der Talauswahl würden jedesmal einen möglichst großen Bogen laufen, sobald irgendeines der sündteuren römischen Beine auch nur in ihrer Nähe auftauchte. Aus Spielern, deren wesentliche fußballerische Kenntnisse sich aufs Knüppeln und Treten beschränkten, würden lammfromme Ballschieber werden.

Man muß sich den Skandal vorstellen: Ein Spieler des *AS Roma* von einem dieser Holzhacker so aufs Bein getreten, daß er für ein paar Wochen ausfällt. Sie würden ein andermal sicher nicht mehr wiederkommen, um ihren Erfrischungsurlaub in dieser lieblichen Berggegend zu verbringen. Und wenn der *AS Roma* nicht kam, konnten die Zeitungen nicht darüber schreiben. Der Werbeeffekt war dahin. Die Fans blieben zu Hause. Die Einnahmen waren futsch. Und den Übernachtungszahlen wurde grau im Gesicht.

Deshalb war der Sterzinger Bürgermeister anläßlich solcher Freundschaftsspiele regelmäßig Gast in der Kabine der Talauswahl und erinnerte daran, was der Urlaub der Römer den Bezirk kostete. An die hundertzwanzig Millionen. Und vor allem, was auch nur ein einziges ihrer zweiunddreißig Beine wert war.

Die Zuschauertribünen waren bis auf den letzten Stehplatz besetzt. Überall gelbrote *Roma*-Fahnen. Ein paar ganz Verwegene hatten eine rotweiße Tiroler Fahne mitgebracht.

Die Mannschaften liefen gerade zur zweiten Halbzeit auf.

Die Talauswahl, charmant und diplomatisch oder ganz einfach ohne zu wissen, was sie tat, in Blau. Der Farbe der italienischen Nationalmannschaft. Und das in einer Gegend, die seit ewig verbissen und stur am *FC Bayern München* als Nationalmannschaft festhielt. Am *FC Bayern München*! Mir wurde wieder einmal klar, wieso es mir hier manchmal etwas ungemütlich wurde.

Als Paolo das erste Mal den Ball berührte, war es aus und vorbei. Dutzende weiblicher Fans schrien und winkten und klatschten. Paolo schüttelte seine blonde Mähne. Aufschrei, Hysterie. Zum Teil wenigstens konnte ich seine Bewunderinnen verstehen. Sah wirklich nicht schlecht aus, der Bursche. Und wenn der Ball einmal gar nicht dahin gewollt hatte, wohin er sollte, grinste er einfach. Übers ganze Gesicht und quer über den Platz. Und schon kam ein Teil des Publikums an die Ohnmachtsgrenze.

Langsam machte ich mir Sorgen um Paolos Seelenzustand. So ein Theater konnte ja kein normaler Mensch unbeschädigt überstehen. Aber vielleicht war ich ganz einfach nur eifersüchtig.

Ich besorgte mir im Biergarten, den sie für echte Sportler wie mich direkt neben das Fußballfeld gebaut hatten, etwas zu trinken und versuchte, näher an das Spielfeld heranzukommen. Mal sehen, wie sich Paolo machte.

Auf den ersten Blick ganz gut. Wer ihm genauer zuschaute, konnte feststellen, daß er manchmal einen Ball nicht kommen sah. Oder erst im letzten Augenblick. Man konnte es der Urlaubsstimmung eines Jungvermählten zuschreiben. Falls man es nicht besser wußte. Paolo Canaccia war nicht ganz bei der Sache, die die Welt bedeutete, rund war und neunzig Minuten dauerte.

Und dann hatte er mich entdeckt. Wartete einen günstigen Augenblick ab und machte mir ein Handzeichen. Ich nickte.

Es war nicht schwer zu verstehen gewesen. Er wollte mich später noch sehen. Von mir aus. Er wußte ja, wo ich zu finden war.

„Tschenett, bist du's? Oder bist du's nicht?"

Das mochte ich gar nicht, wenn man mir von hinten so kameradschaftlich auf die Schulter klopfte.

Ich drehte mich um. Nachsehen, wer das Mensch war.

Das Mensch war Hanspeter Stufflesser. Wir hatten ein paar Jahre lang in derselben Schulklasse gesessen. Es gibt Leute, die leiten aus so etwas das ewige Recht ab, einem jederzeit und überall ohne Vorwarnung auf die Schultern klopfen und wie einen alten Freund anreden zu dürfen. Hanspeter Stufflesser war so einer.

„Ja, ich bin's."

Vielleicht verstand er. Er verstand nicht.

„Du, das freut mich aber. Richtig freu'n tut mich das, weißt."

Er versuchte, wie diese aufgeblasenen Schnösel in der Landeshauptstadt zu reden. Mußte, seit ich die Schule vorzeitig wegen guter Führung verlassen hatte, eine ziemlich steile Karriere gemacht haben, dieser Streber. So, wie der sich aufführte.

„Ja was tust denn du da?"

„Zuschauen."

„Ah, zuschauen. Jaja. Ich auch. Aber nicht nur aus Spaß an der Freud."

Jetzt wollte er, daß ich ihn fragte, wieso dann? Ich tat ihm den Gefallen. Er bettelte direkt darum, erzählen zu dürfen, was für ein wichtiger Mensch er war.

„Ich bin der *Adabei*", sagte er. „Du verstehst? Der *Adabei*."

Gar nichts verstand ich.

„Ich schreib für die Zeitung. Die Gesellschaftsberichte. Klatschspalte, *pezzi di colore*, weißt. Wo halt was los ist. Wo was los ist, bin ich auch.“

„Gratuliere“, sagte ich.

Mein Beileid wäre ehrlicher gewesen. Aber was sollte ich mit so einem Menschen ehrlich sein. Der überall dabei war und dann auch noch darüber schreiben wollte.

Ich konnte nicht schreiben. Nie gekonnt. Jedes geschriebene Wort war mir zuwider. Sie klebten so auf dem Papier fest. Geschriebenen Wörtern fehlt die Leichtigkeit des Gasthausgespräches. Die Flüchtigkeit, die dem Alkohol chemisch zu eigen ist.

„Bei welcher Zeitung?“

Irgend etwas mußte ich ja sagen.

„Bei welcher? Du bist gut. Bei *der*.“

Ich schaute so blöd, wie ich nur konnte.

„Beim *Alpenländischen Tagblatt*.“

Auwei. Da hatte er's ja weit gebracht. Die Provinz- und Parteizeitung. *Adabei*. Da hatte ich ja noch Glück gehabt mit meinem vermurksten Leben.

„Ist aber nicht für ewig, weißt. Auf die Dauer ist das nix. Ist mehr, weil man halt die richtigen Leute kennenlernt. So nach und nach. Ansonsten ist das auf die Dauer viel zu stressig, so eine Arbeit.“

Ich nickte ihm wissend zu. Sicher. Immer hinter den neuesten Neuigkeiten her. Und wenn's der größte Blödsinn ist. Hauptsache neu.

„Scoopa un po' di meno, scopa un po' di più“, sagte ich.

„Wie bitte?“

„Du hast mich schon verstanden“, sagte ich. Mir dumm zu kommen und so zu tun, als ob er dieses unübersetzbare italienische Wortspiel nicht verstanden hätte. „Ihr Journalisten seid hinter euren Geschichten und Aufreißern ja nur deswegen so krank hinterher, weil sonst nix mehr läuft mit Aufreißen. Ein halbwegs ausgefülltes Geschlechtsleben, und jede Schlagzeile kann dir den Buckel hinunterrutschen."

Stufflesser machte einen großen Bogen um das Thema und quatschte weiter, als ob ich nichts gesagt hätte.

„Und dann will ich ins Wirtschaftsressort wechseln, weißt. In einem Jahr, spätestens. Da ein paar Jahre machen. Zwei, drei. Und dann: direkt in die Wirtschaft. Ist der todsichere Abkürzer."

Sah mir ganz danach aus, allerdings.

„Gut", sagte ich, „ich laß dich jetzt arbeiten. Sonst wird das nix, mit dem Abkürzer."

Höchste Zeit, daß ich verschwand. Mir revoltierte der Magen. Der Mensch benahm sich wie ein Pubertierender und sah aus wie sein eigener Vater. Höllische Mischung.

Eine Sekunde lang war ich meinem Erzeuger dankbar. Weil er mich nach zwei Jahren humanistischem Gymnasium von der Schule genommen hatte. „Du gehst ins Handwerk", hatte er gesagt, „aus dir wird sonst eh nix". Er mußte es ja wissen. War schließlich bis zu seinem Tod Carabiniere-Brigadier gewesen. Und ich war Sargkranzschleifenbeschrifter geworden. Sozusagen ein früher Kollege des Herrn *Adabei*. Nach zwei Jahren hatte es mir gereicht, und ich war nach Hamburg abgehauen. Und Hamburg war damals, in den ausgehenden sechziger Jahren, noch ein lohnendes Ausflugsziel.

Ich war gerade dabei, endgültig zu verschwinden, als ich hinten an der rotweißen Fahne ein bekanntes Gesicht entdeckte. Da stand Grossmann. Neben den Tiroler Fahnenschwenkern. „Wichtiger Termin", hatte er gesagt. Neben ihm fuchtelte einer mit zwei Telefonen herum. Eine Stufe unter Grossmann stand und schaute zu ihm auf: Freund Stufflesser. Und der Kollege Ziggler von den Ordnungskräften war auch da. Wie gehabt in schnöseligstes Tuch verpackt.

Da sind die Richtigen zusammengekommen, dachte ich. Die da. Und die Tiroler Fahne. Lieb Vaterland, kannst ruhig schlafen.

18

Bei Charlie war alles beim alten. Der *Försterkeller* war wie gehabt von der italienischen Gebirgsmarine und den Braunviehzüchtern in Beschlag genommen worden. Ich hatte mir auf dem Weg hierher noch ein Glas gegönnt. Und Charlie war ziemlich sauer.

„Ich hab schon gedacht, du kommst nicht mehr."

„Dann geh ich halt wieder."

„Du bleibst. Und machst dich gleich an die Arbeit. Die haben schon nach dir gefragt."

Jetzt war ich doch ein wenig geschmeichelt.

„Damit können sie nur den Gratis-Whisky gemeint haben, Charlie."

Er zuckte resignierend mit den Achseln.

„Hol dir die Flaschen. Aber trink ihn nicht allen selber."

„Sei brav, Charlie. Sei brav. Und mach dir keine Sorgen. Zähl einfach dein Geld, ja?"

Es war schon spät geworden, als Paolo endlich kam. Und ich war müde. Müde von der ewig gleichen Musik. Müde vom Whisky-Ausschenken. Müde von allem. Und den Gedanken, morgen früh um sieben Uhr im *Kaiserhut* zum Dienst anzutreten, fand ich inzwischen nur mehr lächerlich.

„Scusa", sagte Paolo, „da waren zwei spanische Journalisten. Und wer weiß, ob ich nicht bald auf eine gute spanische Presse angewiesen sein werde. Außerdem war der da in der Post."

Er legte mir einen kleingefalteten Zettel auf den Plattenteller.

„Nimm dir erst einmal einen Whisky“, sagte ich.

„Es wird ernst“, sagte er. „Die haben mir noch einen geschickt.“

„Ebbene“, sagte ich und begann, in meinen Taschen zu wühlen.

Irgendwo mußte noch Nachricht Nummer eins herumfliegen. Endlich fand ich sie. Ich faltete die Zettel auseinander und legte sie nebeneinander vor mich hin.

„Vediamo. Mal sehen, was die so schreiben.“

Sehr geehrter Herr Canaccia, anbetrachts der umseitig beigelegten Kopien sind Sie sicher mit uns einer Meinung, daß man zu einer gütlichen Einigung kommen kann, im beiderseitigen Geschäftsinteresse. Unsererseits reflektieren wir auf eine Milliarde (in Lire) und zwei Interviews Ihrerseits. Mit besten Grüßen. PS.: Sie werden bäldigst von uns hören.

„Und?“ sagte Paolo.

Ich warf einen Blick auf die Kopien. Viel war nicht zu erkennen. Vor allem von dem Foto nicht. Aber was zu erkennen war, war eindeutig genug. Zwei junge, aufgeweckte Menschen, denen das Leben Spaß zu machen schien. Ziemlich sogar. Und noch eines ließ sich feststellen. Paolo Canaccia, das Fußballgenie, hatte eine etwas kindliche Handschrift. Und einen ausgeprägten Wortschatz, was bestimmte Körperteile anbelangte.

„Das kannst du viel einfacher haben“, sagte ich. „Schreib einfach immer *Primäres Geschlechtsmerkmal*. Dann kann dir keiner was anhaben. Lies dir den Text einmal durch und setz überall, wo's notwendig ist, *Primäres Geschlechtsmerkmal* ein. Dann wird er höchst anständig, der Text. Und eine Lachnummer.“

„Mir ist nicht nach Lachen.“

„Aber nach Nummern, wie man sieht.“

„Non fare il moralista“, sagte Paolo. „Da reichen mir schon die Briefschreiber.“

„Das sind mit Sicherheit keine Moralisten.“

„Sondern?“

„Irgendwelche Leute, die ein ziemlich gestelztes Deutsch schreiben und hoffen, trotzdem zu Geld zu kommen. Lyriker des Geschäftsbriefes.“

„Das mit den Interviews versteh ich nicht.“

„Ich auch nicht. Wir werden sehen.“

Ich wechselte die Platte, versorgte einen Jungmann mit Whisky und nahm mir den zweiten Brief vor.

Sehr geehrter Herr Canaccia, mit Freuden haben wir festgestellt, daß Sie unsere erste Mitteilung glücklich erhalten haben. Auf gleichem Wege geht Ihnen dieses zu. Anbetrachts ihres allgemein anerkannt glücklichen Zivilstandes sind Sie sicher bereit, mit uns in die bereits erwähnte Geschäftsbeziehung zu treten. Die, wie wir Ihnen hiermit versichern möchten, zu beiderseitigem Gefallen verlaufen wird, falls Sie kooperieren.

Hier das weitere Vorgehen. Sie werden für übermorgen 150 Millionen Lire in nicht markierten Scheinen bereithalten und uns an einem später noch zu bekanntgebenden Ort übergeben. Bei dieser Gelegenheit erhalten Sie den Entwurf zu einem Interview, das Sie, zu einem später noch zu bekanntgebenden Termin, den von uns bestimmten Journalisten zu geben haben. Sie haben eine Woche Zeit, die restlichen 850 Millionen zu liquidieren. Anbetrachts Ihrer Notorietät dürfte Ihnen das sicher gelingen. Mit besten Empfehlungen.

PS.: Es ist in unserem und Ihrem Interesse, wenn die bezügliche Dame weiterhin in ihrem Hotel verbleibt. Weitere Mitteilungen erhalten Sie weiter über dieselbige.

„Susan?“

„Ja“, sagte Paolo, „jetzt ist sie auch mit im Spiel. Sie und ihre Schmuckschatulle.“

„Daß es so etwas noch gibt“, sagte ich. „Eine Schmuckschatulle. Da hat ja jetzt eine ganze Menge Platz, nachdem sie sie ausgeräumt haben“, sagte ich. „Wieviel waren denn die Klunker wert?“

„Ein paar Millionen. Zwanzig, fünfundzwanzig.“

„Mein lieber Freund, du wirfst hier mit Zahlen herum, die einem Normalsterblichen ganz schön den Atem rauben.“

„Lascia perdere“, sagte Paolo, „vergiß es. Was ist, machst du's?“

„Das Geld übergeben? Wenn du unbedingt zahlen willst.“

„Was soll ich denn sonst tun?“

„Hast du's denn?“

Paolo grinste.

„Hier in Italien nicht unbedingt. Nicht mehr als 100 Millionen, auf die Schnelle.“

„Das wird reichen müssen. Wobei: Vielleicht sollte ich zehn für mich beiseite legen.“

„Nix da. Fünfhundert plus Spesen war ausgemacht.“

19

Im *Försterkeller* hatte ich eine Stunde früher als vereinbart aufgehört. War dem Boß gar nicht recht gewesen. Jetzt mußte er seine Drecksgläser alleine spülen. Dafür hatte er mir zwanzigtausend Lire abgezogen von meinem eh schon ziemlich dezimierten Gehalt.

Ich hatte es ohne allzu große Widerrede geschluckt. Erstens blieb mir gar nichts anderes übrig. Und zweitens wollte ich eine Runde durch die zwei Lokale drehen, die um diese Uhrzeit noch auf hatten.

Ich hatte mich in die letzte Ecke gedrückt, da, wo Tresen und Wand einen ziemlich toten Winkel bildeten. Und ich hatte mich für Wodka entschieden. Und beinahe Schwierigkeiten bekommen, weil ich ihn partout nicht eisgekühlt trinken wollte. Dieses halberfrorene Zeug war mir ein Greuel. Was ein anständiger Wodka war, den trank man meiner Meinung nach am besten handwarm. Die Dame hinterm Tresen versuchte, mich ein wenig aufzuheitern. Und machte Witze. Ganz so, als ob man, nur weil man nicht herumschrie oder ihr an die Bluse ging, ein schlechter Mensch wäre. Und wenn schon kein schlechter, dann wenigstens ein selbstmordgefährdeter.

„Geht's dir nicht gut, Schatzi?"

Spätestens mit *Schatzi* hatte sie es sich schon vertan bei mir.

„Doch", sagte ich. „Es geht."

„Weil so dreinschaust. Und nichts sagst."

„Wieso? Wenn einer nur in Ruhe sich einen reintut, ist er heutzutage nicht mehr normal, oder wie?"

„Das nicht", sagte sie und beugte sich, soweit es Schwerkraft, Tresen und Überbau zuließen, zu mir herüber, „das nicht. Aber ein bißchen herwärts schauen sollte man."

Ich schaute herwärts. Und dann schaute ich wieder weg.

„Angel dir einen anderen", sagte ich. „Ich steh nicht auf Weiber. Nix für ungut."

Sie richtete sich ruckartig wieder auf, sah mich einen Augenblick lang ziemlich entsetzt an, grinste dann, drehte sich um und schenkte sich einen Kräuterschnaps ein. Ich begriff. Leute, die Kräuterschnaps trinken, sind von Haus aus gefährdete Naturen.

Vielleicht war ich ein bißchen zu grob gewesen. Aber wenigstens hatte ich jetzt meine Ruhe. Und die brauchte ich. Schließlich hatte ich einen Job angenommen. Und nachzudenken.

Irgend jemand hatte in einem feinen Hotel eine Suite geknackt und Schmuck mitgehen lassen. Warum nicht.

So was kommt häufiger vor. Neben dem Schmuck hatte der Betreffende auch noch kompromittierende Briefe und Fotos gefunden. War auch noch normal. Und mit dem Zeug versuchte er jetzt, jemanden zu erpressen, von dem man annehmen konnte, daß ihm sein Seelenfrieden eine Menge Geld wert sei. In Ordnung. Nicht ganz ins Bild paßten die Interviews, die Paolo geben sollte. Und vor allem: daß die Post des Erpressers bis jetzt immer in der Hotelsuite der nämlichen Dame abgegeben worden war. War gar nicht so einfach, in so einem Nobelhotel ein und aus zu gehen. Außer man war Gast oder Angestellter. Und zweitens war da noch die Forderung des Erpressers, Paolos Herzdame sollte weiter im Hotel bleiben. Also, schloß ich mindestens ebenso scharf, wie es mein Wodka war, blieb mir nur eines: in fünf Stunden meinen Dienst im *Kaiserhut* anzutreten. Und mich umzusehen.

Sehr viel tiefer konnte ich eigentlich gar nicht mehr sinken. Ich genehmigte mir noch einen. Den letzten. Dann wollte ich mich aufs Ohr hauen.

Und dann wurde doch wieder nichts draus.

„Der Ziggler ist hinter ihr her. Wie der Teufel hinter der armen Seel", hatte Candalostia gesagt.

Und jetzt konnte ich dem Teufel dabei zusehen, wie er sich an der armen Seel zu schaffen machte. Oben auf der Empore.

Der Innenarchitekt hatte sich ziemliche Mühe gegeben, damit das Lokal, das er in die alten, ehrwürdigen Mauern hineinzubauen hatte, nicht sofort und auf den ersten Blick wie ein Kuhstall aussah. Mahagoni-Furnier und Messingleisten aus Plaste und Elaste sollten aus der Bude etwas machen, was man hierzulande ziemlich fahrlässig und um so lieber ein *Pub* nannte. Der allerletzte Schrei. Und genau danach war einem dann auch zumute, kaum hatte einen so ein Ding verschluckt.

Die Jungerfolgreichen trieben sich um so lieber in dem Kitsch herum. Am liebsten oben auf der Empore, einer Art kleinem Balkon, auf dem gerade eben vier Stehtische Platz hatten und ein mittelgroßer Mensch nur, falls er seinen Kopf ein wenig einzog. Aber, und das war das Geheimnis: man wurde gesehen.

Was ich gesehen hatte, reichte mir. Ziggler, der sich ziemlich heftig über die Kleine hermachte. Und gar nicht freundlich. Eine Hand um die Schulter, mit der anderen zog er immer wieder an ihrer Jacke. Konnte sich wohl nicht entscheiden zwischen der weichen und der harten Tour. Bis die Kleine sich losriß und aufstand.

Als sie die steile Wendeltreppe herunterkam, war ihr deutlich anzumerken, daß sie auf wackligen Beinen stand. Ziggler kam ihr hinterher und redete auf sie ein.

Mir reichte es.

„Das ist aber keine Uhrzeit und schon gar nicht das Lokal, um allein unterwegs zu sein“, sagte ich, als ich vor der Kleinen stand.

Sie sah mich an. Es dauerte eine Weile, bis sie zu lächeln anfing. Dann hängte sie sich ein.

„Wenn du meinst“, sagte sie.

Wir gingen zurück zu meinem Platz in der Ecke. Ziggler war stehengeblieben. Und schaute uns zu.

„Hat's dich nach Miami verschlagen, Kleine?“ sagte ich.

„Misch dich da nicht ein.“

„Gelackter Affe, der Mensch.“

„Viel Auswahl hab ich nicht“, sagte die Kleine und schüttete sich meinen Schnaps hinunter. „Hast du eine Zigarette?“

„Hier“, sagte Ziggler, der sich an uns herangemacht hatte, und hielt ihr seine Zigarettenschachtel vors Gesicht.

Er roch noch schlimmer, als er aussah, in seinem halbfeinen Tuch. Der Kerl hatte nicht das geringste Rückgrat im Leib. Aber Parfüm en masse.

„Schick ihn zum Teufel, Sabrina."

Die Kleine reagierte nicht.

„Wenn hier jemand irgendwen zum Teufel schickt, dann bin ich das", sagte Ziggler.

„Und wieso?"

„Weil ich's sag."

„Gib Ruh, Tschenett", sagte die Kleine.

Ziggler legte seinen Arm auf die Schulter der Kleinen und grinste zuerst sie und dann mich an.

„Ist ein schlaues Mädchen, unsere Sabrina", sagte er. „Und sie weiß, wo sie besser aufgehoben ist."

Die Kleine sah mich kurz an.

„Ja", sagte sie, „weiß ich. Tranquill."

„Gut", sagte Ziggler. „Und vergiß nicht: Du hast zwei Tage."

Die Kleine stand da, sagte nichts, bewegte sich nicht.

„Hier will keiner mit dir reden, *Miami*", sagte ich, „das siehst du ja. Also, hau ab."

Ziggler warf mir einen kurzen, wütenden Blick zu, drehte sich um und ging.

„Und weg isser. Ich trink noch einen", sagte ich. „Dann hauen wir auch ab."

Die Kleine stand starr und steif und wie ausgeschaltet da.

20

Mehr als eine Tafel alter, ziemlich vergammelter Schokolade hatte ich nicht gefunden.

Meine Wohnung im dritten Stock des *Haus Waldfrieden* gehörte schon längst nicht mehr zu einem der sogenannten zivilisierten Kontinente. Aber solange es mir nicht aufs Bett regnete oder schneite, hatte ich gar nichts dagegen. Das Chaos in der Wohnung war gerade richtig. Warum sollte ich mich hier drin wohler fühlen als draußen.

Die Kleine machte sich gerade über die Schokolade her. Das Stanniol-Papier ließ sich nur fetzenweise von der braungrauen Masse abziehen und erforderte seit gut zehn Minuten ihre ganze Aufmerksamkeit.

Noch war ich nicht ganz schlau geworden aus ihr. In dem Lokal war sie ziemlich abwesend gewesen. Und dann einfach neben mir hergelaufen. Quer durch die Stadt bis zum Auto. Ohne ein Wort zu sagen. Und genauso still und zielstrebig war sie eingestiegen. Hinter mir die Treppen zu meiner Wohnung hochgestiegen. Und jetzt saß sie auf der Matratze und beschäftigte sich mit der Schokolade. Als ob es sonst nichts geben würde auf der Welt.

„Ich weiß gar nicht mehr, wer die hier hat liegenlassen", sagte ich. „Ich eß das Zeug nicht. Nicht einmal, wenn's frisch ist."

Keine Antwort. Sie kaute auf dem ersten stanniolbefreiten Eck herum.

„Komm aber nicht zu mir, wenn du morgen Bauchweh hast."

„Tranquill", sagte sie.

Und kaute weiter, kratzte an den silbrigen Flecken und schob sich noch ein Stück in den Mund.

Mit jedem Bissen schien sie um ein Jahr jünger zu werden. Und ruhiger. Ich schaute ihr zu. Sie saß da, als ob es um sie herum nichts geben würde als diese Schokolade. Mich nicht, die Wohnung nicht, die Welt nicht, sie selbst nicht.

„Und", sagte ich, „hat dir der Bulle das Zeug gegeben?"

Die Kleine ließ die Schokolade sinken, lehnte sich zurück an die Wand und hörte ein paar Sekunden mit dem Kauen auf. Dann fing sie wieder damit an.

„*Miami*?“ sagte sie.

„Ja.“

„Du magst ihn nicht.“

„Nicht unbedingt.“

„Du weißt nichts. Gar nichts.“

„Kannst mir's ja erzählen.“

„Nicht jetzt“, sagte sie.

Und dann drehte sie sich zu mir her, legte ihren Kopf auf meine Brust und knabberte weiter an der Schokolade.

War ein eigenartiges Ding, die Kleine. Hart und zynisch und grob und warm und weich.

Tschenett, laß das, dachte ich mir.

Und dann küßte ich sie auf ihren Schokoladenmund.

Sie knabberte weiter und ließ einen Punkt weit hinter der Zimmerwand nicht aus den Augen.

„Was ist da?“ sagte ich.

„Ein Ort, an dem es immer so ist wie jetzt.“

„Wie ist es jetzt?“

„Weiß nicht. Kann man nicht sagen“, sagte sie, schob sich hoch und hielt mir ihren Mund entgegen.

„Küß mich.“

„Hat dir der Bulle das Zeug gegeben?“

„Ja.“

Es dauerte seine Zeit, bis ich herausgefunden hatte, was ihre Zunge und was Schokolade war.

„Tschenett ...“

„Ja“, sagte ich.

„Was magst du an mir?“

„Das, was ich sehe.“

„Und was siehst du?“

„Frag mich was Einfacheres.“

Manchmal zitterte ihr Körper. Sie drückte sich an mich. Ihre Haut und ihr Fleisch waren so weich, daß sie mich an ihr Alter erinnerten. Und dann fielen mir ihre kleinen Kinderbrüste in die Hände. Die Kleine zog ihre Zunge aus meinem Mund zurück.

„Ciao“, sagte sie.

Und drehte sich um und machte sich zuerst an meiner Hose, dann darunter zu schaffen.

Zehn Minuten später hatte ich etwas zu lachen.

„Sieht ganz so aus, als ob man mir einen anderen drangenäht hätte.“

Die Kleine schluckte.

„Negerschwanz“, sagte sie und haute ihm eine.

„Deswegen mußt ihn nicht gleich malträtieren. Komm her.“

Wir küßten uns. Schmeckte nicht schlecht, das Zeug.

„Ich hab Angst“, sagte die Kleine.

Ihre großen dunklen Augen waren noch größer geworden. Und dunkler.

„Angst“, sagte ich. „Wovor?“

„Vorm Sterben.“

„Dann hast du dir aber mit dem Scheißgefixe auch nicht gerade das Richtige angelacht.“

„Das mein ich nicht.“

„Daran kann man aber ziemlich gut verrecken.“

„Aber nicht sofort. Mir macht das Sofort-Sterben mehr Angst.“

„Welches?“

„Franco. Franco zum Beispiel. Das war keine Überdosis.“

„Wieso?“

„Perché non si è fatto, quello. Gedealt hat er, das schon. Aber nicht gedrückt.“

„Ich weiß", sagte ich. „Er ist erschlagen worden, grob gesagt. Ziemlich grob. Soll eine ganz besonders professionelle Arbeit gewesen sein. Und dann hat ihm hinterher jemand einen Schuß spendiert. Generöser Zeitgenosse."

„Woher weißt du das?"

Ich zuckte mit den Achseln.

„Ich weiß es."

Die Kleine sah mich eine ganze Weile lang still an.

„Ich bin Zimmermädchen. Im *Kaiserhut*. Franco hat auch da gearbeitet. Als Hausmeister."

Hausmeister. Deswegen war ein Job freigeworden. In drei Stunden mußt du da antreten, Tschenett.

„Und nebenbei hat er dir das Zeug verkauft?"

„Ja. War o.k. Hat einen nicht beschissen. Oder selten. Und mußte nicht immer cash sein."

„Was dann?"

Sie knabberte wieder an der Schokolade.

„Was ich in den Hotelzimmern so gefunden hab."

Scheiße. Die Kronjuwelen der Königlich-Fußballerischen Familie.

„Ist dir in letzter Zeit eine Schmuckschatulle untergekommen mit ein paar Briefen und Fotos?"

„Deswegen hab ich ja Angst. Ich hab einfach alles dem Franco gegeben. Wie immer. Ich hab gehofft, das reicht für eine Woche Zeug. War ein ganz schöner Batzen."

„Und?"

„Am Tag danach ist er gekommen und war ziemlich aufgedreht. Hast du gut gemacht, hat er gesagt. Da gibt's diesmal einen Extra-Preis. Da machen wir richtig Geld, hat er gesagt, und du kriegst auch dein Teil ab."

„Und dann war er tot."

„Ja."

„Hat einer nicht teilen wollen."

„Wollte er ja."

„Er schon."

Langsam kam mir etwas Licht und Frischluft entgegen in der Geschichte. Beinah schon mehr, als mir lieb war. Immerhin hatte ich jetzt ein bis eineinhalb Argumente in der Hand, falls mich dieser Bulle wieder mit der Franzensfester Leiche in Verbindung bringen wollte. Der gute Franco war außer Dealer auch noch Hehler gewesen. Und deswegen an einem Schlag auf den Hinterkopf gestorben. Und eben nicht an einer Überdosis. Langsam gab das alles einen Sinn. Und ebenso langsam war ich froh, den Job als Hausmeister im Hotel *Kaiserhut* angenommen zu haben.

„Vergiß das mit der Angst“, sagte ich. „Die Geschichte ist so gut wie gelaufen.“

Das einzige, was ich zur Zeit genau wußte, war, daß das auf jeden Fall nicht stimmen konnte. Aber was sollte ich der Kleinen auch sonst sagen.

„*Miami* hat mir einen Deal vorgeschlagen. Wenn ich ihm eine *infamata* mache und ihn einmal lasse, dann gibt er Ruhe. Wenn ich nicht mitmache, hängt er mir den Franco an.“

„Dann sind sie ihn zweimal losgeworden.“

„Was?“

„Nix. Eine *infamata*?“

„Ja“, sagte die Kleine. „Die Namen von zwei Leuten soll ich ihm liefern. Wenn er sie schnappt und etwas findet, läßt er mich in Ruh. Und ich bekomm einen Teil von dem Zeug.“

„Und vögeln will er auch noch?“

„Das weiß er selber, daß das nicht klappen wird.“

„Vergiß den Ziggler“, sagte ich. „Den Franco kann er dir nicht anhängen. Den hab schon ich am Hals.“ Mehr konnte ich ihr nicht sagen. Mehr wußte ich selbst nicht. „Kleine“, sagte ich, „laß uns noch eine Runde schlafen. Um sieben Uhr habe ich Amtsantritt im *Kaiserhut*.“

„Du arbeitest da?“

„Ab heute, ja."

„Ich erst ab neun."

„Dann sperr hinter dir ab und nimm den Schlüssel mit."

„Tschenett", sagte sie, nachdem sie sofort eingeschlafen und plötzlich wieder wach geworden war, „Tschenett, tust du mir einen Gefallen?"

„Kommt ganz drauf an."

„Sag nicht immer Kleine zu mir."

21

Es war die Hölle.

Da stand ich in der Eingangshalle dieses eigenartigen Hotel *Kaiserhut*. Punkt sieben Uhr früh. Um mich herum nur Leute, die ganz wichtige Dinge zu tun hatten. Sieben Uhr früh ist schon einmal gar keine Uhrzeit. Für keinen, hatte ich immer gedacht. Und für mich schon gar nicht. Und da liefen sie und hatten alle zu tun. Einer an der Rezeption, zwei sonst irgendwo, und so ein braungebrannter Bauernbursch mit ein paar Hotelgästen.

„Wenn mer dann jetz alles hamm, nocher gian mer", sagte er und stellte sich vor der kleinen Gruppe auf. „Einer was *rafting* macht, muaß früa auf die Socken kommen."

Heiliger Nepomuk. Fürchterlich, sich um diese Uhrzeit schon so einen stockgesunden Menschen ansehen zu müssen.

„Mir kontrollieren noch, daß des Westl sitzt, und nocher gian mer."

Der spielte mitten im Sommer den Schilehrer. Und obwohl er's schon zweimal angekündigt hatte, gingen sie immer noch nicht.

Und ich mußte hier auf meine Einweisung warten.

„Warten Sie hier einen Augenblick", hatte mir der Blaßgesichtige an der Rezeption gesagt, als ich mich ihm vorgestellt hatte, „warten Sie einen Augenblick, dann werden Sie eingewiesen."

Und nichts weit und breit, was wie Kaffee aussah. Und höllischer Durst im Schlund.

Da stand der Schilehrer, und vor ihm standen sie in ihren Schwimmwesten. Der Schilehrer ging sie einen nach dem anderen ab, zog vorn an einem Verschluß und hinten an einer Schlaufe.

Und bevor er zum nächsten ging, sagte er jedesmal: „Sauba."

„Das *rafting* ist nicht nur, daß ma obn in an Bach einisteigt", sagte er, „sondern auch, daß ma untn wiedr außrsteigt. Und lebendig, wenn`s leicht geht."

Da lachten sie. Und der Schilehrer lachte am lautesten.

Mitten in diesem *Traum-Hotel*, dem nobelsten der noblen, führten sich eine Handvoll Leute auf, als ob sie im Musikantenstadl wären. Klopften sich auf die Schultern und auf die Schenkel und Heißa und hatten rote Flecken auf den Wangen vor Aufregung.

Nirgendwo war man vor denen sicher. Hier nicht, da nicht, dort nicht. Sie waren immer schon da, wenn man ankam. Und sie würden nie wieder gehen. Freiwillig schon gar nicht. Und alle konnte der Bach auch nicht verschlucken. Nicht einmal alle *rafter*, diese wilden Wildbachreiter in ihren Gummibooten. Wenn's die Hälfte wenigstens bis an die Adria, durch den Suezkanal und dann ums Kap der Guten Hoffnung getrieben hätte in ihren lächerlichen Schwimmwesten.

Tschenett, reiß dich zusammen. Du brauchst nur einen Kaffee und eine Stunde, um einen klaren Kopf zu kriegen. Dann geht das schon.

„Gibt's hier irgendwo einen Kaffee?"

„Nicht fürs Personal", sagte der Blaugesichtige. „Das mag der Chef nicht."

„Der Chef mag's nicht", sagte ich. „Aha."

Mich fragte wieder einmal keiner.

„Herr Tschenett ..."

Jetzt wurde es vornehm. Ich drehte mich langsam nach der weiblichen Stimme in meinem Rücken um. War eine leicht gealterte Dame, dezent herausgeputzt. So unauffällig, daß man sie glatt übersehen konnte.

„Guten Tag, Herr Tschenett. Wenn Sie mir bitte folgen wollen. Ich werde Sie einweisen."

„Wenn ich erfahre, mit wem ich's zu tun habe. Und falls ein Kaffee dabei herausschaut."

Sie hatte gar nicht mit einer Antwort gerechnet und war schon losgezogen. Jetzt bremste sie, drehte sich zu mir zurück und starrte mich an.

„Tut mir leid, aber ich brauch wirklich dringend einen", sagte ich und versuchte, so unschuldig wie möglich dreinzuschauen.

„Die Direktion erwartet sich, daß die Angestellten nüchtern, ausgeschlafen und verköstigt zur Arbeit erscheinen", sagte sie und sah so streng wie möglich durch ihre Brille.

„Also doch nicht ganz so nüchtern. Und wer sagt das?"

Jetzt lächelte sie.

„Sie geben nicht so schnell auf, oder? Also gut: Das sagt die Direktionsassistenz. Kommen Sie."

Und schon war sie wieder losgezogen. Ich hängte mich an sie dran.

„Direktionsassistenz", sagte ich. „Und weiter?"

„Und nichts. Das muß reichen. Fürs erste."

„Ist gut, Frau Direktionsassistenz."

Nicht einmal an der Tür zu ihrem Büro stand ein Name. Nur: *Direktionsassistenz.*

„Setzen Sie sich. Sie werden um sieben Uhr mit der Arbeit beginnen. Also zehn vor sieben im Haus erscheinen. Schurz bekommen Sie heute von mir, wird alle zwei Tage gewechselt, Ausgabe und Annahme in der Wäscherei. Beginn Zimmerstunde um dreizehn Uhr. Mittagessen in der Küche eventuell um vierzehn Uhr. Bei Bedarf bis spätestens zehn Uhr dort auch anmelden. Ende Zimmerstunde, Arbeitsbeginn fünfzehn Uhr. Pünktlich. Arbeitsende neunzehn Uhr."

„Pünktlich?"

„Wenn Ihre Arbeit getan ist."

„Ist sie, ist sie."

„Das wird das Haus zu beurteilen haben, junger Mann."

„Sehr wohl."

Die waren nicht ganz normal hier. Soviel stand jetzt schon fest.

„Sie übernehmen die Hausmeisterstelle. Das heißt: Auffahrt, Park, Wege und Terrassen kehren. Beregnen der Liegewiesen, Blumen gießen. Reinigung des hauseigenen Fuhrparks. Bei Bedarf Reinigung von Gäste-PKWs. Be- und Entladen des Gepäcks. Und anfallende kleine Reparaturen. Etcetera. Ich hoffe, Sie können das."

„Keine Sorge. Wenn ich zuerst noch einen Kaffee ..."

„Wir erwarten von unseren Mitarbeitern Pünktlichkeit, Sauberkeit, Freundlichkeit, Benehmen. Sind Sie mit dem Auto gekommen?"

„Ja", sagte ich, „ausnahmsweise."

Ewig würde Candalostia das Spiel nicht mitmachen.

„Wo steht es?"

„Auf dem Parkplatz."

„Des Hauses?"

„Des Hauses."

„Sie werden verstehen, daß das nicht geht. Weswegen Sie es zuallererst auf den öffentlichen Parkplatz außerhalb des Hotelgeländes stellen."

Den Kaffee hatte sie längst schon wieder vergessen.

„Hier Ihr Schurz. Gute Arbeit."

Sie mußte mindestens zwanzig Jahre lang ledig und Volksschullehrerin gewesen sein. Fächer Benimm, Anstand und Häkeln. Und dann hatten sie ihr wegen seelischer Grausamkeit gekündigt.

Ich gab es auf. Stand auf, nahm den Schurz und ging. Als ich an der Tür war, erbarmte sie sich meiner.

„Gehen Sie in die Küche wegen des Kaffees. Ausnahmsweise. Weil es Ihr erster Tag ist."

Jetzt lächelte sie wieder milde.

„Danke", sagte ich, beinahe zu Tränen gerührt. „Und wie ist das mit hier?"

Sie sah mir ziemlich verständnislos dabei zu, wie ich Daumen und Zeigefinger gegeneinander rieb.

„Pinggepinge", sagte ich, „skei, Kohle, quattrini."

Keine Regung.

„Geld", sagte ich und seufzte.

„Ach so", sagte sie. „Lassen Sie mich sehen."

Sie blätterte sich durch die akkurat ausgerichteten Unterlagen auf ihrem Schreibtisch.

„Dasselbe wie ihr Vorgänger", sagte sie.

„Mein Vorgänger ..."

„Ist leider tot."

„Na bitte. Dann wird's wohl nicht besonders üppig gewesen sein."

„Ich bitte Sie. Es hatte nicht das geringste damit zu tun."

Jetzt war sie ehrlich entrüstet.

„Wissen Sie was?" sagte ich. „Mir ist der Kaffee im Augenblick wichtiger. Suchen Sie sich meinen Vorgänger in Ruhe raus. Ich erfahr's noch früh genug, was hier geboten wird."

Nur weg hier. Als ich schon draußen am Gang stand, rief mir die Volksschullehrerin noch einmal hinterher.

„Fangen Sie mit der Auffahrt an. Und kämmen Sie sich zuerst."

Als ich die Küche endlich gefunden hatte, war es mir unter Hinweis auf die *Direktionsassistenz* endlich gelungen, eine Tasse Filterkaffee in die Hand zu bekommen und mich zum Mittagessen anzumelden. Den Kaffee hatte ich in zwei Schlucken und im Stehen hinuntergeschüttet. Die Stimmung in der Küche war auch nicht gerade ausgelassen gewesen.

„Zimmer 202, bitte."

Der Blasse an der Rezeption sah mich einen Augenblick lang ratlos an.

„Bitte?"

„Ist schon gut. Ab jetzt bin ich der neue Hausmeister."

Und um es zu beweisen, zog ich mir den Schurz über. So ein steifgebügeltes Ding, das mir bis unter die Knie reichte, dunkelgrün mit goldener Aufschrift. *Traum-Hotel Kaiserhut,* mitten auf die Brust gestickt.

„Und?" sagte ich.

„Hier", sagte der Blasse und hielt mir einen Schlüssel vors Gesicht. „Rechts hinterm Haus im Schuppen steht dein Gerät."

„Danke bestens, mein Lieber", sagte ich und ging.

Es sah ganz danach aus, als wollte mich hier keiner haben.

„Auffahrt, Park, Wege, Terrassen kehren", hatte die Volksschullehrerin gesagt. Ich fing mit der Auffahrt an. Streng nach Weisung.

Der öffentliche Parkplatz, der mir anempfohlen worden war, lag näher am Dorf als am Hotel. Und er war bis auf den vorletzten Platz besetzt. Pilzesucher. Wenn in einer Stunde die ersten Ausflügler dazukamen, war hier alles vollgestellt. Bis hierher durfte man fahren. Dann mußte man zu Fuß ins Tal hineinwandern.

Vom Parkplatz aus führte die Straße noch zwei Kurven lang durch den Wald den Berg hinauf. Dann stand man vor einem marmornen Portal. Goldlettern. *Traum-Hotel Kaiserhut*. Und ein Schild, auf dem sehr viel prosaischer und schwarz auf weiß *Privates Grundstück. Zutritt nur für Gäste des Hauses. Zuwiderhandeln wird strafrechtlich verfolgt* stand. Links und rechts ein mannshoher Holzzaun.

Gast des Hauses war ich inzwischen ja. Also packte ich den Besen fester, überschritt die Schwelle und machte mich an die Arbeit. Viel war nicht zu tun. Links einen Feger, rechts einen. Ein paar Tannennadeln lagen auf den marmornen Pflastersteinen. Nicht sehr viele. Obwohl mein Vorgänger schon seit ein paar Tagen tot und arbeitsuntauglich war.

Schöner Platz hier. Ruhig und kühl, alte, rauschende Bäume, das Plätschern eines Wildbaches. Wunderbar. In besseren Zeiten. Und wenn da weiter oben nicht ein Hotel gestanden hätte. In dem eine Dame regelmäßig Post bekam.

Langsam kehrte ich mich den Berg hoch. Kurve für Kurve. Hier unten würde ich wenig erfahren, was uns nützlich sein konnte. Trotzdem ließ ich mir Zeit. Was da oben auf mich wartete, war auch nicht begeisternd.

Die letzten dreihundert Meter bis zum Hotel waren ebenes Gelände, hier und da ein Baum, Rosenbeete, Sitzbänke unter Efeulauben, ein Vogelkäfig, zwei Brunnen, ein Tennisplatz, weiter hinten der Swimmingpool. Und ganz oben auf dem Hügel die alten Mauern, in die sie das *Traum-Hotel Kaiserhut* hineingebaut hatten. Hier war an nichts gespart worden.

Noch rührte sich nicht viel im Gelände. Ich sah auf die Uhr. Kurz vor neun. Kein Wunder, freiwillig war um diese Uhrzeit niemand unterwegs. Nur *rafter*. Und so arme Hausmeister wie ich. Ich stützte mich am Besen auf. Kleine Verschnaufpause.

Wurde leider nicht viel draus. In meinem Rücken näherte sich ein dumpfes Grollen. Ich drehte mich langsam um. Und sprang ziemlich rasch zur Seite. Gerade noch früh genug. Eben war ein alter Herr mit Monokel in einem noch älterer offenen *Alfa Romeo* an mir vorbeigerauscht. Vor dem Aufgang bremste er quietschend, trat noch einmal aufs Gas und stieg dann aus. Aus dem Hotel sprang ein hilfreicher Geist, setzte sich in den *Alfa Romeo* und parkte ihn ein.

Daß ich das noch erleben durfte.

Ich schulterte meinen Besen und ging Richtung Hotel los. Hier unten gab es beim besten Willen nichts mehr zum Kehren. Die letzten zwei Blätter hatte das Monokel verblasen.

Dann überholte mich ein *motorino*. Und hielt an. Die Kleine. Richtig. Womit sollte die in ihrem Alter auch sonst unterwegs sein. Wenn nicht mit einem dieser knattrigen Zweiradler.

„Na, wieder einmal zu spät?"

„Nie zu spät, Tschenett. Immer nur fünf Minuten."

Irgendwie sah sie ganz anders aus. Steckte in einem schwarzen Rock und weißer Bluse. Kein Wunder, daß mir etwas eigenartig vorgekommen war. Trug sogar Stökkelschuhe. Und Lippenstift.

„Und, gefall ich dir?"

„Muß ich erst nachdenken. Sag ich dir später. Ich komm dich besuchen."

„Ist gut", sagte sie und gab Gas, „aber laß dich nicht erwischen."

„Moment noch, Kleines."

„Sag nicht ..."

„Sabrina. Augenblick. Was war denn das für einer?"

„Wer?“

„Der *Alfa Romeo.*“

„Ah, der. Der General. Netter Mensch. Gutes Trinkgeld.“

Werd jetzt nicht eifersüchtig, Tschenett.

„Aha“, sagte ich. „Der General.“

„Ciao.“

Und weg war sie.

Im kurzen Schwarzen und in Stöckelschuhen sollte man nicht auf einem *motorino* sitzen müssen. Sieht zumindest von hinten nicht besonders aus.

Die Wege durch den Park waren gekehrt, die Terrassen spiegelblank, aus einem der Brunnen hatte ich eine tote Eidechse gefischt und unter einem Baum begraben, die Vögel hatten frisches Wasser bekommen und ich die Auskunft, daß für das Füttern der Vögel gefälligst die Chefin selbst zuständig war. Ich war am Überlegen, ob ich den Rasen auch noch kehren sollte. Blumengießen, fand ich, war unter meiner Würde. Konnte ich mir nicht vorstellen. Ich, mit so einem Schlauch in der Hand. Das konnte keiner von mir verlangen. Nicht von mir. Wo ich mir so schon wie ein Rentner vorkam, mit dem Schurz und dem Besen. Und das will ein LKWler sein, Tschenett. Schau dich an.

Die Spesen, die Canaccia für diesen heutigen Tag bezahlen mußte, würden besonders hoch sein. Mindestens zwei Flaschen Whisky, um das Ganze vergessen zu können.

„Hausmeister!“

Es dauerte, bis ich verstand, daß ich gemeint war.

Der Blasse von der Rezeption.

„Der *Alfa Romeo* des Herrn General muß gewaschen werden. Hinten am Schuppen. Schlüssel steckt.“

Ich fuhr mir mit der Hand zum Kopf und salutierte.

„Ay ay, Käpt'n."

Gute zehn Jahre Nordmeerfischerei gehen schließlich nicht spurlos an einem vorbei. Nicht einmal an mir. Das Nordmeer. Wasser und Nebel, daß man ständig das Gefühl hatte, allein an Bord zu sein. Auch wenn neben dir einer stand und Kommandos schrie. War 'ne gute Zeit gewesen. Und trotzdem schon wieder lange her. Wenn mich meine Kumpels von damals jetzt so gesehen hätten, hätten sie sich einen Windjammer gelacht.

„Wenn ich Wasser laufen höre, dann muß ich. Ich kann mir nicht helfen. Ich muß. Keine Chance."

„Herr Tschenett ..."

Die Direktionsassistenz und der blasse Rezeptionist standen genauso sprachlos da wie der Kunde, mit dem sie gerade am Verhandeln gewesen waren. Ich machte, daß ich um die nächste Ecke verschwand.

Die Liftkabine war aus Glas. So daß man, während man nach oben schwebte, die jahrhundertealten Mauersteine bewundern konnte. Ich hatte auf den dritten Stock getippt. Jetzt hielt das Ding im zweiten. Und es stieg ein Mensch ein, an dem nur eines auffiel. Daß er in beiden Händen je eine dieser Maschinen hielt, die sie Mobiltelefone nannten. Er sah mich von unten nach oben an, ich ihn von oben nach unten. Kam mir entfernt bekannt vor, das Gesicht.

Im dritten Stock stieg ich aus und überließ den Telefonmensch seinem Schicksal. Paolos Dame wohnte einen Stock höher, sozusagen im Turmzimmer, das wußte ich. Aber es konnte nichts schaden, wenn ich mich zuerst einmal ein Stockwerk tiefer umsah. Nobel, nobel. Alte Burgverliese auf elegant und teuer getrimmt. Fehlten nur noch die Dreschflegel an den Wänden. Alle paar Meter konnte man durch ein Fenster auf den Innenhof hinunterschauen. War genau das richtige Versteck für Paolos Fehltritt, die Anlage hier. Sein Burgfräulein büßte es jetzt schon mit Kerker.

Als ich bereits dachte, einmal im Kreis gelaufen zu sein, fand sich endlich eine Wendeltreppe, die in das nächste Stockwerk führte. Noch gediegener. Noch stiller. Noch leerer. Ich ging den Gang entlang und suchte nach der Behausung der Dame. An einer großen Doppeltür war ein kleines Silberschild angebracht. *Suite.* Voilà, das mußte es sein.

Ich öffnete leise und steckte den Kopf hinein.

„Madame?“

Keiner da. Von dem Raum gingen zwei Türen ab. Ich öffnete die erste. Nichts. Hinter der nächsten Tür war ein kleines Fitneßstudio versteckt. Und eine alte, hölzerne Wendeltreppe.

„Madame?“

Eigentlich hätte sie dasein müssen. So war es schließlich abgemacht gewesen zwischen Paolo und mir. Halb elf, die Suite im vierten Stock. Einfach anklopfen. Ich überlegte, ob ich mir Sorgen machen sollte. Und ließ es dann doch bleiben. Wozu auch. Solang mir der Schloßgeist nicht über den Weg lief.

„Madame?“

Nichts. Ich haute dem Punchingball eine runter und stieg die alte hölzerne Wendeltreppe hinauf. Sie stöhnte bei jedem Schritt leicht auf. Langsam paßte alles zusammen.

Das Licht fiel schmal durch mehrere kleine Fenster in den runden Raum. Mir gegenüber stand ein riesiges Bett mit Malereien an den Seitenwänden, überspannt von einem weit ausladenden goldenen Baldachin.

Von Madame war weit und breit nichts zu sehen. Obwohl das Bett benutzt worden war. Ich verstand Paolo nicht: was hatte er damals nachts und alleine auf der Autobahn verloren gehabt? Bei so einem Bett? Aber höchstwahrscheinlich wurde es einem nach der ersten Nacht schon langweilig, verpaßte einem einen steifen Nacken, stank ekelig nach Mottenkugeln, beherbergte ein paar Tierchen und quietschte in vier verschiedenen Tonlagen.

Madame blieb verschwunden.

Als ich den Gang entlangging und nach dem Lift suchte, begann ich mir Gedanken zu machen. Vielleicht war das alles gar kein Zufall. Vielleicht war Madame in Schwierigkeiten. Vielleicht war sie gerade bei der Pediküre. Ich wußte es nicht.

Und dann lief ich der Kleinen in die Arme. Nichts, was mir besser getan hätte. Inzwischen hatte sie ein Häubchen auf und eine kleine, weiße Schürze umgebunden.

„Figo", sagte ich und pfiff mir einen.

„Dai, laß das."

Sie schob so eine Karre mit Schmutz- und Frischwäscheabteilung vor sich her.

„Und?" sagte ich. „Haben sie mal wieder gesaut, die Schloßherren, heut nacht?"

„Mittelmäßig."

„Keine Leichen gefunden? Nur Taschentücher?"

„Nicht einmal die."

„Und die Dame aus der Suite?"

„Noch nicht gesehen."

Dann stemmte sie sich wieder hinter ihren Wagen. Blieb noch einmal stehen, kam herüber, stellte sich ganz knapp vor mir auf, holte einmal tief Luft, schloß ihre Augen, rollte die Lippen und kam mir immer näher.

„Hat's gebraucht", sagte ich, als wir wieder voneinander gelassen hatten. „Hat's ganz dringend gebraucht."

Sie zog einen kleinen Spiegel aus ihrer Schürzentasche und kontrollierte.

„Und sonst", sagte ich, „wie geht's?"

„Wie soll's gehn, wenn der Lieferant tot ist? Gut siehst aus in dem grünen Schurz, Tschenett."

„Herr Tschenett, Ihre Toilette ist hinten am Schuppen. Bitte!"

Ins Ohr geflüstert hatte sie mir das, meine Volksschullehrerin. Damit es nur wir zwei hören konnten.

„Ja, Frau Lehrerin", sagte ich und verschwand.

Bis es Zeit für meine Mittagspause geworden war, die man hier Zimmerstunde nannte, hatte ich den *Alfa Romeo* des Generals probegesessen, gewaschen, getrocknet, poliert. Eine halbe Stunde in der Sonne gedöst, an den Vorderreifen gelehnt. Und einen Rundgang durch den Park gemacht. Es war wie auf Safari. *Daktari*. Inzwischen hatte sich der Park mit den verschiedensten Arten von wilden Tieren gefüllt. Sie saßen unter Bäumen und lasen, spielten Tennis in kurzen Hosen und sprangen in regelmäßigen Abständen ins Wasser. Ich ließ mir Zeit und beschäftigte mich mit dem Mehltau, der sich über die *hesperica tormentosa* hergemacht hatte. Oder wie das Zeug auch immer heißen mochte.

„Herr Tschenett."

Jetzt hatte die *tormentosa* zu mir gesprochen.

„Herr Tschenett. Es ist das erste und letzte Mal, daß Sie während Ihrer Arbeitszeit hier private Gespräche entgegennehmen."

Es war die Lehrerin. Sie hielt mir ein Mobiltelefon entgegen.

„Ja", sagte ich, „aber gewiß."

Wenn ich noch länger hierblieb, würde ich mir den geschwollenen Ton gar nicht mehr abgewöhnen können.

„Danke", sagte ich, als ich feststellen mußte, daß die Lehrerin keine Anstalten machte, zu verschwinden.

„Sie verstehen: privat, ja? Genau wie Sie gesagt haben."

Jetzt war sie böse geworden. Und stapfte davon.

„Tschenett."

„Paolo. Salve."

„Ciao."

„Und, wie geht's euch?"

„Mir gut, danke. Den Umständen entsprechend."

„Und Susan?"

„Tut mir leid, Paolo. Ist noch nicht aufgetaucht."

Etwas Besseres war mir auf die Schnelle nicht eingefallen.

„Wie, nicht aufgetaucht?"

„In ihrer Suite war sie nicht. Aber das Bett war benützt. Die Kleine hat sie nicht gesehen."

„Scheiße", sagte Paolo. „Cazzo di buddha. Dove sta?"

„Weiß ich nicht, wo sie ist."

Er schien sich wirklich Sorgen zu machen.

„Tranquill", sagte ich. Jetzt hatte ich mir das auch schon angewöhnt. „Paolo, ganz ruhig. Die läuft hier sicher irgendwo herum. Sobald ich sie finde, ruft sie dich an. Bleib im Hotel."

„Aber ich hab Training. Waldlauf."

„Dann geh trainieren."

„Kann ich nicht, solang ich nicht weiß ..."

„Schick deine Frau zum Einkaufen und bleib im Hotel. Susan ruft dich an."

„Wenn du sie findest."

„Sonst ruf ich an."

„Schöner Trost. Grazie al cavolo."

Ich hatte mich auf eine der Parkbänke gesetzt. Was ich hier tat, war sinnlos. Einen guten Hausmeister würde ich nie im Leben abgeben. Spätestens in ein paar Stunden mußte ich wegen Unfähigkeit auffliegen. Madame Susan war unauffindbar. Die Kleine konnte mir auch nicht weiterhelfen. Wie auch. Nur eines war klar. Daß es schwierig war, als Fremder bis zur Schmuckschatulle in das Schlafzimmer der Suite vorzudringen. Außer man hatte einen grünen Schurz an. Langsam, aber sicher begann ich mir Paolos Kopf zu zerbrechen. Und das ließ sich am besten im Sitzen tun. Auf einer Parkbank.

Eine Stunde später gab ich das Mobiltelefon zurück und holte mir einen fürchterlichen Anschiß ab.

„Ist in Ordnung, Frau Direktionsassistentin. Meine Schuld. Die Rosen, Sie müssen verstehen. Die Rosen. Ich hab alles vergessen. Zeit und Raum. Alles."

„Sie sind ein Idiot."

Am schlimmsten war es, wenn sie flüsterte.

„Zu Befehl. Die Rosen."

Ich verschwand wieder im Park. Wurde langsam mein liebstes Versteck.

„Excuse me, Lei è l'amico di Paolo?"

Ich war gerade dabei, die Goldfische im Brunnen zu zählen. Oder was auch immer das für welche waren.

Susan. Sah gut aus. Ein bißchen zu herrschaftlich, für meinen Geschmack. Ein bißchen zu aufgedonnert. Aber vielleicht war sie gerade eben erst vom Friseur gekommen.

„Susan", sagte ich. „Hai chiamato Paolo, you called him?"

„Si."

„God save the Queen." Einen anderen Ausdruck für das, was mir eben vom Herzen gefallen war, hatte ich in meinem begrenzten Wortschatz nicht gefunden.

„Everything okay?"

„Si", sagte sie wieder. „Paolo aspetta your call."

„Und", sagte ich, „war Post im Briefkasten? Qualche messaggio? A letter?"

„Here."

Sie hielt mir einen kleingefalteten Zettel hin.

Und dann drehte sie sich um und verschwand. Ziemlich wortkarg, dafür, daß sie an der ganzen Geschichte nicht ganz unbeteiligt war. Traute mir ganz offensichtlich nicht richtig über den Weg.

Den *motorino* der Kleinen hatte ich nach einer Runde ums Haus gefunden. Bis zum Parkplatz war's mir jetzt zu Fuß zu weit. Außerdem war's dreivierteleins. Zeit für die *Zimmerstunde.*

22

„Öfters hört man in jüngster Zeit von Vergewaltigungen von Frauen, Mädchen und sogar Kindern in Bozen, wobei es in anderen Provinzen anscheinend nicht besser ist. Logischerweise kann und darf man solche gemeine Verbrechen nicht so hinnehmen – außer es ist heute wirklich alles erlaubt und nicht mehr strafbar. Wenn das so weitergeht, ist ja bald niemand mehr auch bei Tag auf der Straße sicher."

„Was hat er denn, Candalostia?"

„Jetzt liest er das schon zum vierten oder fünften Mal vor. Und immer in dieser Lautstärke. Kein guter Tag heute."

Christus saß ganz hinten in Candalostias Bar an einem Tisch, vor sich eine Zeitung, und rezitierte. Mit lauter, überdrehter Stimme.

„Weder die heutige italienische Rechtssprechung noch ein verstärkter Polizeischutz helfen der Bevölkerung, solange man selbst von einer morschen, kranken und korrupten Regierung abhängig ist, welche sowieso unfähig ist, die Volkssicherheit zu gewährleisten."

„Bring mir ein *tramezzino*, Candalostia. Und ein Glas Weißwein."

„Jedenfalls ist meiner Ansicht nach bei genauer Feststellung derartiger Verbrechen nur die Lynchjustiz das wirksamste Mittel, welche früher oder später sowieso Anwendung finden wird. Nichts gegen anständige Einwanderer! Aber meiner Meinung nach haben gewisse arbeitsscheue Elemente – von woher sie auch immer kommen mögen – keine Daseinsberechtigung und schon gar keine Sozialberechtigung. Und wer bezahlt überhaupt bei dieser Teuerung die Steuern und Abgaben für solche Elemente? Damit sie fürs Nichtstun unterstützt werden?"

„Sag mal, spinnt der jetzt, der Christus? Faschist geworden? Oder was?"

„Frag mich nicht", sagte Candalostia und stellte mir das *tramezzino* und den Wein hin, „seit mindestens einer Stunde geht das schon so. Seit er hereingekommen ist. Ich habe ihm schon zweimal Wein hinübergetragen, aber er hört nicht auf."

Ich nahm mein Glas und setzte mich zu Christus.

„Ist ja gut", sagte ich. „Hier, trink."

Christus war nicht ansprechbar. Er starrte auf die Zeitungsseite, die er vor sich liegen hatte.

„Jedenfalls ist meiner Ansicht nach bei genauer Feststellung derartiger Verbrechen nur die Lynchjustiz ..."

„Laß das, Christus", sagte ich und nahm ihm die Zeitung weg.

Er ließ sich nicht drausbringen und rezitierte auswendig und um so lauter weiter.

„... nur die Lynchjustiz das wirksamste Mittel, welche früher oder später sowieso Anwendung finden wird. Nichts gegen anständige Einwanderer!"

„Hör auf zu spinnen, Mensch. Das ist ja schon längst nicht mehr lustig."

Dann sah ich mir die Seite im *Alpenländischen Tagblatt* genauer an. „*Lynchen?*“ stand da. Mit Fragezeichen. War ein Leserbrief. Und Christus hatte ihn auswendig gelernt. Unter dem Leserbrief stand ein Name, der mir bekannt vorkam.

„Weiter so, Christus“, sagte ich. „Irgendwann einmal sperren sie dich noch ein. Wenn sie jemanden einsperren, dann dich. Weil du ihnen vorliest, was sie geschrieben haben.“

Ich gab Christus die Zeitung zurück, klopfte ihm auf die Schultern und ging.

„Sag mal, *Hermann Grossmann, Laums*, ist das einer von unseren Grossmännern?“

„Und wie“, sagte Candalostia. „Der Alte, von dem ich dir erzählt habe. Der Vater von deinem Chef. Wie kommst auf den?“

„Der schreibt Leserbriefe. Scheint vielseitig begabt zu sein.“

„Du meinst, das, was der Christus ...“

„Ist sein Mist.“

„Der traut sich was.“

„Wieso? Als Faschist mußt dir nichts trauen. Bist immer gut angesehen. Da riskiert der Christus schon mehr.“

Christus hatte schon wieder von vorne angefangen. „*Lynchen!*“ schrie er.

„Keine neue Nachricht, Paolo?“

„Doch.“

„Und?“

„Heute nacht, zwei Uhr. Karwasserstraße 256. Innsbruck. Läuten und warten.“

„Sonst nichts?“

„Nein.“

„Hast du das Geld?“

„Bis heut abend, ja.“

„Und wo war sie, die Liebste?“

„Beim Friseur.“

„Ich hatte auf Pediküre getippt. Scheißweiber. Und wir machen uns Sorgen.“

„Du auch?“

„Und wie. Ich werde schließlich bezahlt dafür. Das ist ja das Dumme“, sagte ich. „O.k., heut abend dann, im *Försterkeller*. Spätestens um Mitternacht. Und die Miliönchen nicht vergessen. Sonst komme ich nie zu meinem Urlaub.“

„Imbecille.“

„Trainier schön brav.“

Aber Paolo hatte schon aufgelegt.

„Candalostia, kannst mir dein Auto noch bis morgen leihen?“

„Behalt's frisch. Das seh ich eh nie wieder.“

„Bist ein Schatz.“

Aber davon wollte Candalostia nichts wissen.

23

Die Karwasserstraße war nichts anderes als eine Art Autobahn, die sie durch die Betonsilos eines Innsbrucker Außenbezirks gezogen hatten. Falls man den Sprung aus dem achten Stock überlebt haben sollte, konnte man sich immer noch plattfahren lassen.

Außer um Mitternacht. Um Mitternacht war hier so gut wie gar nichts mehr los. Außer den Ampeln, die stur und regelmäßig ganze Ewigkeiten lang auf Rot standen. Zwei Taxifahrer hatten mir dabei helfen müssen, die

Karwasserstraße zu finden. Freiwillig wär ich nie auf die Idee gekommen, mich hierher zu verirren.

Aber ich hatte einen Job. Ich mußte achtzig Millionen, die mir noch nicht einmal gehörten, an irgend jemanden verschenken, den ich nicht einmal kannte. Die ganze Strecke vom Brenner herunter hatte ich mit meinem Schicksal gehadert. Einmal soviel Geld in der Hand haben und es dann nicht angreifen dürfen. War schon ziemlich gemein. Aber schließlich arbeitete ich ja auf Tagesbasis plus Spesen. Da hat der Kunde jedes Recht. Sogar das, einen Blödsinn zu machen.

Auf meinen Posten als Hausmeister im *Kaiserhut* war ich um eine halbe Stunde zu spät zurückgekehrt, dafür dann aber eine Viertelstunde früher gegangen. Die Volksschullehrerin hatte sich gerade noch einmal vor einem Nervenzusammenbruch retten können.

„So geht das nicht, so geht das nicht", hatte sie vor sich hin gemurmelt.

„Sag mal, heute ist Samstag, weißt du eigentlich, was das heißt?" hatte sich Charlie beklagt, als ich ihm gebeichtet hatte, daß ich gegen elf wieder verschwinden müßte. „Die reißen mir hier die Bude ein. Samstag, Mensch! Drei Wiesenfester laufen in der Gegend. Und sobald sie da nichts mehr kriegen, kommen sie zu mir. Kannst mich nicht so hängen lassen, porco cane."

„Geht nicht anders, Charlie", hatte ich gesagt, weil es anderes nichts zu sagen gab. „Wetten, daß dein *Försterkeller* morgen auch noch steht?"

Charlie war sich da nicht so sicher gewesen.

Paolo war gegen zehn mit zwei Mannschaftskollegen aufgetaucht. Sobald sich die weibliche Jugend über die zwei hergemacht hatte, hatte er mir seine Autoschlüssel in die Hand gedrückt.

„Nimm den Ferrari."

„Daß sie mich gleich am Brenner verhaften, oder was? Das glauben die mir nie, daß ich den nicht geklaut habe. Trotzdem: das Vertrauen ehrt. Zusammen mit dem Geld wär das fast schon genug für einen neuen Anfang."

„Hast du den notwendig?"

„Und wie. Eigentlich. Aber nicht gleich. Nicht heute."

„Meno male, noch mal Glück gehabt. Also: Der Koffer ist im Kofferraum."

„Wie es sich gehört."

„Im Koffer sind achtzig Millionen."

„Da fehlt aber ein bißchen was auf hundertfünfzig."

„Mehr war auf die Schnelle nicht aufzutreiben."

„Hast keinen Kredit?"

„Hier nicht. Wenn schon, dann im Ausland."

„Schwarzgeld?"

Paolo grinste.

„Nicht ganz. Eine Filiale meines Vereins. Kleine Gesellschaft in Österreich."

„Wie geht denn das?"

„Ist nicht ganz einfach. Ist eine Tochtergesellschaft des Vereins. Haben mich gekauft und nach Rom weiterverkauft. Steuern sparen, du verstehst. Und jetzt bekomm ich zwei Drittel des Gehalts auf mein österreichisches Konto. Ausland-Ausland-Überweisung."

„Steuern sparen, ich verstehe."

„Wenn's einem so leicht gemacht wird. Weiß ja jeder, wie das läuft."

„Kann sein, daß es ihnen nicht gefällt, wenn ich nur mit achtzig Millionen auftauche. Was ist, wenn die mir für jede Million, die fehlt, ein Stück Finger abschneiden?"

„Setz es auf die Spesen."

„Coglione."

„Sag ihnen, sie kriegen's."

„Das wird sie freuen. Hast du überhaupt soviel?"

„Bei einer Milliarde bleiben mir noch ein paar Millionen übrig. Und ich glaube, wir können sie herunterhandeln."

„Wir? Wer fährt denn übern Brenner?"

„Wer ist denn hier der Detektiv?"

„Weiß ich auch nicht."

Wie ein Detektiv kam ich mir im Augenblick überhaupt nicht vor. Eher schon wie ein Briefträger, der vor einer Mülltonne steht und sich überlegt, kurzen Prozeß zu machen. Hau weg den Scheiß.

Die Burschen waren gar nicht so dumm. Erstens ließen sie sich das Geld von uns außer Landes schmuggeln. Vorausgesetzt, daß es sich um Italiener handelte. Und zweitens hatten sie sich mit der Karwasserstraße eine der totesten Ecken ausgesucht in dieser eh schon verdammt toten Stadt. Die Karwasserstraße war mit Sicherheit der letzte Winkel, in den sich ein Japaner auf Bildungsurlaub verirren würde. Und ab neun Uhr abends wurde die Wohnungstür verrammelt, Vattern stieg auf Muttern, bis der Werbeblock vorbei war, ab zehn wurde das Licht ausgeschaltet, und die Fenster schimmerten still und blau nach draußen.

Ich war ziemlich gespannt darauf, was sich hinter Nummer 256, Karwasserstraße, Innsbruck verbarg.

Zuerst einmal gar nichts. War einer dieser Wohnblocks. Scheußlich, gräuslich, tot. Straße, Gehsteig, ein halbmeterbreiter Grünstreifen, den die Hunde längst schon zugeschissen hatten. Nummer 256. Ungefähr zwanzig Namen an der Klingelanlage. Keiner, der mir etwas gesagt hätte. Ich trat ein paar Meter zurück und schaute nach oben. Nichts, kein Zeichen. Da stand ich jetzt mit meinem Scheißkoffer. Immerhin: ich war zwei Stunden zu früh dran. Vielleicht tat sich ja noch etwas.

„Und, Kollege, suchst etwas?“

Das war ziemlich prompt gegangen. Langsam drehte ich mich um. Ruhig, Tschenett, ruhig.

„Wie man's nimmt.“

„Kannst es ruhig zugeben. Ich weiß schon, was.“

Da saß ein Typ bei laufendem Motor in seinem Auto und versuchte, mir schwach zu kommen.

„Nicht gleich raunzig werden, Kollege. Will dir ja nur einen Tip geben.“

„O.k. Gib ihn mir, den Tip.“

„Ist nämlich jedesmal dasselbe, wenn ich von der Schicht nach Hause komm. Immer steht einer hier herum und findet den Eingang nicht. Tun mir immer leid. Nicht, daß ich Prozente krieg. Tun mir einfach leid. Wenn's so in der Hose zwickt, und da ist nix.“

Er grinste.

„Aha“, sagte ich.

Besser, ich ließ ihn kommen. Falls er's war. Im anderen Fall hatte ich auch nichts falsch gemacht.

„Kollege, einmal ums Haus rum, ganz einfach hintenrum. Und dann auf den Knopf drücken. Turnfreunde. Merk's dir: Turnfreunde. Gute Unterhaltung. Und hol dir nichts.“

Legte den Gang ein und verschwand.

Turnfreunde. Mußte ein Mondsüchtiger sein, den es schon eine Woche vor Vollmond erwischt hatte. Ich machte mich auf den Weg. Ums Haus rum.

Und dann ging das Licht an. Kaum war ich um die Ecke gebogen und an die Rückseite gelangt, schalteten sich mehrere Scheinwerfer ein. Taghell. Scheiße. Sensoren. Ich sah mich kurz um. Nichts. Alles ruhig. Zehn Meter weiter vorne war eine Tür. Daneben eine Gegensprechanlage mit Kameraauge. Und ein Messingschild.

Freunde des Turnsports der Stadt Innsbruck. Ich drückte auf den Knopf.

„Ja?"

Da war mein Finger wieder schneller gewesen als mein Hirn.

„Ich wollte einen Freund hier treffen. Um zwei. Bin ein bißchen früher dran."

„Dann laß mal drei Tausender sehen."

Die Stimme, die da aus dem Lautsprecher kam, klang nicht sonderlich freundlich. Ich grinste in die Videokamera.

„Augenblick."

Ich stellte den Koffer ab und beugte mich so über ihn, daß mir keiner reinschauen konnte. Nicht einmal die Stimme am Monitor. Aus einem der unteren Päckchen holte ich mir ein paar Scheine und schloß den Koffer.

„Hier", sagte ich und wedelte mit den Hunderttausendern vor dem Kameraauge hin und her. „Mit Schillingen bin ich heute kurz. Aber ihr könnt's ja zum Törggelen hineinfahren mit den Lire."

Da summte der Türöffner.

Vorwärts, Tschenett, jetzt ist's zu spät. Hättest halt nicht so vorlaut sein dürfen.

Zuerst waren da nur dunkle, schwere Vorhänge, rotes Licht, eine Art nach innen gebauter Windfang und ein ziemlich bulliger Typ.

„Abend", sagte ich.

„Abend", sagte er, musterte mich von oben bis unten, grapschte mir kurz und oberflächlich an Jacke und Hose entlang, als würde er etwas Bestimmtes suchen, und hielt mir dann den Vorhang auf.

„Bitte."

Was ich dann zu sehen bekam, war allerdings ziemlich überraschend.

Ich durchquerte den Raum, ohne mich durch die neugierigen, prüfenden Blicke aus dem Tritt bringen zu lassen. Da, wo der Tresen an die Mauer stieß, stellte ich den Koffer ab, schwang mich auf den Barhocker und bestellte einen Wodka.

War ein günstiger Platz, den ich mir da ausgesucht hatte. Der Großteil des Lokals lag gut überschaubar in meinem Blickfeld. Der Bullige hatte sich hinter den Tresen gezwängt und mir meinen Wodka eingeschenkt.

Die *Freunde des Turnsports der Stadt Innsbruck*. Hatten sich hier draußen, wo ein Sozialwohnblock neben dem anderen stand, in den Keller eingemietet. Und sich, außer einem netten und vollprofessionellen Tresen, auch noch einen Privatpuff und eine Spielhölle eingerichtet. Sauber. Sozialarbeit vor Ort. Höchst amateurhaft und polizeilich geduldet. Gegen Gewinnbeteiligung. Mindestens.

Ich bestellte mir einen zweiten Wodka und sah mich in Ruhe um. Einen praktischen Treffpunkt hatten sie sich da ausgesucht, unsere Geschäftspartner. Bei all den Galgengesichtern und Möchtegernganoven, die hier herumliefen, war es schwer, festzustellen, wer nun der für mich Zuständige war.

Ein bißchen etwas vom Turnsport in seiner engeren Bedeutung war an den Wänden noch hängengeblieben. Da eine Sprossenleiter, dort eine Kletterstange. Aber mehr als Dekoration waren sie sicher nicht. Nicht einmal der Bock, der ganz hinten im Raum stand.

Nach drei Metern, vom Tresen aus gerechnet, hörte der löchriggebrannte Teppichboden auf und machte hellblauen Fliesen Platz. Einen halben Meter weiter vorne führten die Fliesen in mehreren Stufen nach unten. Ungefähr zwei Meter tiefer. Und man stand in einem Schwimmbecken. Vier Meter mal sechs Meter. Hellblau. Statt des Wassers hatten die *Turnfreunde* einen Billardtisch in das Schwimmbecken gestellt. Über dem Billardtisch hingen Ringe von der Decke. Und an ihnen zwei Lampen. Darunter, um den Tisch herum, standen an die zehn Männer und ein paar Damen. Es wurde gewürfelt. *Seven/Eleven*. Und am Tischrand stapelten sich die Geldscheine.

Hinter mir, sozusagen links an der Wand entlang, hatten die Gastgeber ein paar alte Polstersessel aufgestellt. Damit man bei Anbahnung von Geschäften mit einer der Damen weich sitzen konnte, nahm ich an. Zur Zeit waren die Damen alle so gut wie unbeschäftigt. Was männlich war, zockte oder war so besoffen, daß es schon gar keine Frage von Statik mehr war.

Und deswegen war ich dran. Hinten am Billardtisch hatte einer kurz seine Angestellte anvisiert, den Kopf gehoben und damit in meine Richtung gedeutet. An die Arbeit, Mädel.

Die Dame drückte sich langsam und ächzend aus dem Polstersessel hoch und stapfte auf mich zu. Recht viel Lust auf Arbeit schien sie nicht zu haben. Alles, was sie in der nächsten halben Stunde zu verdienen hoffte, würde der Typ da hinten am Tisch in zwei Minuten wieder verlieren. Nach einem Gewinner sah hier drin kaum einer aus.

„Hallo."

„Hallo."

Laß dich anschauen.

„Ganz allein?"

„Noch schon."

„Das ist aber gar nicht gut."

Sie hatte einen östlichen Akzent. Und war ein nettes Mädchen.

„Bis jetzt hab ich's überlebt."

„Du könntest es aber besser haben."

„Ja?"

Sie nickte.

„Chef", sagte ich und drehte mich zu dem Bulligen um, „gib der Dame was zu trinken, damit ich's besser hab."

„Was trinkst du?"

„Wodka."

„Gut. Mir auch."

„Zwei Wodka, Chef."

Und dann sagte keiner mehr etwas. Wir tranken. Und saßen.

„Mit dir werde ich heute wohl kein großes Geschäft machen."

„Wieso?"

„Das sehe ich dir an. Bist du gekommen, um zu spielen?"

„Ja. Nein. Mal sehen."

Sie hatte plötzlich ihr Nuttengerede bleiben lassen. War entweder arbeitsscheu oder aus ganz anderem Grund hier.

Himmel, Tschenett, kannst ja nicht jedem mißtrauen. Und doch: ich mußte.

Noch gut eine Stunde bis zwei Uhr. Ich hatte keine Lust, länger hier oben auf dem Präsentierteller zu sitzen. Wurde langsam Zeit, daß ich für mein Geld auch arbeitete. Und mich in eine bessere Position brachte.

„Laß dir eine Flasche Wodka geben auf meine Rechnung. Wir setzen uns da hinunter."

Ich stand auf und ging zu den Polstersesseln. Als ich mich hineinsetzte, versank ich. Bis ich auf Stahlfedern stieß. Würde eine harte Nacht werden.

War ein guter Platz. Den Koffer und das Lokal im Auge, die Dame im Arm.

„Paß auf", sagte ich. „Ich bin noch ungefähr eine Stunde hier. Und ich möchte, daß du bei mir bleibst. Hier sitzen und trinken. Und fertig. Gegen Bares."

Sie sah mich kurz an. Dann sah sie hinüber zum Billardtisch. Und dann lächelte sie.

„Ich heiß Iren. Vorne betont“, sagte sie und machte eine kleine Pause. „Geht in Ordnung. Ich habe schon gedacht, es gibt wieder Ärger.“

„Weil der Typ nicht verstehen will, daß die meisten, die hier reinkommen, entweder spielen oder in Ruhe einen trinken wollen?“

Der Typ griff sich gerade an den Kopf. Hatte wieder ein paar Tausender in den Sand gesetzt. Und besann sich dann darauf, daß er möglichst cool zu bleiben hatte. Er kontrollierte kurz, wo seine Frischgeldzufuhr geblieben war. Dann hatte er uns entdeckt. Und drehte sich wieder weg.

Iren sah mich an und holte sich dann die Wodkaflasche.

„Ich bin nur auf Durchreise. Eine Woche noch, zwei. Höchstens. Dann bin ich weg. Paris.“

Ich wünschte es ihr von Herzen. Das war hier wirklich kein Ort, an dem man alt werden konnte, ohne sich die Kugel zu geben. Die Bude nicht, die Stadt nicht. Aber wie das mit Wünschen so ist: Sie haben die Tendenz, nicht zu funktionieren.

„Und woher kommst du?“

Ich hatte im Augenblick nichts Besseres zu tun.

„Rumänien“, sagte sie.

„Sprichst gut Deutsch.“

„Meine Mutter kam aus der DDR. Bruderstaat.“

„Richtig. Sozialistischer.“

„Vater ist Ungar.“

„Ungar. Und was macht ihr in Rumänien?“

„Arbeit.“

„Verstehe. Bruderhilfe. Bist eine gute Kombination. Jetzt. Wo die DDRler nichts lieber tun als nach Ungarn zu fahren und dort abzusitzen, bis sie in den Westen dürfen.“

„Sag das nicht meinem Vater.“

„Aha“, sagte ich, „steht er vorn an der inneren Front, der Herr ...“

„Biro. Ja, sozusagen. Deswegen bin ich ja weg.“

„Du schreibst dich Biro?“

Irgend etwas in meinem Kopf hatte geklingelt.

„Ja, Biro. Ich weiß. War mein Großvater, der den Kugelschreiber erfunden hat. Deswegen heißt er Biro. Und jetzt zu dir, und dann zu uns.“

„Zu mir gibts nichts zu sagen. Und mit uns wird das nichts. Heute nicht.“

„Aber könnte?“

„Ein anderes Mal.“

Sie hatte was, die Rumänin. Schulterlange, blonde Haare und einen aufgeweckten Blick. Inzwischen war ich mir sicher, daß sie nicht mein Kontakt war. So sicher, wie man sich in einer solchen Situation sein konnte: kaum.

Iren hatte sich in Rumänien ein Diplom als Reiseführerin erworben. Und hoffte, damit in Paris etwas anfangen zu können. Und mußte selber lachen, als sie mir das erzählte.

„Schlimmer als hier kann's nicht werden.“

Da hatte sie allerdings recht. Vor allem, wenn man das Gesicht mit einkalkulierte, mit dem ihr Herr und Gebieter vor uns stand.

„Willst wieder nicht arbeiten und nur reden, oder? Und ich soll dich aushalten? Sitzt seit einer halben Stunde nur so rum. Paß auf, daß ich dir's nicht zeig.“

Er hatte sich Irens Oberarm gegriffen und zog jetzt an ihr.

„Langsam, Kollege. Ist ja alles bezahlt“, sagte ich.

Während ich die Scheine herausholte, sah ich mir den Typ genauer an. Auf die kurze Entfernung war's noch deutlicher: Innsbrucker Möchtegernzuhälter der billigen Sorte. Verunglückte Tätowierung am Unterarm. Eine Rolex, die noch den letzten Mongolen zum Lachen reizen mußte. Keine fünfundzwanzig Jahre alt und schon

Fett an den Hüften und einen glasigen Blick. Abgezockt bis auf die letzten Groschen. Hinten am Tisch stand der Kollege und wollte seine Schulden kassieren. Und er stand jetzt hier vor uns, machte Männchen und sich gerade in die Hose.

„Hier", sagte ich, beugte mich liebend zu Iren und hielt ihr zwei Scheine hin, „Anzahlung. In einer halben Stunde gibt's noch einmal genausoviel. Ich bin ein Langsamer, und ohne Reden trau ich mich schon gar nicht."

Iren lächelte mich an. Der Möchtegernzuhälter griff sich mit affenartiger Geschwindigkeit die Kohle und verschwand zurück an den Billardtisch.

„Das hätte Schläge geben können", sagte Iren. „Danke. Wenn er verliert, dreht er immer durch."

„Und wenn nicht, dann spinnt er."

„Ich komme dich teuer zu stehen."

„Mich nicht. Geht alles aufs Spesenkonto."

„Spesenkonto? Was für eine Arbeit ist das?"

Wenn ich das gewußt hätte. Ich sah auf ihre Uhr. Zehn Minuten noch.

„Laß uns ein bißchen verliebt tun", sagte ich.

Iren sah mich erstaunt an.

„Gehört zu meiner Arbeit", sagte ich.

„Zu meiner auch", sagte sie und küßte mich.

„Das ist mir aber neu."

Sie lachte. Wir rückten etwas näher aneinander. Und dann hörte ich ein leises Summen. Eines, das mir in der letzten Stunde schon zweimal aufgefallen war. Der Bullige war dann immer durch eine Tür in unserem Rücken verschwunden, nach ein paar Sekunden wieder herausgekommen, an den Windfang gegangen und mit einem neuen Kunden zurückgekommen. Also mußte hinter der Tür die Gegensprechanlage stehen.

„Wo geht man hier hin, wenn man eine Nummer schieben will?"

Iren zeigte nach rechts. Der Bullige verschwand wieder in der Tür. Links davon, hinter einem halbgeöffneten Vorhang, war eine Eisentür zu sehen.

„Durch den Vorhang. Einen Stock höher."

„Und die andere Tür?"

„Das Büro."

Mir war da ein Gedanke gekommen. Vielleicht klappte es ja.

„Los, aufstehen."

Ich zog Iren hoch. Jetzt mußte es schnell gehen. Falls noch etwas Romantik aufkommen sollte. Als wir in der Ecke zwischen den beiden Türen angekommen waren, legte ich meine Arme um sie und zog sie an mich.

„Küß mich, schnell."

Sie schien sich nicht zu wundern und reagierte sofort. Etwas eifriger, als es die reine Schauspielkunst erfordert hätte.

Dann klopfte mir jemand auf die Schultern. Der Bullige.

„Draußen wartet ein Freund auf dich. Er hat's eilig", sagte er und verschwand im Windfang.

Alsdann. Jetzt war ich an der Reihe. Irgend etwas mußte ich für mein Geld ja tun.

„Vielleicht sollten wir uns einmal privat sehen", sagte Iren.

Ausgerechnet jetzt.

„Gleich. Bin sofort wieder da", sagte ich. „Nicht weggehen. Hier stehen bleiben."

Dann nahm ich den Koffer und ging Richtung Ausgang.

Als ich halb in der Tür, halb draußen in der Nacht stand, war niemand zu sehen. Bis auf den Bulligen, der hinten am Hauseck lehnte und unschuldig in der Gegend herumschaute. Ich stellte den Koffer ab. Und wartete. Bis mir der Bullige einen Wink gab. Ich verstand. Und verschwand wieder ins Lokal. Und dann bekam ich es eilig.

„Los“, sagte ich und zog Iren hinter mir her, „Fernsehzeit. Schnell.“

Das Büro war nicht abgesperrt. Mehr als einen Tisch, ein Telefon, einen halbgeöffneten Wandschrank und darin die Gegensprechanlage mit Monitor gab es nicht in dem kleinen Raum.

„Nicht ins Büro. Das gibt Ärger, wenn sie uns hier finden.“

„Das gibt noch mehr Ärger, wenn sie uns hier nicht im entsprechenden Zustand finden“, sagte ich. „Also, rauf hier.“

Ich schloß die Tür hinter uns, nahm Iren und setzte sie auf den Schreibtisch. Dann schob ich ihren Rock in Bauchhöhe, zog an ihrer Bluse, öffnete meine Hose und ließ sie in die Kniekehlen rutschen. Iren sah mich entgeistert an.

„Keine Sorge“, sagte ich, „alles halb so schlimm.“

Dann beugte ich mich über sie. Ich mußte mich beeilen, wenn nicht alles umsonst sein sollte.

War es nicht. Wenn ich Iren nach links drückte und mich weit nach vorne sacken ließ, konnte ich den Monitor sehen. Und das, was sich darauf abspielte.

Da stand eine Figur mit dem Rücken zur Kamera und hielt meinen Koffer in der Hand. Und der Bullige daneben. Wenn sich die Figur jetzt noch umdrehte ...

„Dreh dich um.“

„Was?“ sagte Iren.

„Nicht du. Ist schon in Ordnung. Ganz ruhig.“

Sie atmete heftig. Und schien sich nicht sicher zu sein, ob sie jetzt zu arbeiten hatte oder nicht. Zwischendurch wühlten ihre Hände an mir herum. Und dann erstarrte sie wieder.

„Beweg dich einfach nicht“, sagte ich. „Und atme so still als möglich.“

Iren hielt die Luft an und fror ein. Sie mußte denken, es mit einem Perversen zu tun zu haben. Was sich hinter ihrem Rücken auf dem Monitor abspielte, konnte sie nicht sehen.

„Scheiße“, sagte ich.

Jetzt machte sich der unbekannte Geldbote, der immer noch mit dem Rücken zur Kamera stand, auf den Weg. Wenn er weiter so drauflos marschierte, bekam ich sein Gesicht nicht zu sehen. Und dann war alles vergebens gewesen.

„Was ist?“ sagte Iren und hatte eine ziemlich dünne Stimme bekommen.

„Still, bitte“, sagte ich.

Der Bullige hatte den Kofferträger am Arm genommen. Und redete auf ihn ein. Ich hielt die Luft an.

„Wann bekomme ich mein Geld?“ glaubte ich zu verstehen.

Der zweite Mann stellte den Koffer ab. Offensichtlich mußte er den Bulligen beruhigen.

„Morgen abend ... Amsterdam zurück. Bring dir den Anteil ... wie abgemacht.“

Dreh dich, dreh dich. E dai, brutta carogna, girati. Dreh dich.

Und dann bückte er sich, nahm mit der linken Hand den Koffer, machte einen Schritt nach vorne, drehte sich zum Bulligen zurück und klopfte ihm auf die Schulter.

„Morgen abend.“

Und dann sah er direkt in die Kamera.

„Cazzo.“

Ich war überrascht, einen alten Bekannten wiederzusehen. Einen Fahrstuhlgenossen. Nur daß er heute keine Telefone bei sich hatte. Meine Begegnung aus dem Lift im *Hotel Kaiserhut*.

Und dann bemerkte ich, daß der Bullige nicht mehr auf dem Monitor zu sehen war.

„Scheiße. Raus hier“, sagte ich.

Iren bewegte sich nicht.

„Iren ...“, sagte ich.

Zu mehr kam ich nicht. Die Tür knallte gegen die Wand, und noch bevor ich mich umdrehen konnte, zog mich jemand an meiner Jacke nach draußen. Dann wurde ich gegen die Eisentür geschleudert. Bekam einen Tritt von hinten irgendwo in die Kniegegend und ging zu Boden. Als mich die nächsten Tritte trafen, hatte ich mich längst schon zu einem möglichst kleinen Bündel gerollt und versuchte, meine Innereien und die Anhängsel zu schützen.

„Bring ihn nicht um, bring ihn nicht um.“

Irgendwo ganz weit hinten und ganz weit weg schien sich jemand um mich Sorgen zu machen. Und dann hörten die Tritte endlich auf. Ich blieb ein paar Sekunden lang liegen und tat was ich konnte, um zu Atem zu kommen und den Schmerz zu vergessen.

Langsam, Tschenett. Atmen, ruhig. Und dann das Richtige sagen. Sonst kommst du hier nicht mehr lebend raus. Schon gar nicht auf den eigenen Füßen.

Ich versuchte, Luft zu holen. Mehr als ein paar heisere Huster wurde nicht draus. Und dann ging es doch. Bis jetzt hatte ich nur ein paar Schuhe zu sehen bekommen. Zu mehr war mein Körper nicht imstande.

„Reicht’s, oder brauchst mehr?“

Da wollte es einer genau wissen.

„Reicht“, sagte ich. „Reicht.“

Langsam konnte ich mich wenigstens so aufrichten, daß ich sehen konnte, wer mir da an die Gurgel wollte. Direkt vor mir, eigentlich über mir, stand der Bullige. Hinter ihm ein Araber. Und daneben der Möchtegernzuhälter. Hielt in der einen Hand einen Schlagring, mit der anderen Iren, die gerade versuchte, ihre Wäsche in Ordnung zu bringen. Das half meiner Erinnerung wieder auf die Beine.

Tschenett, spiel das Spiel zu Ende, wenn du eine Chance haben willst. Und wenn du hier rauskommen willst.

„Ich denk, das ist ein Puff?" sagte ich.

Es konnte mich keiner verstanden haben. Meine Stimme war kaum zu hören gewesen. Und außerdem klang sie wie aus der Mülltonne. Ich versuchte es noch einmal.

„Ich denk, das ist ein Puff?"

Ging schon besser. Nachsetzen, Tschenett.

„Zuerst zahl ich, und wenn ich dann auch etwas will für mein Geld, haut mich der. Macht ihr das hier immer so?"

„Im Büro hat keiner was zu suchen."

„Wenn ich sie auf den Billardtisch leg, ist's euch sicher auch nicht recht. Und sonst gibt's hier ja nichts, wo man genug Ruhe hätte, um sein Geld mit Anstand durchzubringen."

„Im Büro hat keiner was zu suchen."

Langsam kam ich auf die Beine. Wenn man die Schmerzen in den Rippen vergaß, ging das sogar recht gut.

„Kann ich ja nicht wissen", sagte ich zu dem Bulligen.

Sein Blick verriet mir, daß ich Glück hatte. Sehr weit konnte er nicht denken. Wenn ich meine Geschichte noch zwei Minuten länger durchzog, würde er sie mir abkaufen. In der Hoffnung, daß meine in die Kniekehlen gerutschten Hosen und mein Allgemeinzustand mich lächerlich genug machten, um mir nichts anderes als einen verklemmten Halbfick zuzutrauen, lehnte ich mich nach hinten an die Wand.

„Ich hab ja gesagt, daß ich noch Geld drauflleg", sagte ich in Richtung Möchtegernzuhälter. „Hab ich dir ja gesagt. Hier ..."

In der Hosentasche fand ich noch ein paar Geldscheine.

„Ich will nichts gratis."

„Aber nicht im Büro", sagte der Bullige.

Ich hab dich, Mann. Hast es geschluckt.

„Stand ja nicht an der Tür, daß man da nicht darf“, sagte ich.

Der Bullige dachte kurz nach. Und schien mir recht zu geben.

Der Möchtegernzuhälter hatte mir inzwischen schon das Geld aus der Hand gerissen und trottete wieder Richtung Billardtisch zurück.

„O.k.“, sagte ich. „Chef, ich geb dir einen aus. In Ordnung?“

Der Bullige brummte. Drehte sich um. Und ging.

Ich versuchte, Iren mit meinem linken Auge zuzuzwinkern. Es ging nicht. Es war plötzlich ziemlich dick geworden. Iren schaute mich an. Dann grinste sie und griff sich die Wodkaflasche.

„Hast du gefunden, was du gesucht hast?“ sagte sie und hielt mir die Flasche entgegen.

„Ja. Danke für die Hilfe.“

„Ziemlich viel Geld für einen Fick, der dann doch nicht zustande gekommen ist.“

„Und ziemlich wenig für das, was ich zu sehen bekommen habe.“

„Fünfsiebensechsdreinullnull“, sagte Iren.

„Fünfsiebensechsdreinullnull?“ Und dann verstand ich. „Du bist mir nichts schuldig“, sagte ich.

„Ruf mich trotzdem an.“

Ich ging. Von den *Turnfreunden der Stadt Innsbruck* hatte ich für heute nacht genug. Unter dem Scheibenwischer meines Autos hatte man mir Post hinterlassen.

24

„Hausmeister, bringen Sie mir das Telefon."

Seit drei Stunden hatte ich mir wieder den grünen Schurz umgebunden und mich durch den Park geschlichen. Auf der Suche nach einem ruhigen Ort, wo ich mich auf meinen Besen stützen konnte, um die Kunden des Hauses zu beobachten. Außerdem taten mir die Rippen weh, ich war hundemüde und konnte keinen Sinn darin sehen, schon wieder die Auffahrt zu kehren. Einerseits. Andererseits fehlte mir noch der Name zu einem Gesicht. Ein Gesicht, das mit mir Aufzug gefahren war. Das vor ein paar Stunden mit 80 Millionen Lire in die Nacht verschwunden war. Und das mir vorher schon einmal über den Weg gelaufen war. Wenn mich nicht alles täuschte.

„Hausmeister, bringen Sie mir das Telefon."

Ich war, gedankenverloren, auf die Lichtung getreten, ohne mich umzusehen. Und schon hatte er mich erwischt, der junge Grossmann. Lag wieder einmal in der Hollywoodschaukel. Zwei Meter neben ihm, auf einem Tisch, sein Telefon. Zu faul, seinen Arsch zu bewegen. Aber nicht zu faul, um mich zu triezen. Als ich ihm das Telefon hinhielt, starrte er mich kurz an.

„Sie ... Wie heißen Sie noch?"

„Tschenett."

„Sie scheinen mir keine besondere Freude an Ihrer Aufgabe zu haben", sagte er.

Ich war mir nicht ganz sicher, was er damit meinte. Eine meiner Rippen stach mich wieder. Der junge Grossmann sah plötzlich nicht mehr halb so dumm aus, wie ich ihn in Erinnerung hatte.

„Kommt ganz drauf an", sagte ich.

„Worauf?"

„War ja gestern erst der erste Tag. Mal sehen, wie es heute läuft."

Wenn er so starrte, hatte er etwas Verschlagenes.

„Dann wünsche ich Ihnen viel Glück. Hoffentlich wird's heute besser. Sonst müßten wir uns von Ihnen trennen. Was ich gehört habe von Ihnen, und was ich gesehen habe, entspricht nicht ganz unseren Vorstellungen. Ihr Aussehen noch weniger." Er machte eine kurze Pause. Mit Aussehen konnte er nur mein blaues Auge gemeint haben. „Und unsere Direktionsassistenz ist auch nicht zufrieden. Ganz und gar nicht. Außerdem, sagt man mir, nehmen Sie es mit den Arbeitszeiten nicht so genau. Wenn Sie zuviel anderes zu tun haben, bitte."

Und dann sprang er auf.

„Aber nicht mit uns, Tschenett. Verstanden."

Und weg war er.

„Das Telefon", rief ich ihm hinterher.

Er drehte sich nicht einmal um.

Während ich mit dem Telefon in der Hand dastand und ihm hinterhersah, kam mir langsam eine Erinnerung hoch. Ich ließ mich in die Hollywoodschaukel fallen und stieß mich ab. Wo hatte ich den jungen Grossmann überall schon gesehen? Hotel. Und Fußballplatz. Richtig. Und den Telefonträger und Kofferschlepper? Hotel, Monitor und ... Fußballplatz. Der Kofferträger sah mir nicht unbedingt nach einem regulären Gast des Hauses aus. Ich mußte seinen Namen herausbekommen. Dann ließ sich vielleicht etwas machen. Es wurde langsam wieder Zeit, das kleine Zimmermädchen zu besuchen.

„Der ist öfters hier. Meistens mit dem Chef. Wieso?"

Wir hatten uns in eines der Zimmer zurückgezogen, saßen auf dem Bettrand und rauchten.

„Weil ich Geschäfte zu machen hab, mit dem."

„Du kommst nur, wenn du etwas brauchst."

„Dann sind wir uns ja ziemlich ähnlich."

Die Kleine legte den Kopf auf meine Schulter.

„Bei mir ist es etwas anderes."

„Und bei mir ist es Arbeit."

„Non c'é da fidarsi di tipi come te. Besser, man traut so einem wie dir nicht."

„E chi l'ha mai detto. Habe ich nie behauptet. Nie. Natürlich kann man mir nicht trauen. Wie kommst ausgerechnet jetzt drauf?"

„Weil du ein bißchen viel herumfragst, die letzte Zeit. Obwohl ich nicht glaub, daß du ein sbirro bist. Für einen Bullen bist du doch wieder nicht Arschloch genug."

„Danke", sagte ich. „Das ehrt mich. Schließlich kennst du dich ja mit Bullen aus. *Miami* und so. Wär ich aber auch ziemlich bös geworden, wenn du mich mit so einem auf eine Stufe gestellt hättest."

„Jetzt geht das mit dem Ziggler schon wieder los."

„Nein", sagte ich. Konnte mich ja nicht schon wieder zum Affen machen. „Und wie heißt er, dieser Mensch mit den Telefonen?"

„Das weiß ich nicht. Aber Candalostia müßte es wissen. Der hat einmal Streit mit ihm gehabt. Richtigen."

„Danke", sagte ich und küßte sie auf den Hals. „Hast mir weitergeholfen. Auf Revanche."

„Auf was?"

„Vergiß es. Du hast bei mir was gut."

Ich hatte mir von der Kleinen den Weg zum Hinterausgang erklären lassen, um nicht schon wieder der Volksschullehrerin in die Arme zu laufen. Und dann hatte ich mich durch die Büsche bis zur Hollywoodschaukel durchgeschlagen.

Candalostia war zuerst gar nicht hilfreich.

„Ich habe im Moment genug anderes um die Ohren. Was weiß ich, wen du meinst."

„Der Typ ist dafür zuständig, daß ich mir meine Rippen erst wieder neu sortieren muß."

„Trotzdem, ich habe ..."

„Candalostia!"

„O.k. Was soll das für einer sein?"

Er hatte mir gar nicht zugehört.

„Läuft mit zwei Telefonen rum. Geht im *Kaiserhut* ein und aus. Kennt den Grossmann, glaub ich. Und ist heute nacht nach Amsterdam gefahren."

„Ach so. Sag's gleich. Walter *telefonino* Sopplà. Der Sopplà mit'm Koks ist da."

„Koks. Dacht ich's mir. Und sonst?"

„Angesehener, strebsamer junger Mensch. Handy-Import, Grauer Markt. Und die Schneekanone für die Jungindustriellen in der Gegend. Kassierer im Heimatpflegeverein. Hat er vom Vater geerbt, den Job."

„Und ein ziemlich dummes Gesicht."

„Es hat ihn weitergebracht. Und er kann mindestens genauso bös werden, wie er blöd dreinschaut."

„Verstanden. Ich paß schon auf mich auf."

„Paß lieber auf mein Auto auf."

„Bist ein richtiger Freund. Wir sehen uns in der Zimmerstunde."

Zwei Telefonate standen noch aus. Allerdings mußte ich mich, um sie in Ruhe führen zu können, hinter die Buschrosen verziehen. Der Park füllte sich langsam mit gebrechlichen alten Herren und jungen Damen.

Paolo war im Training. Ich hinterließ ihm eine Nachricht.

Bei der Polizei dauerte es, bis ich mich zu meinem Bullen durchgefragt hatte.

„Commissario, buon giorno", sagte ich.

„Wer ist da?"

„Tschenett."

„Aha. Bene. Ich hoffe, jetzt kommt ein Geständnis."

„Habt ihr den Mörder immer noch nicht gefunden?"

„Das werde ich einem Verdächtigen grad auf die Nase binden."

„Vielleicht kann ja ich euch den Mörder liefern. Auf jeden Fall aber Stoff für 80 Millionen Lire. Die damit zusammenhängen. Ist das was?"

Es vergingen einige Augenblicke, bis eine Antwort kam.

„Ja, das ist was. Höchstwahrscheinlich ein Ablenkungsmanöver. Und ich werde nicht drauf reinfallen. E no, caro mio."

Scheiße. Wenn er nicht anbiß, sah es nicht gut aus für Paolo. Und für mich auch nicht. Er hatte mich anscheinend immer noch auf der Liste.

„Und wieso sind wir gestern nacht nach Österreich gefahren? Und wieder zurückgekommen?"

Da hatten sie aber gut aufgepaßt. Ich war gespannt, was er sonst noch alles wußte.

„Eben", sagte ich so nebenher wie möglich. „Wenn ich Dreck am Stecken hätte, hättet ihr mich doch nicht wiedergesehen."

Wieso hatte er mich überhaupt ausreisen lassen? Es hatte keinen Sinn mehr, lang herumzureden. Das beste war, ich setzte ihm ein Ultimatum.

„Zwischen halb zwei und halb drei bin ich bei Candalostia, *Bar Gigi*. Da erzähle ich alles, was ich weiß. Nachher nix mehr."

„Und wenn es mich nicht interessiert?"

Wird es dich aber, Alter. Ganz sicher. Hoffte ich zumindest.

„Dann eben nicht", sagte ich und hängte ein.

Wie auch immer man es nahm: es war hoch gespielt. Aber mir blieb nichts anderes übrig. Und Herrn Canaccia auch nicht. Obwohl er noch nichts davon wußte.

25

„Was ist los, Candalostia?“

Man mußte nicht unbedingt ein besonders gewiefter Menschenkenner sein, um festzustellen, daß meinem Wirt ein Alp im Nacken saß.

„Laß gut sein, Tschenett. Muß ich selbst damit klarkommen.“

Und dann starrte er wieder in sein Weinglas.

„Ist es wegen der Lady, die ich nach Tramin gefahren habe?“

„Nicht ganz. Aber die Richtung stimmt.“

Er wollte nicht reden. War sein gutes Recht.

„Ich geb dir noch ein Glas aus, Candalostia“, sagte ich. „Vielleicht hilft's.“

„Sicher nicht. Trotzdem: Danke.“

Paolo Canaccia kam mit einiger Verspätung an. Wir setzten uns in die hinterste Ecke des Lokals.

„Du hast wieder Post bekommen, Paolo. Hier.“

Ich zeigte ihm die zwei eng beschriebenen Blätter, die man mir in Innsbruck unter die Windschutzscheibe geklemmt hatte.

„Was ist das?“

„Die Interviews, die du geben wirst. Du bist der Meinung und festen Überzeugung, daß dieses wunderbare Land hier, das seit 1400 Jahren deutsch ist, zu Unrecht von einem verbrecherischen italienischen Staat eingeheimst wurde. Du bist der Meinung, daß dieses wunderbare Land so schnell als möglich freigelassen werden soll. Und als West-Berliner weißt du, wie Unfreiheit aussieht: Mauern, Stacheldraht, Kommunismus. Undsoweiter.“

„Die spinnen“, sagte Paolo.

„Das auf jeden Fall“, sagte ich. „Trotzdem scheint da jemand zu wissen, was er tut. Die wollen nicht nur dein Geld.“

„Als ob das nicht genug wäre."

„Ich hab da so eine Idee, Paolo", sagte ich und nahm ihm die Merkzettel für die Interviews wieder ab.

Paolo zeigte auf mein blaues Auge.

„Und was ist damit passiert?"

„Verletzung im Dienst. Kommt auf die Rechnung", sagte ich. „Aber, was wichtiger ist: Wir haben nicht mehr viel Zeit, Paolo. Der Bulle ist gleich da. Falls er überhaupt kommt."

„Welcher Bulle?" sagte Paolo und sah mich entsetzt an.

„Tranquill. Calma. Fidati, vertrau mir. Er wird dir die Erpresser vom Hals schaffen."

„Sag mal, spinnst du? Ich habe gesagt: keine Polizei. Deswegen wirst du ja bezahlt. Zur Polizei hätte ich selber auch gehen können. Um es morgen in der Zeitung zu lesen."

„Ich werde ihm ein Geschäft vorschlagen. Und wenn er nicht blöd ist, geht er darauf ein."

Hoffte ich wenigstens. Sicher war ich mir nicht. Aber das mußte ich Paolo ja nicht unbedingt auf die Nase binden. War schon genug, wenn ich nervös war.

„Ich möchte bloß wissen, was du vorhast", sagte Paolo.

„Das wirst du gleich sehen. Da ist er."

Unser Bulle war eben in die Bar gekommen.

Als Candalostia die Weinflasche auf den Tisch stellte, sah er mich verwundert an. Er fragte sich höchstwahrscheinlich, was das schon wieder für eine Versammlung war.

„Ich darf vorstellen", sagte ich. „Paolo Canaccia, *AS Roma*. Und Herr ..."

„Antonio Giurato."

Ich grinste.

„Giurato. Der Geschworene?"

Der Bulle sah mich ziemlich genervt an.

„O.k. Wird man sich ja noch wundern dürfen. Der Herr ist nämlich bei der *Polizia di Stato*, mußt du wissen, Paolo. Commissario. Kannst dich vielleicht noch an ihn erinnern. Von der Autobahn her."

Paolo wußte nicht recht, was er sagen sollte. Bevor die Situation peinlich wurde, war es besser, ich legte los.

„Also. Das wird jetzt ein bißchen viel auf einmal werden, aber es ist besser, ich lege die ganze Geschichte gleich auf den Tisch."

Paolo war drauf und dran, dazwischenzugehen.

„Mit Ihrem Einverständnis natürlich, Herr Canaccia."

Der Bulle schaute verständnislos zwischen uns hin und her. Aber interessiert. Und das war die Hauptsache.

„Zehn Minuten", sagte ich. „Zehn Minuten, dann ist alles vorbei. Also: Vor genau einer Woche, Sonntag nacht, findet die Polizei die Leiche eines gewissen Franco. Franco Irgendwie. Es sieht nach Überdosis aus, scheint aber Mord zu sein. Sagt die Polizei. Richtig?"

„Richtig."

Paolo sah mich ganz entgeistert an. Ich konnte ihn verstehen. Statt von seiner Susan war von einer Leiche die Rede.

„Gut. Ich kann den Namen eines Mannes liefern, der mit illegalen Rauschdrogen, oder wie ihr das Zeug nennt, im Wert von 80 Millionen Lire unterwegs ist. Und: Dieser Mann hat auf dem einen oder anderen Weg Kontakt mit der Leiche gehabt. Als sie noch lebte. Interessiert?"

Der Bulle sah zuerst mich an. Dann Paolo. Ich hatte so wenig als möglich erzählt von der Geschichte, die ich mir zusammengereimt hatte. Aber hoffentlich genug, um den Bullen einschwenken zu lassen.

„Wenn das wahr ist, dann raus mit dem Namen."

Ich schüttelte den Kopf.

„Geht nicht. Ich und mein Klient brauchen zuerst gewisse Sicherheiten."

„Klient? Sicherheiten? Neanche a pensarci. Auf keinen Fall. Wenn ihr was wißt, packt ihr aus. Sonst ist es Mithilfe. Und strafbar."

„Dann wissen wir eben nichts.“

Ich versuchte, möglichst sorglos zu grinsen. Paolo schloß sich mir zögernd an.

„Das wird auch nicht viel helfen“, sagte der Bulle. „Ich kann euch trotzdem zur Anzeige bringen.“

„Und inzwischen ist der Kollege mit dem Stoff längst schon über alle Berge. Futsch.“

Wenn er mir jetzt nicht drauf einstieg, waren wir beide im Arsch. Paolo und ich. Der Bulle zündete sich in aller Seelenruhe eine Zigarette an.

„Welche Sicherheiten?“ sagte er schließlich.

Eccoti. Bingo. Vielleicht klappte es ja.

„Ein Teil der Geschichte, die ich zu erzählen hätte, müßte unter uns bleiben. Weil sonst der Geschädigte noch mehr geschädigt wird.“

Der Bulle schien noch nicht ganz überzeugt zu sein. Und ließ sich Zeit.

„Wenn der Teil der Geschichte, von dem wir reden, illegal ist, könnt ihr's vergessen.“

„Ist nicht illegal. Ist privat.“

Ich vermied es tunlichst, Paolo anzusehen.

„Privat ...“, sagte der Bulle.

„Sehr privat.“

„Aha. Kleine Erpressung oder giù di li.“

Dumm ist er nicht, Tschenett. Jetzt muß er nur noch neugierig sein.

Es dauerte, bis der Bulle sich wieder zu Wort meldete. Ich schenkte mir nach. Lang würden Paolos Nerven nicht mehr mitspielen. Meine auch nicht.

„Evvabbene“, sagte der Bulle. „Aber wenn da irgendwas faul ist an der Sache, seid ihr dran. Ve lo giuro, ich schwöre es euch.“

„Ist in Ordnung. Gern. Also?“

„Affare fatto, abgemacht. Falls die Sache wirklich nur privat ist, bleibt sie unter uns.“

Paolo tat einen Schnaufer. Der Ärmste. Ich konnte ihn verstehen. Schließlich kannte er ja noch nicht die ganze Geschichte.

„Also: Sonntag stirbt Franco. Drei Tage vorher wird ein Hotelgast beklaut. Name tut nichts zur Sache. Die Beute landet bei Franco, unserer Leiche. Franco freut sich ziemlich laut und vor Zeugen, daß er diesmal ein ganz spezielles Geschäft machen kann. Zusammen mit dem Schmuck werden nämlich gewisse Unterlagen geklaut. Am ..., Moment, am Donnerstag erhält Paolo Post. Erpresserische. Am Samstag fahr ich nach Innsbruck und bezahl. Und wer holt den Koffer mit dem Geld ab? Ein gewisser Walter Sopplà."

„Der wird sich ja nicht vorgestellt haben, oder?" sagte der Bulle.

„Nein. War ein bißchen komplizierter. Mir tun heut noch die Rippen weh. Auf jeden Fall: es ist Walter Sopplà. Kein Zweifel. Sopplà geht in dem Hotel, in dem geklaut worden ist, ein und aus. Und Sopplà ist heute nach Amsterdam gefahren. Mit nicht ganz 80 Millionen Lire im Koffer."

„Nicht ganz?" sagte Paolo.

„Spesen", sagte ich.

„Und?" sagte der Bulle.

„Ich denke, er wird heut nacht noch mit einem Koffer voller Zeug übern Brenner gefahren kommen."

„Aha. Ho capito."

Der Bulle dachte nach. Noch war er anscheinend nicht ganz zufrieden.

„Womit werden Sie denn erpreßt, Canaccia?"

Ich ging sofort dazwischen.

„Das tut nichts zur Sache. Mein Klient ..."

„Dein Klient, Tschenett. Non farmi ridere. Komm, mach mich nicht lachen. Was ist das hier? Zweihundert am Tag und Spesen? Tschenett!"

Paolo lachte auf. Und nickte dann.

„Also doch. Nicht zu glauben“, sagte der Bulle. „Da spielt einer Privatdetektiv.“

„Ich glaub’s ja selber nicht“, sagte ich.

„Kann ich mir denken. Weiter.“ Der Bulle ließ nicht locker. „Ein bißchen mehr muß ich schon wissen. Wie heißt das Hotel?“

Ich sah kurz zu Paolo hinüber. Er nickte gottergeben.

„*Kaiserhut*.“

„Oioioi“, sagte der Bulle. „Das wird ja hochrangig. *Kaiserhut*, ja? Sie wohnen aber nicht da, è vero, Canaccia?“

„No.“

„Ihre Frau auch nicht.“

„No.“

„Capisco. Ich verstehe.“

Diesmal konnte sich der Bulle ein Grinsen nicht verkneifen.

„Und die kleine Junkiebraut arbeitet da. Nicht wahr, Tschenett?“

Scheiße. Jetzt war ich an der Reihe.

„Und ich habe schon gedacht, es ist die reine Liebe“, sagte Giurato.

„Bullendreck.“

„Wie bitte?“

„Das ist typischer Bullendreck“, sagte ich.

Der Bulle sah mich kurz an.

„Evvabbene. Entschuldigung, scusa.“

„Schon vergessen.“

„Wie heißt die Kleine?“

„Jetzt reicht’s mir.“

Dann stand ich und war drauf und dran zu gehen, aber als mir klar wurde, daß ich nicht wußte, wohin und wozu, setzte ich mich wieder und holte tief Luft.

„Paß auf, Bulle. Ich liefere dir den Großdealer der hiesigen Hottwollee. Der, wie immer man es nimmt, auch noch mit einem Mord in Zusammenhang steht. Den Rest der Arbeit mußt du schon selbst machen, verstanden. Porca miseria, sapperment. Als Gegenleistung verlange ich nur, daß irgendwelche private Geschichten nicht mit hineingezogen werden. Paolo nicht. Und die Kleine nicht. Ist das so schwer zu verstehen? Oder traut ihr euch an die Großen nicht ran? Sind der Sopplà und dieser Nobelpuff von *Kaiserhut* schon eine Nummer zu groß?"

Der Bulle hob kurz die Achseln und schaute in die Runde.

„Dann haben wir uns eben getäuscht, Paolo. Scheiße. Tut mir leid. Konnte ja nicht ahnen, daß sie noch schlimmer sind als die Witze, die man über sie macht. Bullen!"

Ich wartete. Der Bulle sah mich an, dann Paolo. Ich war mir nicht sicher, ob das, was ich da auf seinem Gesicht gesehen hatte, ein Lächeln gewesen war.

„Evvabbene, Tschenett. Ich hol ihn mir, den Sopplà. Wenn es da etwas zu holen gibt."

Ich zwinkerte Paolo kurz zu.

„Gibt es, gibt es", sagte ich.

Ich war mir da zwar nicht ganz so sicher, aber das durfte ich ja niemandem sagen.

26

„Wenn das nur gutgeht", hatte Paolo gesagt, nachdem der Bulle gegangen war.

„Wird schon", hatte ich gesagt. „Ich glaube, er hat verstanden."

Und dann war ich nach Hause gegangen. Ein paar Stunden Schlaf im *Haus Waldfrieden* hatte ich mir auf jeden Fall verdient. Von dem bißchen Sonne würde ich mich nicht davon abhalten lassen.

Als ich gegen Abend im *Försterkeller* ankam, war ich noch nicht richtig wach.

„Das mit gestern verzeih ich dir nie", sagte Charlie.

Einfach so. Als erstes. Noch bevor ich überhaupt richtig im Lokal war.

„Charlie, sei lieb. Mach mir einen doppelten Espresso. Und sei lieb."

„Tschenett, du bist ein Arschloch."

„Kann sein. Auf jeden Fall bin ich grad erst aufgestanden."

„Da, schau's dir an."

Ich tat ihm den Gefallen. Nachdem er mir den Espresso gemacht hatte. Der Fußboden der Diskjockey-Almhütte war über und über mit kleingetretenen LPs bedeckt.

„Hast aufgeräumt?"

„Mach keine Witze. Die haben mir alle Platten, auf denen auch nur ein einziges italienisches Wort stand, in tausend Scherben getreten."

„Musikliebhaber."

„Du gehst um elf, und dem Baristen wird um zwölf herum schlecht. Ich allein hier. Und da kommt ein Dutzend solcher Idioten."

„Hättest halt Marschmusik gespielt."

„Was denn noch, Mensch. Ich laß das Geschäft. Ich sag's dir, ich laß es."

„Weißt du was, Charlie? Heute mach ich dir einen Sonderpreis."

Ein klein wenig half es Charlie doch wieder auf die Beine."

„Ja?"

„Ich arbeite dir für dasselbe Geld wie sonst auch. Wenn das kein Sonderpreis ist."

Charlie zog sich wortlos zurück.

Ein paar Stunden später war der *Försterkeller* bis auf den letzten Platz belegt. Und Charlie hatte sich beruhigt.

As I stand by your flame, I get burned once again. Feeling low, down and blue. Inzwischen hatte ich mich auf den Dreiminutenrhythmus eingestellt. Platte rauf, A/2 abnudeln, Platte rauf, B/4, Platte runter. Charlies Whisky war mir in die Knochen gefahren, meine Rippen fühlten sich endlich wieder an, als sei alles am richtigen Platz und heil. *Can't stop this thing we started.* Wir mußten nur in Ruhe abwarten und zusehen. Mit ein bißchen Glück war morgen mittag alles geregelt. Und ich konnte mir wieder Gedanken über mein eigentliches Leben machen. Vielleicht kam ich ja zu einem Ergebnis. Obwohl das nicht sehr wahrscheinlich war. Bis dahin wollte ich mir auf jeden Fall noch ein paar Gläser auf Charlies Kosten genehmigen. Und wenn die hier unbedingt tanzen wollten, dann sollten sie es tun. Von mir aus. Solang sie mich in Ruhe ließen. Heute. Morgen. In alle Ewigkeit. *In the silk sheet of time I'll find peace of mind.*

Candalostias Gesicht gefiel mir gar nicht. Noch weniger als heute mittag. Er hatte sich neben mir an einen dieser *Original Tiroler Holzpfosten echt gealtert* gelehnt, hielt ein Bierglas in der Hand und starrte in die Gegend, als hätte sich ihm ein Unhold ins Gehirn gesetzt.

Ich suchte eine von Charlies Mix-Cassetten raus und schob sie ein. Pause. Irgendwer mußte sich um Candalostia kümmern.

„Sorgen, Candalostia?"

Als ich schon dachte, er hätte mich gar nicht gehört, bewegte er sich plötzlich, schmiß sein Bierglas in die Ecke und verschwand.

Mußte was Ernstes sein. Ich wartete. Mehr konnte ich jetzt nicht tun für ihn.

Nach fünf Minuten war er wieder da.

„Sorry. Hab im Augenblick schlechte Nerven."

„Geht in Ordnung. Kommt vor." Ich hielt ihm die Whiskyflasche hin. „Vielleicht hilft's", sagte ich.

„Glaubst du?"

„Bis jetzt hab ich's noch nicht herausgefunden."

„Morgen geh ich hin und erschlag ihn. Und wenn sie mich auf ewig einsperren. Ich erschlag ihn."

„Vielleicht geht's ja auch ohne Einsperren. Was ist denn?"

„Kannst dich erinnern an die Frau, die du vorgestern nach Tramin gefahren hast?"

„Die geschlagene Ehefrau? Kann ich."

„Ich erzähl dir eine Geschichte."

Hatte ich also doch richtig gelegen mit meiner 120er Mixcassette.

„Vor fünf Jahren fährt eine Siebzehnjährige mit ihren Eltern von Basel nach Cesenatico in Urlaub. Auf der Rückreise halten sie sich für ein paar Tage in Sterzing auf. Am ersten Abend trifft die Siebzehnjährige, sonst eher ein ruhiges Kind, in einer Diskothek einen äußerst charmanten jungen Mann. Jung heißt siebenundzwanzig Jahre alt. Am ersten Abend verschaut sie sich, am zweiten verliebt sie sich. Am dritten wird beschlossen zu heiraten. Der junge Mann lädt die Eltern zum Essen ein. Ins *Hotel Fürstenhof.* Gehört dem jungen Mann. Hat er von seinem Vater geschenkt bekommen. Der äußerst charmante junge Mann und die unendlich glückliche Tochter verkünden beim Dessert, sich eben verlobt zu haben und in einer Woche heiraten zu wollen. Die Eltern finden den jungen Mann zwar äußerst charmant, ihre Tochter aber viel zu jung für so etwas. Die gesicherte Zukunft ihrer Tochter als Dame des Viersterne-Hauses überzeugt sie auch nicht. „Laßt euch doch Zeit, Kinder", sagen sie. Und fahren am nächsten Tag wie geplant Richtung Basel ab. Mit Tochter. Sie hat sich überzeugen lassen, daß man es im Leben nicht so eilig haben soll. Drei

Wochen später beschließt die Tochter dann, daß genug Zeit vergangen ist, und fährt zu ihrem Liebsten zurück. Langweil ich dich, Tschenett?"

„Überhaupt nicht. Liebesgeschichten gefallen mir. Mach weiter."

Was mir überhaupt nicht gefiel, war Candalostias stiller, eisiger Ton, mit dem er die Geschichte erzählte.

„Die junge Frau platzt mitten in eine hundertköpfige Hochzeitsgesellschaft, der im *Hotel Fürstenhof* gerade der fünfte Gang eingetrichtert wird. Der äußerst charmante junge Mann setzt sie in die Bar, bis der größte Rummel vorbei ist. Er hat zu tun. Bis in den Herbst hinein, weswegen erst im November geheiratet wird. Bis dahin haben die Eltern der jungen Frau ihre einzige Tochter enterbt. Und ihr Hausverbot erteilt. Um es kurz zu machen: die beiden jungen Menschen lieben sich. Die junge Frau arbeitet an der Rezeption des Hauses und bekommt ein Kind. Der äußerst charmante junge Mann beschäftigt sich weniger mit dem besprochenen Ausbau der familiären Wohnung als mit den weiblichen Besucherinnen der umliegenden Diskotheken. Die Jahre ziehen ins Land. Die junge Frau ist inzwischen zu einem unverzichtbaren Bestandteil des Betriebsablaufes des Hauses geworden, wird von dem äußerst charmanten jungen Mann bei seiner morgendlichen Rückkehr von seinen Rundgängen regelmäßig verprügelt, mit Vorliebe ohne Angabe von Gründen, hat inzwischen ein zweites Kind zur Welt gebracht und sich vom Schwiegervater sagen lassen, sein Sohn sei schon in Ordnung, nur manchmal ein bißchen zu lustig. Wir schreiben inzwischen das Jahr 1988, der lustige Sohn prügelt mit zunehmender Regelmäßigkeit, ist dafür aber um so unregelmäßiger zuhause zu finden. Eines Tages trägt die junge Frau einen mäßig alten Kunden ins Gästebuch ein und verliebt sich in ihn. Heimlich und verzweifelt. Der Kunde ist ein Feinkostladenbesitzer aus Verona, eine Seele von Mensch und mein Freund aus alten, gemeinsamen Tagen bei den Fallschirmspringern. Wie wir beide da hineingeraten sind, in diesen Haufen von aufgeblasenen Halbfaschisten, weiß ich heute auch nicht mehr. Auf jeden Fall sind wir unehrenhaft entlassen worden."

„Da bin ich aber froh, Candalostia. Hättest mich sonst bitter enttäuscht."

„Weiter. Die neue Liebe sprießt, bis die allzuhäufigen Urlaubsaufenthalte des Feinkosthändlers im Hause *Fürstenhof* zuerst den Argwohn und dann den Zorn von Ehemann und Schwiegervater erregen. Der äußerst charmante junge Mann äußert sich per Stuhlbein und Besenstiel. Die junge Frau unterschreibt im Krankenhaus, daß sie einen Haushaltsunfall hatte. Der Schwiegervater äußert sich deutlicher. Seinem Sohn setzt niemand die Hörner auf, die Schwiegertochter schon gar nicht, das läßt er nicht zu, soviel Ehre hat er noch im Leib, und die läßt er sich nicht kaputthuren. Was sein Sohn sonst macht, sei sein gutes Recht, wenn sie geschlagen wird, liegt das an der Schwiegertochter, und wenn der Bub zu anderen geht, auch. Aber den Ruf läßt er sich nicht kaputtmachen. Vorher, und das ganz bestimmt, macht er sie fertig und diesen anderen Hansel da, den italienischen, auch. Die junge Frau telefoniert nur mehr heimlich mit Verona, meistens aus meiner Bar, wenn sie in der Stadt ist, um etwas zu erledigen. Vor sechs Monaten telefoniert sie nach Verona, daß sie schwanger ist. Der Feinkosthändler, der seit ein paar Jahren geschieden ist und sein Kind alleine aufzieht, sagt der jungen Frau, daß er alles vorbereitet, damit sie zusammenziehen können. Die junge Frau fürchtet sich vor dem Schwiegervater und daß er ihr die Kinder wegnimmt, seit er ihr den General gezeigt hat, mit dem er seit den vierziger Jahren befreundet ist und der zweimal im Jahr in eines seiner Hotels in Urlaub kommt und in Rom genug zu sagen hat, um diesen Veroneser auf ewig in irgendeinem Loch verschwinden zu lassen, falls er sich noch einmal blicken läßt. Und als der äußerst charmante junge Mann, weil es sich beim besten Willen nicht mehr verstecken läßt, vor drei Tagen feststellt, daß seine junge Frau schwanger ist, und er mit Sicherheit weiß, wer es nicht gewesen ist, prügelt er wieder. So gezielt, daß die junge Frau endlich abhauen will und den geliebten Veroneser Feinkosthändler anruft, um ihm zu sagen, daß sie kommt. Der sagt ihr, daß sie ein paar Tage Geduld haben soll. Geduld hat sie, aber Angst auch. Und deswegen ruft sie den Freund des Feinkosthändlers an, der zuerst seine Ex-Frau in Tramin anruft und dann einen Stammkunden und Freund bittet, die junge Frau in die Pension seiner Ex-Frau zu fahren, wo sie untergebracht werden soll, bis die Sache geklärt ist. Der Stammkunde und Freund fährt. Und dann wartet die junge Frau mit den Kindern in der Pension. Der Feinkosthändler ist seit Sonntag früh nicht mehr und nirgendwo zu erreichen. Und Sonntag früh war heute."

Ich genehmigte mir einen Schluck. Traurige Geschichte. Zweimal so auf einen Typen reinzufallen. Ziemliches Pech. Aber vielleicht lernte sie ja dazu.

„Hat sich dein Freund also auch verpißt."

Candalostia sah sich kurz den Pegelstand der Flasche an, setzte sie an und trank sie in einem Zug leer.

„Nein, hat er nicht."

„Bist du dir da sicher? Sieht mir ganz danach aus."

„Du weißt noch nicht alles. Oder hast alles schon wieder vergessen? Die Personen und ihre Darsteller: der Schwiegervater – der alte Grossmann, Gasthof *Schwarzer Adler*, Laums. Bis zum Krieg Handlanger und Sträfling. Im Krieg Hausmeister beim Benito. Nach dem Krieg plötzlich ein reicher Mann. Die Leute sagen, er hat sein

Geld gemacht, indem er über die Jahre irgendwelche alten Mussolini-Handschriften an Liebhaber verkauft hat. Weltweit. Kann sein. Irgendwo muß sein Geld ja herkommen. Der alte Grossmann ist ein ziemlich angesehener Mann und schreibt Leserbriefe, wie du weißt."

„Lynchjustiz", sagte ich.

„Richtig. Das ist so seine Linie. Weiter im Text. Der äußerst charmante junge Mann – das ist der ältere der beiden Grossmann-Söhne. *Hotel Fürstenhof*, wie wir wissen, Chef der Parteijugend der Partei. Den Schützenhauptmann-Grossmann kennst ja selbst. Das Interessante am alten Grossmann sind seine Verbindungen zum Militär und ganz speziellen römischen Kreisen. Eine Handvoll von den alten Kameraden aus den glorreichen Zeiten wohnt regelmäßig in den Hotels der Familie. Zum Beispiel ein Geheimdienstgeneral."

„Einer mit Monokel und *Alfa Romeo?*"

„De Francesco. Richtig. Du fängst an, mitzudenken."

„Ich hab nur geraten."

„So. Und jetzt zum Schluß: Mein Freund, der Feinkostladenbesitzer, hat mir in unserem letzten Telefonat gesagt, daß ihm in letzter Zeit auffallend viele seiner Freunde und Bekannten den gutgemeinten Rat geben, umzuziehen. Irgendwohin. Weil dort die Geschäfte besser gehen. Vor seinem Laden sind zwei Benzinkanister in die Luft geflogen."

„Du meinst, der Geheimdienst hat seine Truppen in Gang gesetzt?"

„Kann sein."

„Zuzutrauen ist es ihnen."

„Was ist ihnen zuzutrauen?"

Wir hatten Besuch bekommen. Paolo Canaccia.

„Deswegen frage ich mich seit ein paar Stunden, ob alles mit rechten Dingen zugeht", sagte Candalostia.

Er hatte noch nicht mitbekommen, daß wir inzwischen zu dritt waren. Ich griff ein.

„Wo kommst denn du her, Paolo?"

Er zeigte nach hinten. Da saß der Bürgermeister. Und seine Frischanvermählte.

„Bin's gleich, Paolo. Stellst mich nachher vor?"

„Non c'è problema. Kein Problem."

Und wie da ein Problem war. Vor einer halben Stunde noch hatte ich gedacht, übern Berg zu sein. Der Bulle verhaftet den Sopplà. Und fertig. Auftrag erledigt. Wieder Frieden im Land. Ich lebe von Canaccias Geld. Und warte darauf, daß es wieder kühler wird und Winter. Da kommt mir die Grossmann-Sippe schon wieder in die Quere. Dabei hatte ich noch vor kurzem gehofft, den Namen nie mehr hören zu müssen.

„Hört das denn nie auf?" sagte ich.

Paolo und Candalostia sahen mich verwundert an. Ich hatte keine Zeit, dem einen von den Grossmann-Freunden des anderen zu erzählen.

„Und, Candalostia, was machst du?" sagte ich.

„Ich weiß es nicht."

„Schlaf erstmal einmal drüber. Vielleicht meldet er sich ja morgen."

Candalostia hob die Schultern.

„Ich hol uns noch eine Flasche", sagte ich.

„Noch eine?" Charlie tat ziemlich entrüstet. „Kommst mich ja teurer zu stehen als jede Schlägerei."

„Dann entlaß mich eben, großer Meister."

Ich war wieder zu meinem Verschlag unterwegs, unterm Arm eine neue Flasche, als Charlie mich zurückholte.

„Telefon."

Es war der Bulle. Giurato.

„Gratulation“, sagte er. „Unser Freund ist aus dem Urlaub zurück und hat ziemlich viel zu erzählen. Ich kann jetzt nicht recht viel mehr sagen. Du verstehst.“

„Ich verstehe. Vielleicht sollten wir uns morgen vormittag auf einen Weißen treffen.“

„Troppo presto. Zu früh. Ich hab noch viel zu tun. Mittags.“

„Gut. Dann um eins. Bei mir. *Haus Waldfrieden*, Maria Trens. Ich koch uns was.“

Hatte plötzlich Appetit bekommen. Bei so guten Nachrichten.

„Evvabbene“, sagte Giurato.

Er hatte ziemlich aufgekratzt geklungen. Das kommt davon, wenn man dem Tschenett nicht glaubt.

„Caro Canaccia, c'è da festeggiare“, sagte ich, „ich glaube, wir haben zu feiern.“

Paolo fiel mir um den Hals.

„Du weißt ja noch gar nicht, was ich dir sagen will.“

„Was ist los?“ sagte Candalostia.

„Nichts für dich. Geschäfte. Fußballerische.“

Er hatte so schon genug um die Ohren.

„Allora ...?“ sagte Paolo.

„Der Holländer ist wieder in die Mannschaft zurückgekommen. Und er spielt richtig mit, sagt man mir.“

Diesmal fiel Paolo Candalostia um den Hals.

Ohne die Grossmanns wäre es ein richtig schöner Abend geworden. Perfekt. Vielleicht zu perfekt.

27

Endlich wieder, seit langem zum ersten Mal wieder, hatte ich mir Zeit lassen können. Damit, zu verstehen, wo ich überhaupt war. Zu versuchen, mein Bein ein Stück zu bewegen. Oder wenigstens einen Zeh. Festzustellen, daß es ein Unten und ein Oben gab. Und wo Oben und Unten war. Nach einer Stunde war ich in meiner Küche angekommen. Als ich feststellte, daß sie immer noch im alten Zustand war, gab ich es auf. Es wäre zu anstrengend gewesen, mir hier einen Kaffee zu basteln. Mitten in dem Durcheinander.

Die Hitze, die mir wie feuchte Watte an der Tür entgegenschlug, war kaum zum Aushalten. Also fiel Candalostias Bar aus. Lag mitten in der Stadt. War mir heut zu heiß.

Berta. Bertas kleine, dunkle, kühle Bar. Und eine Zweiliter-Schale ihres speziellen Milchkaffees. Das war es.

„Hast wieder einmal eine schlechte Nacht gehabt, Tschenett? Sonst kommst eh nie mehr bei mir vorbei."

„Ist gar nicht wahr. Ist nur die Hitze. Das eine Mal läßt sie mich nicht hierher, das andere Mal treibt sie mich."

„Und heute treibt sie?"

„Und wie."

„Und was willst du?"

„Milchkaffee."

„Groß?"

„Sieht man's mir an?"

„Wenn's danach geht: extragroß."

„Von mir aus."

Berta war ein Schatz. Und meine Rettung. Außerdem war sie der einzige Mensch, der es schaffte, mir beim Kaffeetrinken eine halbe Stunde lang zuzuschauen, ohne mit irgendeinem unnötigen Gequassel in meine Genesung hineinzufunken. Alle anderen mußten immer reden. Berta saß schweigend neben mir, bis ich wieder im Leben war. Saß da und sah mir zu. Was sie dabei sah, war mir immer noch ein Rätsel.

Nach einer halben Stunde war ich mir sicher, am Leben zu sein.

„Danke, Berta“, sagte ich und drückte ihr einen Kuß auf die Stirn.

„Schon gut. Laß das. Wenn einer kommt.“

„Ist dir eh nur recht“, sagte ich.

Dabei wußte ich genau, daß Berta von den rechtschaffenen Bewohnern des Tales einiges, und das in regelmäßigen Abständen, zu hören bekam, weil sie sich mit so einem wie mir abgab. Und trotzdem ließ sie sich nicht drausbringen. Aus Sturheit. Und aus Liebe. So einfach war das.

„Und sonst?“ sagte Berta.

Sie war es so sehr gewohnt, daß es Probleme gab, wenn ich bei ihr vorbeischaute, daß sie es einfach nicht glauben wollte. Und sie hatte ihre eigene Art, nachzufragen.

„Nicht viel“, sagte ich. „Heute werde ich eine Arbeit zu Ende bringen. Und, wenn du mich an dein Telefon läßt, an einem anderen Arbeitsplatz kündigen. Und ich bin am Überlegen, ob ich die dritte Arbeit weitermachen soll.“

„Drei Arbeiten? Gleichzeitig? Was ist los mit dir?“

„Weiß ich auch nicht. Hat sich so ergeben. Kann aber gut sein, daß ich morgen schon ganz ohne dastehe.“

„Wie meistens. Kannst dir nicht endlich etwas Normales suchen?“

„Nein. Weißt du doch, Berta.“

„Ich weiß, ich weiß. Entweder zuviel oder zuwenig. Nur nichts dazwischen. Könnt ja normal sein. Und das mag er nicht, der Herr.“

„Ich geh telefonieren.“

„Geh nur, geh. Dadurch wird's auch nicht besser. Keine Arbeit, keine Frau, kein gar nichts. Was ich alles mit was für Leut zu tun hab.“

Ich hatte Glück. Direktor Grossmann war zu sprechen.

„Grossmann“, sagte ich, „ich kündige.“

„Wer ist da, bitte?“

„Tschenett.“

„Na hören Sie mal ...“

Dieser junge Brunzer mit seinem ewigen *Sie*.

„Hör auf, Grossmann. Hoffentlich wird's morgen besser, hast du gestern gesagt. Wird es. Ich kündige.“

„Na hören Sie mal ...“

Ich konnte es nicht mehr hören. Und legte auf.

„Und?“ sagte Berta.

„Ich habe gekündigt.“

„Geht's jetzt besser?“

„Deutlich.“

War nicht einmal gelogen. Dieser Grossmann war ein Kotzbrocken. Und dann kamen auf einmal eine Handvoll Bauern zur Tür herein. Womit Bertas Bar schon so gut wie überfüllt war.

„Was ist denn jetzt los?“

„Morgen ist Hochunserfrauentag. Die haben die Kirch hergerichtet. Tun sie jedes Jahr. Ist ein großer Feiertag.“

Berta ging, um ihre Kunden zu bedienen.

„Hochunserfrauentag“, sagte ich.

Und dann begriff ich.

„Scheiße“, rief ich.

In Bertas Bar kehrte augenblicklich Ruhe ein.

„Tschenett, reiß dich zusammen“, sagte Berta, als ich bei ihr hinterm Pudel stand.

„Hochunserfrauentag ist *ferragosto*?“ sagte ich.

„Wenn man so will.“

Berta war ein klein wenig beleidigt.

„Immer dieselben Spaßettlen mit dir“, sagte sie.

„Sorry. Ich mein: tut mir leid. Hatte ich ganz vergessen. Daß morgen *ferragosto* ist.“

„Hochunserfrauentag."

„Von mir aus. Hochunserfrauentag. Tu nicht so heilig, Berta. Bist gute sechzig Jahr alt und nie mehr in der Kirch."

„Das hat damit nichts zu tun."

„Weißt du, was das heißt?"

„Wenn ich dem Pfarrer glauben würd, mindestens das Fegfeuer."

Vor dem Pudel lachte ein alter Bauer laut auf.

„Noch viel schlimmer, Berta. Viel schlimmer. Daß heut die Geschäfte nicht aufhaben. Die machen alle *ponte*."

„Die machen was?"

„*Ponte*. Gestern war Sonntag. Morgen ist Feiertag. Da haben die heut nicht auf."

„Natürlich nicht", sagte Berta.

„Siehst du, das ist *ponte*."

„Laß sie halt. Arbeiten ja sonst das ganze Jahr."

„Das hilft mir nichts, das ganze Jahr. Ich hab heute Leute zum Essen. Jetzt zu Mittag. Verstehst du?"

„Und nix im Haus. Ich versteh."

„Kann ja passieren."

„Können schon. Sollen nicht", sagte Berta. „Geh in die Küch hinauf und nimm dir, was du brauchst."

„Hast du Tschotten? Und Spinat?"

„Tschotten ist in der Speis, Spinat im Garten. Wenn ihn herauskennst."

„Danke, Berta."

Ich gab ihr noch schnell einen Kuß und verschwand. Tirtlen sind eine langwierige Angelegenheit. Beim Kochen mehr noch als beim Essen. Und ich hatte den Bullen und Paolo zu Tirtlen eingeladen.

28

Ich war gerade noch rechtzeitig fertig geworden. Paolo saß schon seit ein paar Minuten neben mir in meiner Küche und nippte an seinem Glas. Der Bulle hatte sich etwas verspätet. Mir war es recht. Hatte ich noch ein paar Minuten Verschnaufpause.

Und dann klingelte es. Der Bulle.

„Caro mio“, sagte er, „das ist eine Überraschung. In drei Wochen ziehe ich genau einen Stock tiefer ein.“

„Dann muß ich ja nachts keine Angst mehr haben.“

Paolo und der Bulle halfen, den Tisch im Wohnzimmer freizuräumen. Ich hatte noch keine Zeit dazu gehabt. Und keine Lust.

„Schmeißt das Zeug einfach in die Ecke“, sagte ich, „grad wie's kommt.“

Zum Glück waren die beiden keine allzu komplizierten Zeitgenossen. Keine von der Sorte, der das Tischtuch wichtiger ist als das, was auf den Teller kommt. Wenn ich etwas nicht ausstehen konnte, dann so was.

„Setzt euch. Ich muß die Tirtlen erst noch herausbachen. Die müssen frisch sein.“

Sie kamen beide mit in die Küche. Neugierde. Mich störte es nicht im geringsten. Neben dem Essen ist das über das Essen Reden eines der anregendsten Dinge im Leben.

„Sind das die ... come li chiami?“ sagte Paolo.

„Tirtlen.“

„Pustrer Spezialität“, sagte der Bulle.

„Falsch. Gadertaler. Ladinisch.“

Das Öl brauchte noch ein paar Minuten. War noch nicht heiß genug.

„Und was ist das?“ sagte Paolo.

„Also: halb Roggen, halb Weizenmehl. Ein Ei. Etwas Rahm. Zerlassene Butter. Salz. Dann Teig sehr gut kneten. Stehen lassen.

Spinat grob hacken. Leicht blanchieren. Tschotten, sozusagen Quark, ungefähr jedenfalls, dazu. Halbehalbe. Fein gehackte junge Zwiebeln, goldgelb angezogen. Wenig Knoblauch. Etwas Schnittlauch, feingehackt. Muskatnuß wenig. Salz, Pfeffer. Ein paar Tropfen Olivenöl. Gut verrühren. Das ist die Füllung. Auch Fülle genannt.

Dann den Teig zu einer zweifingerdicken Wurst rollen. In zweifingerbreite Stücke teilen. Und jedes einzelne langsam, ruhig und konzentriert mit dem Nudelwalker, dem Nudelholz also, hauchdünn austreiben. Wenig Mehl unterstreuen, um das Ankleben auf der Arbeitsfläche zu verhindern. So lange von der Mitte weg austreiben, bis eine kreisrunde Teigfläche von fünfzehn Zentimeter Durchmesser entstanden ist. Aber, Achtung: sie muß so dünn sein, daß die Maserung der Arbeitsfläche, die natürlich aus Holz ist, durchscheint. Nicht verzweifeln, wenn der Teig sich immer wieder zusammenzieht. Das muß so sein. Es ist ein Geduldsspiel. Die ausgetriebenen Teigscheiben auf Tüchern auslegen.

Dann jeweils zwei Eßlöffel der Fülle in die Mitte einer Teigscheibe, auch Radl genannt, geben. Eine zweite Teigscheibe deckungsgleich auflegen. Dann mit den aneinandergelegten, nach außen gedrehten Daumen am Rand entlang die beiden Teigscheiben sauber aufeinanderdrücken. Das ist das sogenannte *Pitschen*. Falls unregelmäßige Radln ausgetrieben worden sind, kann man jetzt überstehende Teigreste abschneiden. Das fertige Tirtl auf ein Tuch legen. Mit einem weiteren Tuch zudecken. Möglichst bald, aber unbedingt erst im letzten Augenblick vor dem Auftragen, und das heißt, daß alle schon schön brav am Tisch sitzen und warten, in heißes Öl legen. So heiß als möglich. Nach etwa fünf Sekunden wenden. Küchenpapier bereitlegen. Nach weiteren fünf Sekunden, leicht angebräunt und mit kleinen Blasen auf der Oberfläche, aus dem Öl nehmen. Auf das Küchenpapier legen, Oberseite abtupfen. Servieren. Einen schönen Weißwein dazu. Das war's."

Der Weißwein war so ziemlich das einzige, was meine Vorratshaltung zu diesem Essen beitragen konnte. Aus glücklicheren Tagen waren mir noch zwei Flaschen geblieben. Eiserne Reserve. *Chardonnay 88er Jahrgang, Burgum Novum, Kellerei Castelfeder.* Ein Zufall hatte es gewollt, daß ich der Neumarktner Kellerei mit einem LKW der Firma *Fermcar* aushelfen konnte. Ohne daß die *Fermcar*-Leute davon erfahren hatten. Weil ich in der Eile nicht dazugekommen war, um Erlaubnis zu fragen. Der kleine Gefallen hatte mich in den Besitz von zwei Karton Chardonnay gebracht und sich damit dreimal ausgezahlt. Die zwei Flaschen, die ich Paolo jetzt in die Hand drückte, waren der Rest vom Schützenfest. Nur das Beste für Freunde.

„Und wann ist das Essen soweit?"

Paolo Canaccia war ein verfressenes Aas.

„Augenblick."

Ich befeuchtete meinen Finger mit etwas Speichel und schüttelte ihn über dem Öl ab.

„Dauert noch ein paar Minuten. Ist noch nicht heiß genug. Aber vorher gibt's eh noch gebackene Zucchiniblüten."

„Zucchiniblüten?" sagte der Bulle. „Dann ist's besser, wir setzen uns gleich hin."

Eine Stunde später hatte ein jeder von uns ein halbes Dutzend Tirtlen gegessen und war ehrlich satt.

„Das glaubt mir keiner", sagte Paolo.

„Was?"

„Daß ich, statt beim Training zu sein, eine Handvoll Tirtlen gegessen habe. Muß ich unbedingt kochen, wenn ich wieder in Rom bin."

„Und wehe, du schießt nicht mindestens zwei Tore pro Spiel. Die Tirtlen bringen's nämlich."

„Und fallen bei einer Dopingkontrolle nicht auf", sagte Giurato.

Paolo grinste.

„Dann sollte ich mir aber auch noch ein paar Flaschen von dem Wein besorgen."

Ich schenkte uns einen Holerschnaps ein. Das war das mindeste, was man nach so einem Essen tun konnte.

„Wieso kennst du dich als italienischer Bulle eigentlich mit den Tirtlen aus, Giurato?" sagte ich.

„Weil ich in Terenten groß geworden bin. Mein Vater war da als Carabiniere stationiert."

Jetzt begriff ich, warum er mir damals die Geschichte mit dem alten Mann, dem Jungen und der Ziehorgel erzählt hatte.

„Meiner war auch Carabiniere", sagte ich. „Ist zwar schon lange her. Aber trotzdem."

„Oddio", sagte Paolo. „Da bin ich ja in eine schöne Gesellschaft geraten. Haben beide einen Carabiniere zum Vater. Als ob ich nicht schon genug Pech gehabt hätte."

Da hatten wir einiges gemeinsam, der Giurato und ich. Auch wenn ich mir nicht sicher war, ob uns das tatsächlich weiterhelfen würde.

„So, meine Herren", sagte ich dann, „die Sitzung ist eröffnet, procediamo. Die *Polizia di Stato* hat das Wort"

„Sag Totò zu mir."

Wieso auch nicht. Einer, der sich mit solcher Inbrunst über meine Tirtlen hergemacht hatte, konnte kein allzu schlechter Mensch sein. Nicht einmal, wenn er von Beruf Polizist war.

„Totò", sagte ich. „Der große Komiker. Pasolini. *La ricotta*."

„Und Schillaci. Der Fußballer“, sagte Paolo.

„Evvabbene“, sagte Totò. „Lasciate stare. Schluß damit. Es sieht übrigens ganz so aus, als ob ihr recht gehabt hättet. Wir haben den Sopplà geschnappt. Mit einem Koffer voller Koks. Ich habe ihn dann nachts noch verhört. Und heute vormittag. Er hat die ganze Zeit geredet. Nur, was er erzählt hat, ist eine ziemlich heikle Geschichte. Deswegen kennen sie bis jetzt auch nur zwei meiner Leute.“

„Traust den Kollegen nicht?“

„Hör dir zuerst die Geschichte an. Dieser Sopplà gibt zu, Kokain im Detailhandelswert von gut hundertfünfzig Millionen Lire eingeführt zu haben. Bleibt ihm ja auch nichts anderes übrig. Wir haben's ihm direkt unterm Arsch weggefischt. Und er hat schnell kapiert, was das heißt. Runde fünf Jahre Knast, mindestens. Ich habe ihm dann die Geschichte mit dem Mord und der Erpressung vorgehalten und versprochen, daß ich ihm das auch noch anhäng.“ Totò grinste. „War nicht ganz legal, aber hat geholfen. Der Sopplà hat es mit der Angst zu tun bekommen. Mit Mord wollte der feine Herr nichts zu tun haben. Also hat er ausgepackt. Und ungefähr deinen Verdacht bestätigt.“

Ich hätte mich gebauchpinselt fühlen können. Aber mir war nicht danach.

„Herr Sopplà hat unter anderem die Edel-Kunden des *Hotel Kaiserhut* regelmäßig mit weißen Pülverchen versorgt. Und war deswegen öfters dort und hat auch den Franco Quagliato gekannt. Quagliato hatte Schulden bei ihm. Letzte Woche hat ihm der Quagliato versprochen, bald bezahlen zu können. Ohne Probleme. Ein Zimmermädchen, das für ihn klaut, soll auf interessantes Material gestoßen sein. Und davon hat sich der Quagliato einiges Geld erhofft. Die Hälfte davon hol ich mir, soll er gesagt haben. Und, sagt Sopplà, Quagliatos

Junkies haben im *Hotel Kaiserhut* unter Aufsicht und mit Genehmigung der Direktion geklaut. Das Hotel ist gut versichert, die Gäste bekommen den Schaden ersetzt."

„Perfekte Organisation", sagte ich.

„Kommt noch besser. Sopplà behauptet, daß der Chef das Zeug selbst weitervertickert."

„Der junge Grossmann."

„Richtig. Und der tote Quagliato, sagt Sopplà, geht auch auf Grossmanns Konto."

„Naja", sagte Paolo, „der Sopplà hat leicht reden. Behaupten kann er viel."

„Giusto", sagte ich. „Richtig. Andererseits: wenn der Rest stimmt, und der Quagliato zuviel vom Kuchen wollte, kann's schon sein, daß ihm der Chef eins auf die Finger gehauen hat."

„Vielleicht", sagte Totò. „Sopplà sagt, daß es in Grossmanns Schützenkompanie einen geben soll, der früher Fallschirmjäger bei der *Folgore* war. Wir überprüfen das gerade."

„Das mußt mir schon genauer erklären", sagte ich, „was das zu bedeuten hat. Bei dem Scheißmilitär kenn ich mich nämlich nicht aus."

„Die *Folgore*-Leute bekommen Spezialausbildung. Nahkampf, und ein paar lautlose Griffe, undsoweiter. Das könnte auf die Spuren am Hinterkopf von Quagliato passen. Auf jeden Fall ist Grossmann im Besitz des Materials und der Drahtzieher der Erpressung. Laut Sopplà, natürlich. Beweis: Grossmann hat ihn nach Innsbruck geschickt, um dort den Koffer abzuholen und damit in Amsterdam einzukaufen. Sopplà sollte wie gehabt bei seinen Stammkunden für die weitere Verteilung sorgen. Und Grossmann wollte als Finanzier, sagt Sopplà, eine siebzigprozentige Gewinnbeteiligung."

Totò lehnte sich zurück und wartete ab.

Paolo schenkte sich noch einen Holerschnaps ein.

„Gut“, sagte ich, „und wie geht's weiter?“

„Naja. Am besten wäre eine Hausdurchsuchung beim Grossmann.“

„Hausdurchsuchung?“ sagte ich.

„Nur die Behauptungen dieses windigen Sopplà sind ein bißchen wenig. Auch wenn alles wahr ist. Aber der ist für jeden Verteidiger eine Freude. So einen Belastungszeugen hat man schnell zerklaubt.“

„Und wenn man das Erpressungsmaterial beim Grossmann finden würde, wär das etwas anderes. Ich verstehe“, sagte ich.

„Senti, Tschenett“, sagte Paolo und sah mich entsetzt an, „das geht nicht. Das ist morgen in der Zeitung. Hundertprozentig. Da trau ich den Bullen nicht. Den Staatsanwälten noch weniger. Hauptsache, die kriegen wieder ein Foto von sich in die Zeitung. Möglichst groß. Mit Barockrahmen, wenn's geht. Weil sie so schön sind. Dafür schieben die den Journalisten alles mögliche über den Tisch.“

„Siehst du, Totò, das ist es“, sagte ich. „So funktioniert's nicht. Wir haben eine Abmachung. Daß das Material aus dem Spiel bleibt.“

„Sagt mir wenigstens genauer, worum es geht“, sagte Totò. „Wenn ich schon einen Bogen darum machen soll. Vorher kann ich nichts versprechen.“

Ich sah zu Paolo hinüber. Jetzt war er dran. Paolo zögerte einen Augenblick.

„Soll *ich's* sagen?“

Paolo nickte.

„Im *Kaiserhut* wohnt eine Dame, die ein paar Liebesbriefe und einige Erinnerungsfotos zusammen mit ihrem Schmuck aufbewahrt hat. Bis ihr alles gestohlen wurde.“

„Ich verstehe“, sagte Totò. „Die Ehemänner und ihre Probleme. Evvabbene. Und dafür hast du 80 Millionen Lire bezahlt?“

„Anzahlung", sagte Paolo. „Sie wollen eine Milliarde."

Totò pfiff durch die Zähne.

„Das ist hart", sagte er.

„Außerdem soll Paolo zwei Interviews geben", sagte ich, „an überregionale italienische Zeitungen. Die Texte der Antworten habe ich in Innsbruck bekommen. Wenn es nach den Interviews geht, ist Paolo ein begeisterter Anhänger einer Lostrennung Südtirols von Italien, undsoweiter undsofort."

„Der Schützenhauptmann", sagte Totò. „Geld und Glaube."

„Geschäft und Gesinnung", sagte ich. „Gute Kombination."

„Ich seh nicht viel Chancen", sagte Totò, „das Material aus der Geschichte herauszuhalten."

„Das war aber die Abmachung. Und wir haben unseren Teil eingehalten."

„Und wie stellt ihr euch das vor?"

Ich hoffte, so auf die Schnelle die richtigen Argumente zu finden.

„Wer weiß bis jetzt, daß der Sopplà verhaftet ist?"

„Ich, ihr zwei und zwei Kollegen von mir. Aber die halten dicht."

„Dann kann es gehen. Du gibst mir vier Stunden Vorsprung. Ich gehe zu Grossmann und sag ihm, daß wir, das heißt ich und Paolo, den Sopplà haben. Und daß er redet. Und dann schlag ich ihm einen Tausch vor. Den Sopplà gegen das Material. Ich glaube, er wird mitmachen. Sobald ich das Zeug hab, ruf ich dich an."

„Und dann?"

Totò war noch nicht ganz überzeugt.

„Mach ihm eine Razzia. Laß dir von Sopplà sagen, welche Hausgäste er beliefert hat. Stell dem Grossmann die Bude auf den Kopf. Außerdem ist der Dame ja auch Schmuck gestohlen worden. Vielleicht hat er den noch nicht verschoben. Such den *Folgore*-Schützen. Häng ihm den Mord an. Was du willst."

„Ihr stellt euch das so einfach vor."

„Geht aber nicht anders."

Totò stand auf und ging ans Fenster.

„Schöne Lage, das Haus", sagte er.

„Bißchen viel Bullen im Haus", sagte ich.

Totò lachte. Dann setzte er sich.

„Evvabbene. Ich geb dir zwei Stunden. Und ihr versprecht mir eins: das Material wird nicht vernichtet. Falls etwas schiefgeht, falls die Geschichte nicht klappt, brauch ich's. Und dann will ich's mir bei euch holen können, verstanden? Ich laß mir einen Mörder nicht durch die Lappen gehen."

Ich sah zu Paolo hinüber. Das mußte er entscheiden. Obwohl er eigentlich gar keine Wahl hatte.

„Embeh", sagte er, „in Ordnung."

„Noch eins", sagte Totò. „Die Dame muß aus dem Hotel ausziehen. Ich will da kein Risiko eingehen. Und die 80 Millionen Lire sind natürlich futsch. Mußt eben ein paar Tore mehr schießen, diese Saison, Paolo. Das holst du locker über die Prämien herein."

„Kannst uns ja das Koks geben", sagte ich. „Wir machen dann halbehalbe."

„Ich trau's dir zu, Tschenett. Wird aber nichts draus. Wird verbrannt, das Zeug. Nach dem Prozeß."

„Verbrannt? Jesusundflorian!"

„Geht das klar, mit der Dame?" sagte Totò.

„Du rufst sie an, Paolo", sagte ich. „Ich nehm sie mit. Zu Berta. Da treffen wir uns. Ich sag dir noch, wo das ist."

Paolo nickte brav mit dem Kopf. Ich war froh, daß es bald vorbei sein würde. Er hatte so einen gottergebenen Schimmer in den Augen.

29

Die Volksschullehrerin sah mich an, als müßte sie mich, obwohl es ihr sehr leid tat, in die herbstlichen Nachprüfungen schicken.

„Eigentlich ist es schade. Ich denke, mit der Zeit wären Sie ein guter Hausmeister geworden. Ihnen fehlt nur die Stetigkeit. Daran sollten Sie arbeiten."

„Das wird, glaub ich, nichts mehr", sagte ich.

„Schade. Sehr schade."

Das Telefon auf ihrem Schreibtisch klingelte.

„Ja, sofort", sagte sie.

„Jetzt hat der Herr Direktor Zeit. Sie können gehen."

Ich stand auf.

„Sie sind kein schlechter Mensch", sagte die Volksschullehrerin.

„Vorsicht, Frau Direktionsassistenz", sagte ich, „da hat man sich schnell geirrt. Und dann wundert man sich."

Der jüngste Grossmann saß hinter seinem Schreibtisch, als ob er sein kurzes Leben lang nichts anderes getan hätte. Irgendwo mußte es Kurse für Direktionsschreibtischsitzen geben. So etwas konnte man nicht erfinden. Und auf die Welt kam man auch nicht in so einer verkrüppelten Haltung.

„Ich höre", sagte Grossmann.

„Wir haben geschäftlich miteinander zu reden."

„Ihr Gehalt für die eineinhalb Tage, sicher. Hab ich nicht vergessen. Obwohl es Ihnen eigentlich nicht zustehen würde. Und ein arbeitsgerichtlicher Prozeß sich ewig ziehen würde."

„Geschäftlich, hab ich gesagt."

Tschenett, ganz ruhig. Hast ihn sozusagen eh am Haken. Also laß dich nicht drausbringen. Dem geht gleich die Luft aus.

„Eineinhalb Tage, abzüglich der Pönale wegen insgesamt, Augenblick, insgesamt viermaligen Zuspätkommens, das macht ...“

„Das macht gar nichts. Behalt das Geld, Grossmann. Ich rede von einem anderen Geschäft.“

Grossmann war zwei Sekunden lang irritiert. Nicht länger. Dann schob er das Blatt, das er vor sich auf dem Schreibtisch liegen hatte, zur Seite und streckte langsam jeden einzelnen seiner Finger. Es tat jedes Mal einen lauten Knacks.

„Ist nicht gesund, Grossmann. Das soll nicht gesund sein.“

Er ließ sich nicht drausbringen.

„Worum geht's?“

Aha.

„Ein Geschäft, wie gesagt. Ich will von dir ein paar Briefe. Und ein paar Fotos. Private Andenken. Kannst eh nichts damit anfangen.“

„Wer weiß?“ sagte Grossmann. „Außerdem habe ich nicht die geringste Ahnung, wovon Sie reden.“

Tu du nur unschuldig, Grossmann. Spätestens, wenn ich dir den Rest erzählt habe, ist es aus, du aufgeblasene Wurst.

„Dann paß auf, Grossmann. Kennst einen gewissen Sopplà? Walter Sopplà?“

„Ich kenne viele Leute. Aber einen Sopplà? Nein, tut mir leid.“

„Der geht aber hier im Haus ein und aus.“

„Ich hab hier ein Hotel, da ist das normal.“

War ein sturer Hund, der Grossmann. Zeigte immer noch keine Regung. Obwohl ihm spätestens bei dem Namen Sopplà die Ohren singen mußten. War schließlich seit fast einem Tag überfällig, sein Kompagnon.

Mir wurde das Spiel langsam zu langweilig. Ich wollte raus hier. Weg. Irgendwohin. Und in Ruhe in die Luft schauen und sonst gar nichts. Höchstens noch einen trinken.

„Grossmann, lassen wir das. Den Sopplà, den hab ich. Ist gestern nacht mit einem Koffer voll Koks übern Brenner gefahren. Jetzt sitzt er bei mir und redet. Hat mir alles erzählt. Weil er nichts mit einer Leiche zu tun haben will, die früher einmal Franco Quagliato geheißen und hier gearbeitet hat. Ich weiß alles. Die Klauereien an deinen Gästen. Franco. Die Versicherung. Daß du das Zeug vertickerst. Woran der Franco gestorben ist. Und was ist mit der *Folgore?* Schon einmal gehört? Oder warst du's selber? Die Erpressung. Das Koksgeschäft mit dem Sopplà. Weiß ich alles. Bis jetzt nur ich. Und entweder geh ich in spätestens zehn Minuten hier mit ein paar Briefen und ein paar Fotos raus, oder ich laß den Sopplà von der Polizei abholen. Und ich schwör dir eins: die werden sich freuen. Weil er reden wird. Dem ist seine Haut zu nahe. Näher als dein Hemd. Also: Zeug raus, oder du bist wegen Mord, Erpressung, Drogenhandel, Hehlerei und Versicherungsbetrug dran. Mindestens."

So. Jetzt brauchte ich nur mehr abzuwarten. Gleich würde es einen fürchterlichen Krach geben, weil dem Grossmann seine coole Fassade am Einbrechen war.

Grossmann saß da und bewegte sich nicht. Keinen Millimeter. Sekundenlang. Dann nahm er den Telefonhörer ab.

Pappi kann dir jetzt auch nicht mehr helfen, Alter.

„Fräulein, würden Sie bitte in einer Minute kommen und Herrn Tschenett hinausbegleiten?" sagte er und sah mir dabei in die Augen. „Vielen Dank." Dann legte er wieder auf. „Länger als eine Minute brauche ich nämlich nicht."

Er lehnte sich zurück.

Spiel dich nicht so, rück das Zeug raus und laß mich in Urlaub gehen.

„Lieber Tschenett."

Er hatte tief Atem geholt. Nützt dir jetzt auch nichts mehr. Die Luft ist raus. Pfffff.

„Du kannst mich am Arsch lecken, Tschenett. Heut, morgen, übermorgen. Überhaupt. Gar nix kriegst du von mir. Höchstens eine drauf. Hau ab." Dann lachte er. Unverschämt laut. „Der Sopplà wird nichts mehr sagen, ich schwör's dir. Kein Wort. Versuch's. Frag ihn. Wenn du ihn findest."

Ich schluckte zweimal. Dann noch einmal.

„Herr Tschenett", sagte Grossmann und war wieder ganz Direktor geworden, „ich habe Sie doch richtig verstanden? Sie möchten Ihr Gehalt nicht? Weil Sie selbst sehen, daß Ihre Leistung nicht entsprechend war? Bitte. Ist einleuchtend. Ich schlage vor, unser Haus läßt die entsprechende Summe einem wohltätigen Zweck zukommen. Ist sicher auch in Ihrem Sinne. Oder?"

Ich stand langsam auf. Was war hier los?

„Ich darf mich formlos von Ihnen verabschieden", sagte Grossmann. „Geh zum Teufel, Tschenett. Und laß dich nie mehr sehen. Ich mag Verlierer nicht."

Da saß er und grinste mich an. So breit er nur konnte.

Ich drehte mich um. Und dann stand die Volksschullehrerin in der Tür. Ich hätte ihr um den Hals fallen können. Endlich ein menschliches Wesen.

„Bitte", sagte die Volksschullehrerin.

Sie hielt mir die Tür auf. Ich ging.

„Auf Wiedersehen", sagte die Volksschullehrerin, als wir an der Rezeption angekommen waren. Und dann hielt sie mir ihre Hand hin. „Ist was mit Ihnen?"

Sie sah mich besorgt an.

Raus hier, Tschenett.

„Nichts", sagte ich und drehte mich um.

Als ich am Auto angekommen war, erinnerte ich mich an irgendwelche Abmachungen. An Totòs Empfehlung, die eigentlich mehr ein Befehl gewesen war.

Ich drehte um, ging wieder ins Hotel, fuhr in den vierten Stock und klopfte an die Tür der Suite.

Susan saß auf dem Sofa.

„Let's go“, sagte ich.

Sie sah mich erschrocken an.

Ich ahnte erst im Fahrstuhl, daß es mein Gesicht gewesen war, das sie erschreckt hatte.

30

Berta stellte mir wortlos einen Espresso vor die Nase. Dann verschwand sie wieder in irgendeinem Hinterzimmer. Ich schaufelte mir drei Löffel Zucker in den Kaffee. Nahm den Löffel und rührte. Eine Minute im Uhrzeigersinn. Eine Minute im Gegenuhrzeigersinn. Und wieder von vorne. Und noch einmal. Langsam, sehr langsam, stiegen mir ein paar Sätze ins Hirn. Etwas ist falsch gelaufen. Irgend etwas. Dann war wieder Ruhe. Und ich rührte.

„Ciao, Tschenett.“

Das war Paolo, der da gesprochen hatte. Plötzlich. Und ziemlich leise. Zehn Minuten hatte er gebraucht. Vor zehn Minuten waren wir angekommen. Susan und ich. Paolo hatte schon auf uns gewartet in Bertas Bar. Er war aufgesprungen und Susan um den Hals gefallen. Glücklich.

Ich hatte mich auf den nächstbesten Stuhl fallen lassen und war einfach sitzen geblieben.

Es hatte seine Zeit gedauert, bis Paolo, der immer noch um Susans Hals hing, gemerkt hatte, daß etwas nicht stimmte. Er hatte sich zu mir an den kleinen Tisch gesetzt. Susan neben ihn. Berta hatte die Champagnerflasche wieder mitgenommen und mir einen Espresso gebracht. Seither saßen wir so da. Paolo wartete. Susan sah zu. Berta machte sich ihre Gedanken. Und ich rührte in meinem Espresso.

Bis mir die Kleine einfiel. Susan hatte ich mitgenommen. Und Sabrina hatte ich vergessen.

Tschenett, du hast nichts kapiert. Gar nichts. Nur so getan als ob. Du bist das letzte Arschloch.

Ich schob den Kaffee von mir.

Dann klingelte irgendwo ein Telefon. Weit weg.

„Tschenett, Telefon für dich", sagte Berta, als sie neben mir stand.

Sie blieb stehen und wartete.

Ich wartete auf nichts mehr. War alles klar. Messerschneidenklar.

„Komm schon, Tschenett."

Berta hatte ihre Hand auf meine Schulter gelegt.

Was war da los? Wieso hatte sich dieser aufgeblasene Grossmann so sicher gefühlt? Alles in der Hand. Alles unter Kontrolle.

Irgendwo hatte ich einen Denkfehler gemacht. Und Paolo saß da und wußte noch gar nicht, was alles auf ihn zukommen würde. Und Totò in der Klemme. Und die Kleine im Hotel.

„Tschenett, Telefon."

Ich drehte mich kurz um. Es war immer noch Berta.

Telefon? Telefon.

Ich schob den Stuhl zurück. Es quietschte und krachte. Dann stand ich langsam auf. Telefon. Da hat dir einer etwas zu sagen, Tschenett.

Das wollte ich mir jetzt anhören. Schlimmer konnte es nicht mehr werden. Besser allerdings auch nicht.

„Tschenett."

„Totò."

Totò. Der würde sich wundern.

„Du", sagte ich, langsam, und suchte nach einem Satzanfang, „es gibt Neuigkeiten."

„Bei mir auch", sagte Totò. „Sopplà ist weg."

„Was?"

„Wie ich's sage. Sopplà ist weg. Überstellt worden, genauer gesagt. Mit allem. Koffer, Verhörprotokoll. Komplett. Sozusagen verschwunden."

Noch hatte ich nicht ganz verstanden, was er meinte.

„Verschwunden?"

„Laut Übergabeprotokoll hat ihn ein Kollege von der *antidroga*. Aber das Übergabeprotokoll ist inzwischen auch nicht mehr zu finden. Weißt du, was das heißt?"

„Nein."

„Daß ich offiziell diesen Sopplà nie gesehen habe. Schon gar nicht verhaftet oder verhört."

„Antidroga?"

„Ziggler, denk ich."

„Miami."

„Richtig. Und wenn ihn der hat, bekomme ich ihn nie mehr. Kannst Gift drauf nehmen."

„Und was heißt das?"

„Daß ich nichts mehr in der Hand habe. Niente. Nulla. Nichts. Ich nicht. Und ihr nicht."

Langsam wurde mir einiges klar.

„Wann?" sagte ich. „Wann haben sie ihn weg?"

„Während der Tirtlen. Ungefähr zwischen dem dritten und dem vierten."

Jetzt mußte ich leicht grinsen.

„Langsam verstehe ich wenigstens, wieso der Grossmann mich ausgelacht hat."

„Er hat dich ausgelacht?"

„Mindestens. Muß alles schon gewußt haben."

„Meinst du?"

„Sicher."

„Interessant."

„Hilft uns aber auch nicht weiter."

„Kann man nicht wissen", sagte Totò. „Und wie hat es unser Fußballer verdaut?"

„Er weiß noch nichts."

„Sag's ihm", sagte Totò. „Und sag ihm, er soll die Lady nach Hause schicken. Ist besser."

„In Ordnung."

„Ich meld mich", sagte Totò.

Aber da hatte ich schon kaum mehr hingehört.

„Die Direktionsassistenz, bitte."

Höchste Zeit, daß ich mich um die Kleine kümmerte. Und Frau Volksschullehrerin würde mir sicher einen Gefallen tun. Gegen das Versprechen meinerseits, wieder auf den Pfad der Tugend zurückzukehren.

„Wenn es für einen guten Zweck ist, Herr Tschenett, gerne."

„Ist es", sagte ich, „ist es."

So ernst war mir selten gewesen.

Nach fünf Minuten kam sie wieder ans Telefon zurück. Und hatte die Kleine nicht gefunden. Spätestens zu diesem Zeitpunkt wußte ich, daß ich eine weitere Sorge am Hals hatte.

Paolo saß da und hielt seiner Geliebten die Hand. Das hatte er die ganze Zeit über getan, während ich ihm von den neuesten Entwicklungen erzählte. Grossmann. Totò. *Miami*.

„E beh", sagte Paolo. „Vedremo. Che pù fà. Wir werden sehen."

Er sagte das mit der stoischen Ruhe eines Kurzwarengeschäftsbesitzers, der gerade wieder ein halbes Monatsinkasso als Schutzgeld bezahlt hatte.

Recht hatte er. Mehr als abwarten konnten wir tatsächlich nicht. Nur daß ich das so schlecht konnte.

„Tschenett, Telefon."

Berta winkte mit dem Hörer.

„Vai", sagte Paolo, „geh."

„Non me movo. Keinen Schritt mach ich mehr, heute."

Mir reichte es.

„Vai", sagte Paolo.

„Bin ich noch im Dienst?" sagte ich und grinste.

„Fünfhundert am Tag, und Spesen", sagte Paolo und lachte.

Scheiß drauf, Tschenett. Los jetzt. Laß dich nicht unterkriegen.

„Endlich", sagte Berta.

„Der kann ruhig warten", sagte ich.

Wer auch immer es war.

„Endlich machst ein anderes Gesicht. War ja schon richtig zum Fürchten."

Meine Berta.

„Endlich fürchtet sich jemand vor mir, Berta."

„Hier", sagte sie und hielt mir den Hörer vor die Nase.

„Mach mir ein schönes Spiegelei von dem schönsten Ei von der schönsten deiner Hennen."

„Sonst noch was?"

„Ein Kuß."

Berta küßte mich.

„Bist du's bald? Ich warte hier und muß mir das ganze Theater da anhören."

Candalostia.

„War notwendig", sagte ich, „ich bin gerade in einem ziemlich tiefen Loch verschwunden gewesen. Und Berta hat mich rausgeholt."

„Dann hör dir das an: Meine Ex-Frau hat mich angerufen."

„Und?“ sagte ich. „Willst du?“

„Was: *willst du*?“

„Wenn sie anruft, wird sie wollen. Jetzt mußt nur du noch wollen. Und du bist wieder verheiratet.“

„Ich hab keine Lust auf solchen Blödsinn, Tschenett.“

„Sorry.“

„Meine Ex sagt mir, daß die Gesundheitspolizei bei ihr war. In der Pension.“

„Und? Hat sie gesaugt gehabt? Abgespült? Frühstücksküche blitzblank?“

„Eine halbe Stunde nach der Gesundheitspolizei sind die Carabinieri gekommen.“

Das war allerdings etwas seltsamer. Und langsam begriff ich, daß Candalostia ein Problem hatte. Und ich nicht gerade aufmerksam gewesen war.

„Sorry, Candalostia“, sagte ich. „Ist ein Scheißtag heute für mich. Ich war eben nicht ganz da.“

„Nein“, sagte Candalostia.

„Ich höre. Was war mit den Carabinieri?“

„Haben behauptet, daß meine Ex bei einer Kindesentführung mitmacht. Und die Piefkes aus dem Bett geschmissen und das Haus durchsucht.“

„Und?“

„Die Bekannte war beim Nachbarn. Der hat in seinem Garten zwei Truthähne und eine Ente. Die Kleinen wollten sie unbedingt sehen.“

„Gott segne die Truthähne, wenn’s geht, noch vor Weihnachten.“

„Du mußt mir helfen.“

„Mach ich.“

31

Als ich mir südlich von Bozen auf der Autobahnraststätte einen doppelten *corretto* genehmigte, fing Susan zu reden an.

Seit wir bei Berta losgefahren waren, hatte sie noch kein einziges Wort gesagt.

„It's very strange", sagte sie.

„What?"

„You, and Paolo."

Und dann erklärte sie mir, was sie an uns so eigenartig fand. Daß man, auch wenn wir ernst waren, sich schwertat, uns ernst zu nehmen. Sagte sie.

„Siete dei bambini", sagte sie, als wir schon wieder auf der Autobahn waren. „E siete dei brutali."

„Maybe", sagte ich.

Kinder, und Brutale. Natürlich waren wir das. Kinder sind immer brutal.

Susan erzählte mir, wie sie an Paolo gekommen war. Vor knapp zehn Jahren hatte sie für die *British Royal Air Force* am Zerhacker gesessen. In Berlin. Gut bezahlter Job. Aber etwas langweilig und geheim. Und die Wochenenden im britischen Wohnviertel in Berlin-Gatow waren mindestens so lang wie die Ewigkeit und wollten nicht vorübergehen. Bis sie eines Abends mit einer Autopanne steckenblieb. Und Paolo anhielt. Am nächsten Morgen war sie mit zwei Stunden Verspätung im *headquarter* zur Arbeit erschienen. Für die Schlapphüte der *Royal Air Force* war das Grund genug, ihre Freizeitgestaltung zu durchleuchten. Und als festgestellt wurde, daß sie den größten Teil ihrer Freizeit in Lokalen mit Namen wie *Ashole, Klassenkampf, Walka wolna, Dschungel* oder *Lokowki* verbrachte und mit einem italienischstämmigen Fußballer befreundet war, dessen Vater an den Wänden seiner Pizzeria kein Hehl daraus machte, ein glühendes

KPI-Mitglied zu sein, in dem Augenblick, als das alles amtlich und protokolliert war, wurde sie entlassen. Zwei relativ alt aussehende *new-wave*-Bands engagierten sie als Sängerin. Bis sie ihren ersten Fotojob erhielt. Seither hielt sie sich damit über Wasser. Wobei sie manchmal die Hilfe älterer Herren in Anspruch nahm. Als Paolo vom *AS Roma* für viel Geld nach Italien geholt wurde, war sie ebenfalls umgezogen. Einmal im Jahr sahen sie sich immer noch, auf ein paar glückliche und zufriedene Tage.

Ich hatte mit Candalostia und Paolo besprochen, daß ich mit Susan nach Tramin fahren, dort Candalostias gebeutelte Freundin samt Kindern an Bord nehmen und allesamt nach Verona chauffieren würde. Susan zum Flughafen und die geflohene Ehefrau zu ihrem Neuen. Candalostia hoffte, ihn in der Zwischenzeit wenigstens telefonisch auftreiben zu können.

Als ich vor der Pension *Etschblick* anhielt, kam die Chefin aus dem Haus gelaufen. Das also war Candalostias Ex. Da hatte er noch einmal Glück gehabt. Oder anders gesagt: ich konnte ihn mir einfach nicht mit Frau und Kind vorstellen.

„Sie sind im *Platz'l*", sagte die Ex. „Und sag ihm, daß ich ihm zum letzten Mal einen Gefallen getan hab. Jedesmal gibt es Schwierigkeiten. Jedesmal. War bisher noch nie anders. Der wird nie erwachsen."

Wieder einer.

„In Ordnung", sagte ich. „Und wo ist das, das *Platz'l*?"

„Na wo? Direkt am Platz. Oben, bei der Kirche. Haben gestern aufgemacht. Sind heute wahrscheinlich alle noch besoffen von der Eröffnungsfeier. Die Polizei soll den Chef nachts noch mitgenommen haben. Weil er zuviel gefeiert hat."

Schöne Aussichten waren das.

Der Chef war inzwischen schon wieder freigelassen worden, saß im hintersten und dunkelsten Eck seiner Bar, hielt sich den Kopf und versuchte sich an einem Glas Weißwein. Sonst war weit und breit niemand zu sehen. Candalostias Bekannte schon gar nicht.

„Nicht viel los hier", sagte ich.

„Wart's ab", sagte der Kneipier. „Wart's ab, wenn ich erst einmal wieder auf die Beine komm."

„Und sonst, niemand da?"

Mach schon, mit deinem Kater. Susan hat in ein paar Stunden ihren Flug.

„Ich. Und mein Kopf. Und mein Weh. Sind drei. Das ist ja schon etwas, für den zweiten Tag, oder?"

„Keine Kinder? Junge, schwangere Frauen?"

Es dauerte, bis er verstand.

„Doch", sagte er. „Draußen. Hinten draußen. Beim *calcetto*. Da sind sie."

„Sag's gleich", sagte ich.

„Hale", sagte er, „sind ja keine Leute. Kinder, Schwangere. Von einem Wirt aus gesehen, sind das keine Leute."

Hale. Richtig. Das war dieses ganz spezielle Traminer Wort, das nichts bedeutete und regelmäßig verwendet wurde. Keiner wußte, woher es kam.

„Viel Erfolg noch fürs Lokal", sagte ich und suchte nach der Tür nach hinten draußen. Vis-à-vis vom Klo fand ich sie. In einer Art Aufgang. Gewölbebögen. Schönes altes Haus. Gepflasterter Boden. Mittendrin das *calcetto*. Und auf einer Getränkekiste die junge Ehefrau. Ex-Ehefrau. Zukünftige.

„Wir fahren", sagte ich.

„Jetzt?"

„Ja."

„Er wird nicht da sein. Ich weiß es."

„Doch. Candalostia ist sich sicher."

„Ist einer von euch ein Tschenett?“

Der Wirt stand in der Tür und hielt sich den Kopf.

„Wieso?“ sagte ich.

„Telefon. Deswegen.“

Es war Candalostia.

„Haut ab. Pack sie ins Auto und haut ab. Ist sie da?“

„Ja“, sagte ich.

„Sie muß aus Italien raus.“

„Was ist los?“

„Er hat mich angerufen. Und sich verabschiedet. Sein Kind ist verschwunden. Er will es zurückhaben. Die Freunde des Generals haben sich schon gemeldet. Haben gesagt, sie machen sich Sorgen, wegen dem Kleinen. Er wird tun, was sie wollen. Das heißt, in einer halben Stunde ist er aus Verona verschwunden. Und wird keinen mehr kennen. Mich nicht. Und sie nicht.“

„Und was mache ich mit ihr?“

„Weiß ich auch nicht.“

„Sie steht neben mir.“

„Scheiße.“

Ich konnte ihm da nicht weiterhelfen. Jetzt war er dran. Ich gab ihr den Hörer.

„Ja“, sagte sie, „ja.“

Dann sagte sie nichts mehr. Stand da. Ließ den Hörer langsam sinken. Ich nahm ihn ihr ab.

„Candalostia?“

„Paß auf sie auf, bitte.“

„Ich versuch’s.“

Himmel, wenn alle anderen es nicht schafften, warum dann gerade ich? Susan nahm die Frau und brachte sie zu einem Stuhl. Ich war ihr dankbar.

„Candalostia, ich blick langsam überhaupt nicht mehr durch“, sagte ich. „Langsam wird’s mir zu viel.“

„Sie muß weg.“

Nach Weggehen war mir eigentlich auch.

„In Ordnung", sagte ich und atmete tief durch. „Besorg mir einen LKW. Einen richtigen, offiziellen Sattelschlepper. Mit Ladung. Irgend etwas, was morgen übern Brenner muß. Besorg mir die Fahrt. Den Rest erkläre ich dir, wenn ich vorbeikomme. Wo treff ich dich?"

„Auf dem Stadtfest. Die Festbude vom Junggesellenverein."

„Dir ist nix zu blöd."

„War versprochen."

„In Ordnung. Ich komm vorbei."

32

Susan hatte ich kurzerhand in ein Taxi gesetzt. Und Candalostias Bekannte war samt Kindern bei Berta untergekommen. Im Schlafzimmer von Bertas vor Jahren verstorbenem Bruder.

„Jetzt bringst mir schon hochschwangere Frauen ins Haus", hatte Berta gesagt.

„Ist ja nur für ein paar Stunden. Höchstens über Nacht. Bei mir kann ich sie ja schlecht unterbringen."

„Das denk ich mir, in dem Sauhaufen. Da ist's schon besser, wenn sie hierbleiben. Das kann man den Kindern nicht antun."

„Siehst du."

Und damit war die Sache für Berta erledigt.

Charlie stellte mir einen Whisky vor die Nase.

„Nein, danke", sagte ich.

Charlie sah mich entsetzt an.

„Du wirst schon wissen, was du tust", sagte er. „So leicht verdientes Geld einfach wegzuschmeißen. Bitte."

Er hatte mich vor die Wahl gestellt. Entweder ich stand ab zehn Uhr hinter seinen Plattenspielern. Und blieb, bis seine Bude schloß. Oder er würde sich einen anderen suchen.

„Jeden Tag etwas Neues“, sagte er. „Einmal kommst später, einmal gehst früher. So kann ich nicht arbeiten. Tut mir leid. Geht nicht. Und auf deine Geschichten kann ich auch nicht immer Rücksicht nehmen. Ich muß auf mein Geschäft schauen.“

„Ist in Ordnung, Charlie. Brauchst dich nicht zu entschuldigen. Ist schon in Ordnung.“

Jetzt war ich endlich wieder richtig arbeitslos. Paßte wunderbar zum Rest der Geschichte. Meinen LKW-Job war ich losgeworden. Meine Detektiv-Karriere war so schief wie nur irgend möglich gelaufen. Grossmann hatte mir auf den Kopf geschissen und dabei auch noch gelacht. Candalostias Bekannte mußte sich in einer feuchten Pflerer Dachkammer verstecken und darauf warten, daß sie außer Landes geschmuggelt wurde. Die Kleine war verschwunden. Und Charlie hatte mir gekündigt. Es war genau der richtige Moment, um ein neues Leben anzufangen. In der Fremdenlegion. Bei der Bahnhofsmission. Oder in einem Pflegeheim für gescheiterte Figuren.

„Hätt ich fast vergessen, Tschenett“, sagte Charlie, während er mir nachschenkte. „Da hat eine für dich angerufen.“

Es dauerte, bis ich begriffen hatte, daß Charlie mit mir redete.

„Und?“ sagte ich.

Nichts mehr. Schluß. Ich wollte es gar nicht hören.

„Eine gewisse Sabine.“

„Kenn ich nicht.“

Laßt mich in Ruhe.

Charlie drehte sich um, holte die Flaschen aus dem Regal und wischte sie ab. Eine nach der anderen. Und dann stellte er sie wieder ins Regal zurück.

„Sabine?“ sagte ich.

Kleine Hoffnung.

„Ja. Sabine. Oder so ähnlich.“

Oder so.

„Sabrina?“

Charlie hob die Achseln.

„Kann sein. Ich weiß es nicht.“

„Und? Was hat sie gewollt?“

„Nichts. Hat dich gesucht. Ob du da bist. Ob du noch kommst. Hab ich ihr nicht sagen können. Weiß man ja nie, bei dir.“

Sabrina.

„Wenn sie vorbeikommt, sag ihr, sie soll hier warten. Paß auf sie auf, ja? Ich bin in einer Stunde wieder da. Spätestens.“

„Zum Arbeiten?“

„Hat keinen Sinn, Charlie. Such dir einen anderen. Mit mir hast du nur Ärger.“

„Schade“, sagte Charlie.

„Ja.“

33

In den Gassen der Sterzinger Altstadt sah es aus wie nach einer Hochwasserkatastrophe. Alles verstopft. Bis in den letzten Winkel hinein Körper von Festbesuchern, die langsam schaukelnd durch die Straßen trieben. Und ich mit.

Die Festmanie war in den letzten Jahren immer schlimmer geworden. Und alle waren zufrieden. Die Touristen konnten sich in den überfüllten Gassen endlich von der angstmachenden Ruhe erholen, die sie auf den Bergen immer wieder einholte. Und die veranstaltenden Vereine konnten sich mit den überschäumenden Gewinnen ein paar neue Lederhosen kaufen.

Von Sabrina war weit und breit nichts zu sehen. Ich hatte alle Lokale der Umgebung abgeklappert. Ohne Erfolg. Überall war sie gewesen. Und nirgends war sie mehr. Ich kam immer zu spät. Sie irrte genauso durch die Stadt wie ich. Wir würden uns nie mehr finden.

Candalostia stand in der Junggesellenbude und bastelte *hot dogs*. Der Stand war von Frauen belagert, die sich um die mit Senf bekleckerten Dinger rissen. Die Junggesellen hatten ihre Freude. Nur Candalostia schien ziemlich geistesabwesend.

Als er mich entdeckt hatte, warf er den *hot dog* in die Ecke und winkte mich hinter die Bude.

„Es hat geklappt“, sagte er. „Morgen nachmittag hast du deinen LKW. Ist ein Milchtank. Der darf auch an Feiertagen fahren. *Leicht verderbliche Ware*.“

„Wohl wahr“, sagte ich. „Hast du noch etwas von deinem Freund gehört?“

„Nichts. Wie geht's ihr?“

„Ich habe sie bei Berta untergebracht. Da ist sie sicher. Sie sitzt da und sagt nicht viel.“

„Er hat gesagt, daß er sich melden wird“, sagte Candalostia. „Wenn er das Kind wieder hat, und wenn's ruhiger geworden ist, wird er sich melden. In einem halben Jahr. Er will immer noch mit ihr zusammenziehen.“

„Das sagst du ihr besser nicht. Sie wird es nicht mehr glauben. Sie wird gar nichts mehr glauben.“

„Ist ja auch schwer.“

„Wohin soll ich sie überhaupt bringen?“

Candalostia zuckte mit den Schultern.

„Zu ihren Eltern. Mehr fällt mir auch nicht ein. Sie kennt ja sonst keinen mehr.“

„Das wird die Alten aber freuen.“

„Wenn sie überhaupt über die Grenze kommt mit den Kindern. Wenn die sie wirklich wegen Kindesentführung auf der Liste haben, wird man sie kaum ausreisen lassen."

„So eine Zugmaschine wird selten kontrolliert", sagte ich. „Sie muß sich am Brenner oben nur ducken. Und schon sind wir in Österreich. Wird schon gutgehen."

„Hoffen wir's."

34

Sabrina war nicht aufzutreiben gewesen. Ich hatte alles abgesucht. Und machte mir Sorgen.

Paolos Stimmung war auf dem Tiefpunkt, als ich ihn traf. Keine Chance, noch ein vernünftiges Wort mit ihm zu reden. Ich konnte ihn verstehen.

Als uns Charlie aus dem *Försterkeller* hinausschmiß, weil er endlich dichtmachen wollte, war es fast fünf Uhr morgens. Und Paolo und ich hatten uns für den Vormittag an Candalostias Stand verabredet. Mittags sollten die prominenten Gäste des *AS Roma* vom Bürgermeister geehrt werden. Im Rahmen des Stadtfestes und weil *ferragosto* war.

Als ich vor dem *Haus Waldfrieden* stand, begann der Himmel über den Bergen sich langsam zu färben. Wieder fing ein Tag an, ohne daß es Nacht gewesen war. Es erinnerte mich an Grönland und die Nordmeerfischerei. War ein harter Job gewesen. Aber man hatte seine Ruhe vor der Welt. Und das war einiges wert.

Zum Schlafengehen war ich noch nicht müde genug. Und mir war nach Gesellschaft. Nach Ansprache. Nach Reden. Da waren die Hesamandln genau richtig.

Ich ging hinters Haus und freute mich schon darauf, den Hesamandln guten Morgen zu sagen. Und dann wurde nichts draus.

Sabrina saß da, den Kopf an den Verschlag gelehnt. Ich setzte mich neben sie.

„Ciao“, sagte sie.

„Ciao, Kleine.“

„Ich hab gedacht, du kommst nicht mehr. Ich hab auch nicht geglaubt, daß noch einmal Tag wird.“

Wenn sie sprach, bewegte sich nichts. Nicht einmal ihre Lippen.

„Komm her“, sagte ich.

Sie legte ihren Kopf auf meinen Schoß.

„Ich hab dich nicht finden können“, sagte ich.

„Ich dich auch nicht.“

Sie schloß die Augen. Irgendwo klingelte ein Wecker.

„Er hat mich umbringen wollen“, sagte Sabrina.

Ich sah zu ihr hinunter. Sie lag immer noch mit geschlossenen Augen da. Und atmete so ruhig und gleichmäßig, als würde sie schlafen.

„Wer?“

„Der Grossmann. Er hat mich umbringen wollen.“

Mehr sagte sie nicht. Dann nickte sie ein. Ich sah mich um. Eine einzelne Ameise marschierte über mein Knie. Der Rest schlief noch.

„Aufpassen“, sagte ich, leise. „Aufpassen. Hesamandln schlafen nicht.“

Die Ameise schien mich nicht gehört zu haben. Sie kletterte mein Bein hinab und marschierte kerzengerade drauflos. Bis sie in einem der Hesamandl-Trichter landete. Dann zappelte sie um ihr Leben. Nach zehn Minuten war sie im Trichter verschwunden. Und ein Hesamandl hatte gefrühstückt.

Was war das gewesen mit dem Grossmann? Was hatte Sabrina gesagt? Er schien nicht genug zu bekommen, der Grossmann.

Ich beugte mich über die Kleine und küßte sie auf die Wange.

„Er wollte mich umbringen", sagte sie, als hätte sie nie geschlafen.

„Erzähl's mir", sagte ich.

Sie lag immer noch mit geschlossenen Augen da, als sie zu reden anfing.

„Er hat gesagt, daß er mir Zeug geben kann. Als Vorschuß aufs Gehalt. Ich war froh. Weil *Miami* mich hängengelassen hat. Wegen der *infamata,* die ich ihm nicht gemacht habe. Ich hab's genommen. Dann hat der Ciccio angerufen, ob ich was hab. Wir haben uns nach der Arbeit auf dem Parkplatz getroffen. Der Ciccio war beim Aufziehen immer schon schneller als ich. Er hat das Zeug noch nicht ganz eingedrückt gehabt, da ist er schon nach vorne gefallen."

„Und?"

„Kollaps. Muß ein scheiß Mix gewesen sein. Ich hab alles stehen- und liegengelassen. Den Ciccio und die Spritze. Bin auf und davon. War alles zu spät. Der war gleich tot."

„Wer weiß, wo der Grossmann das Zeug her hatte", sagte ich. „Vielleicht hat er nicht gewußt ..."

„Der? Der hat es genau gewußt. Der ist doch selbst ein Junkie."

„Was ist er?"

„Ein Junkie. Sowieso."

Das war neu. Unser Grossmann. Der jüngste der Heiligen Familie. Wenn das so war, sah die Geschichte natürlich sofort ganz anders aus. Dann mußte ich Sabrina recht geben. Grossmann hatte sie umlegen wollen. Eine unbequeme Zeugin weniger.

Und ein Fehler zuviel. Endlich. Herr Schützenhauptmann Grossmann, damit kommst du nicht mehr durch. Jetzt bist du dran. Den Junkie verzeihen dir deine noblen Freunde auf keinen Fall.

„Ist alles vorbei", sagte ich. „Mach dir keine Sorgen, Kleines. Ich bring dich irgendwo hin, wo du in Ruhe schlafen kannst."

„Ich brauch das Zeug."

Scheiße. Schon saß ich wieder mittendrin. Mitten in dieser kranken Scheiße.

„Besorg ich dir", sagte ich dann, „ich versprech's dir. Kriegst du. Heute. Ausnahmsweise."

35

Berta war gerade dabei, ihre Hennen zu füttern.

„Leg sie in mein Bett", sagte sie.

„Laß sie bitte nicht aus dem Haus, Berta. Es geht ihr nicht gut. Ich bin in ein paar Stunden wieder da. Dann kriegt sie auch das, was sie braucht. Sag ihr das, wenn sie aufwacht. Versprochen?"

Die Kleine saß in meinem Auto und schlief. Ich trug sie in Bertas Zimmer.

„Magst du sie?" sagte Berta.

„Ich weiß nicht", sagte ich. „ich weiß es nicht. Vielleicht tut sie mir nur leid."

„Das ist zuwenig", sagte Berta. „Für sie und für dich. Zu wenig."

„Ich weiß", sagte ich.

„Das ist mir egal, ich will mit ihm reden. Weck ihn. Tu, was du willst. Aber hol mir den Grossmann ans Telefon."

„Es ist erst sieben Uhr. Ich kann Herrn Grossmann unmöglich um diese Zeit wecken."

„Und wie du kannst. Es geht um Leben und Tod. Um sein Leben. Und um den Tod von ein paar anderen Leuten. Also beeil dich. Sonst muß ich die Polizei vorbeischicken."

Ich ließ mir doch meinen Plan nicht durch einen subalternen Nachtportier durcheinanderbringen.

Fünf Minuten später hatte ich einen äußerst mürrischen Grossmann am Telefon. Ich konnte es ihm nicht verdenken.

„Grossmann, guten Morgen. Hier ist der Tschenett."

„Wie spät ist es?" sagte Grossmann, noch nicht ganz wach.

„Zu spät, Grossmann. Wach auf. Und hör genau zu."

„Leck mich am Arsch, Tschenett."

„Nicht auflegen, alter Junkie. Ich hab dir was Wichtiges zu sagen."

Jetzt war er wach geworden.

„Was ist?" sagte er langsam.

Wirst du gleich merken, Grossmann.

„Erstens: die Kleine hat überlebt. Und ist jetzt an einem sicheren Ort. Und zweitens: heute zwischen elf und zwölf wirst du aufs Stadtfest gehen. Und ein kleines Geschenkpaket mitnehmen. Mit ein paar Briefen und Fotos drin. Sonst erfährt die ganze Welt, daß du ein Junkie bist. Und das macht sich nicht sehr gut, wenn man gleichzeitig Schützenhauptmann ist und ein so angesehener Mensch wie du."

„Tschenett ..."

„Unterbrich mich nicht. Hör dir einfach an, was ich zu sagen hab. Und dann überleg es dir selbst. Ist dein Bier, dann."

Grossmann hielt den Mund. Brav. Hatte also verstanden, worum es ging.

„Um elf will ich dich unterm Stadtturm sehen, Grossmann. Mit dem fraglichen Material. Und dann vergiß es möglichst schnell. Vergiß alles. Sonst wirst dich wundern, wie schnell die Leute über einen herfallen. Stell dir das vor: Ein Grossmann ein Junkie. Da wird sich der Herr Papa aber freuen. Und das Bruderherz. Und die Partei. Undsoweiter. Du wirst dich wundern, wie sehr deinesgleichen so ein minderwertiges Stück Mensch wie einen Junkie haßt. Da reicht das Gerücht, daß du einer bist. Und sie machen dich fertig. Dich und deine heilige Familie. Euch fliegt die Scheiße um die Ohren. Und wie. Wenn du nicht parierst."

Ich machte wieder eine kleine Pause. Er sollte Zeit haben zum Nachdenken.

„Verstanden?"

„Verstanden."

„Brav, Grossmann. Und schlaf noch eine Runde. Aber sei pünktlich. Und kämm dich."

36

„Sei sicuro? Ganz sicher?"

Paolo sah mich verkatert und zweifelnd an. Inzwischen war ich froh, nicht zum Schlafen gekommen zu sein. So fiel mir das Wachbleiben leichter.

„Al cento per cento", sagte ich. „Hundertprozentig. Er wird kommen. Und Kopien zu machen traut er sich auch nicht. Weil dadurch nichts besser wird. So schnell ändert ein Junkie sich nicht."

„Hoffentlich."

„Tranquill", sagte ich.

Sabrina. Das Zeug. Richtig.

„Gib mir ein bißchen Geld, Paolo. Akonto. O.k.?"

Paolo grinste mich an.

„Spesen? Oder Gage?"

„Ich setze es dir auf die Spesen."

Jetzt mußte mir nur noch einer dieser galgenvögelnden Dealer über den Weg laufen.

Als die Musikkapelle auf dem kleinen Platz einmarschierte, hatte sich Candalostia zu uns gestellt.

„Kannst du mir sagen, wie das hier weitergeht?" sagte ich.

„Nach der Musikkapelle kommen die *alpini*. Und noch ein paar Gruppen. *Kriegsopfer- und Frontkämpferverband* und so. Dann die Schützen. Und dann bedankt sich der Bürgermeister bei der *AS Roma*. Kann er sich auch. Haben die Stadt dieses Jahr ja nur hundertzwanzig Millionen Lire gekostet."

„Embeh!" sagte Paolo.

„Und dann ist Preisverteilung der Stadtfest-Tombola. Tutto qui."

„Wärst ein guter Fremdenführer geworden, Candalostia", sagte ich.

Inzwischen war der Stadtplatz schon gerammelt voll.

Und dann marschierte der jüngste Grossmann an der Spitze seiner Schützen auf den Platz ein. Bis vor die Tribüne. *Kehrt euch. Stillgestanden.* Alle Achtung. Er machte etwas her, der Junkie, in seiner feschen Schützenuniform. Vor allem in den eleganten Stiefeletten. Bißchen tuntig, aber immerhin. Sauberer junger Mensch. Eine Hoffnung für die Zukunft.

Als die *AS Roma* unter dem begeisterten Applaus der Menge auf den Platz kam, verschwand Paolo und reihte sich ein.

Der Bürgermeister machte vor jedem einzelnen Fußballer einen Bückling und schob sie auf die Tribüne. Ein

Sprecher verkündete über Lautsprecher jeweils den Namen des Helden. Und das Volk applaudierte. Als Paolo an die Reihe kam, gab es kein Halten mehr. Wenn die gewußt hätten.

„Wie lange dauert das noch, Candalostia?"

„Nur noch die Ansprache und die Preisverteilung, nehm ich an."

Er hatte sich geirrt. Nach der Ansprache des Bürgermeisters wurde jedem der Fußballer zuerst einmal ein bestickter blauer Bauernschurz überreicht. Das dauerte.

Dann tauchte Totò auf.

„Allora?"

„Allora nix", sagte Totò. „Eier. Der Chef hat mich zu sich zitiert. Ich werd auf den Brenner strafversetzt. Sibirien. Touristen durchwinken. Das wird die Hölle. Und es gibt eine interne Untersuchung. Weil ich den Sopplà gefoltert haben soll. Geschlagen und so. Und außerdem soll ich Rauschgift unterschlagen haben."

„Hast du?"

„Deine paar Gramm schwimmen schon lang in der Adria."

„Das ist aber nett von dir."

„Aber laß dich nicht mehr erwischen." Totò sah sich kurz auf dem Platz um und machte ein angewidertes Gesicht. „Mich versetzt man nach Sibirien", sagte er, leise und nebenbei, „und unseren Freund von der *antidroga* nach Bozen in die Zentrale."

„*Miami*?"

„Genau. Hat richtig Karriere gemacht, die letzten zwei Tage, der Ziggler. Ist seit heute oberster Drogenchef."

Und dann drehte er sich um und ging. Totò Giurato. Strafversetzter Bulle. Der erste Ordnungshüter, der mich an einen Menschen erinnerte. Unterwegs nach Sibirien.

Ich drängte mich durch die Menschenmenge nach vorne. Wenn schon, dann wollte ich richtig dabeisein.

Ein paar Meter vor mir stand Grossmann an der Spitze seiner Männer, sozusagen als Ehrenschutz. Auf der Tribüne oben stand Paolo und winkte ins Publikum. Und der Bürgermeister bat ein paar neue Ehrengäste aufs Podium. Den alten Grossmann. Den General. Noch einen General. Den Polizeikommandanten. Den Dekan. Und den Sieger der Tombola. Waren alle da. Sogar den Ziggler hatte ich schon gesehen.

„Il capitano dei carabinieri Bruno Tosato, Commandante della compagnia dei Carabinieri di Vipiteno, che dopo sette anni di lavoro per e in questa città ci lascia per trasferirsi a Porto Torres. Der Carabiniere-Kapitän Herr Tosato, Kommandant der hiesigen Carabinieri-Station, der nach sieben langen Jahren, die er in und für diese Stadt gearbeitet hat, uns verläßt, um nach Sardinien zu ziehen. Der Hauptpreis, ein Fiat 126, geht an Los Nummer zweitausendfünfhunderteinundzwanzig, an Commandante Tosato und seine Frau Gemahlin."

Kaum zu glauben, aber der Carabiniere schien sich richtig zu freuen, als ihm der Bürgermeister die Schlüssel zu dem 126er überreichte.

„Und damit beschließen wir die offiziellen Feierlichkeiten. Ich wünsche allen Gästen und Einheimischen noch einen angenehmen Festverlauf."

„Grüß dich, Grossmann. Richtig schöne Uniform, die du da anhast. Fesch, fesch."

Der Schützenhauptmann hatte seine Leute zum Bierfassen abkommandiert und war abwartend stehen geblieben. Siehst du, Grossmann, wie schnell man miteinander ins Geschäft kommen kann.

„Laß das, Tschenett. Ich hab nicht viel Zeit."

„Kann ich mir denken. Bei den vielen wichtigen Leuten, die hier herumlaufen. Da darf so ein edles Mitglied unserer Gesellschaft wie du nicht fehlen. Versteh ich. Hängt nur von dir ab, wie lang wir brauchen. Eine Minute. Zwei Stunden. Jahrelang. Hängt ganz von dir ab."

Grossmann holte einen Briefumschlag aus seiner Uniform.

„Ich will dann aber nichts mehr hören, von der ganzen Geschichte."

Er hielt sich noch immer an dem Umschlag fest. Als ob er ihm noch weiterhelfen könnte. Ich mußte ihm das Zeug aus der Hand nehmen.

„Auch das hängt ganz von dir ab, Grossmann. Laß den Paolo in Ruh. Sag deinem Bruder, er soll seine Frau in Frieden lassen. Und sag dem Herrn Papa einen schönen Gruß."

„Übertreib's nicht, Tschenett."

„Das laß meine Sorge sein."

Ich öffnete den Umschlag und kontrollierte. Alles da.

„Brav, Grossmann."

Und dann stellte sich der Ziggler zu uns.

„Und?" sagte er und grinste, „alles in Ordnung?"

Grossmann schien richtig froh zu sein, Gesellschaft bekommen zu haben.

„Ich laß euch jetzt allein", sagte ich. „So gut, wie ihr zueinander paßt, da komm ich nie mit."

„Tschenett, Vorsicht", sagte Ziggler und grinste immer noch. „Ich hab dich im Visier."

„Ist ja richtig beruhigend, *Miami*. Gratuliere zur Beförderung, du Arschloch."

Nichts wie weg hier.

37

„Das war das erste und das letzte Mal“, sagte ich.

Die Kleine saß auf Bertas Bett und machte sich über das Zeug her.

„Ich fahr jetzt“, sagte ich.

„Wann kommst du zurück?“

„Ich weiß nicht, ob ich überhaupt zurückkomme. Ich müßte einen guten Grund haben dafür.“

„Hast keinen?“

„Ich bin mir nicht sicher, sorry. Und solang du das Scheißzeug notwendig hast, schon gar nicht.“

„Tranquill“, sagte die Kleine.

Es wurde Zeit, daß ich ging. Sabrina drückte sich gerade das Zeug in ihren Körper.

„Versuch zu überleben“, sagte ich.

„Und?“ sagte Berta und steckte mir zwei Brote in die Tasche, „wird's eine lange Fahrt?“

„Ich denk schon. Wie kommst du drauf?“

„Ganz einfach. Ich hab's dir angesehen.“

„Ich will weg. Möglichst weit weg. Und ob es von da einen Weg zurück gibt, weiß ich nicht. Noch nicht.“

„Man hat überall gleich wenig Freunde“, sagte Berta.

Berta. Kein einziges Mal in ihrem Leben aus diesem Tal rausgekommen. Und alles gesehen.

Ich küßte sie.

„Übermorgen fahr ich zurück nach Rom“, sagte Paolo. „Beeil dich. Dann gehen wir noch einmal richtig juut essen.“

„Wird nicht hinhauen“, sagte ich. „Ich komme so schnell nicht zurück. Mach's gut, gib der Berta das Geld, schieß ein paar Tore. Und werd ein braver Ehemann.“

„Braver Ehemann? Geht nicht. Quark alleene macht dicke Beene. Und die kann ich mir nicht leisten.“

Keine Chance, mit diesem *pizzaiolo* auch nur ein einziges ernstes Wort zu reden.

„Ciao, Tschenett. Und bleib anständig."

„Muß ich mir von dir nicht sagen lassen."

Ich haute ihm eine auf die Schulter und ging.

Totò stand zwischen den zwei Autoreihen, die sich vor dem Grenzübergang stauten, und winkte die Touristen mit beiden Händen weiter. Es war ein trauriges Bild.

Bevor ich nach rechts zur LKW-Spur hinüberzog, hupte ich zweimal kurz. Dann hatte Totò mich entdeckt. Er streckte die Arme von sich und hob kurz die Schultern.

Hast recht, Alter. Sieht ziemlich erbärmlich aus. Aber du wirst es überstehen.

Ich winkte ihm zu. Und dann gab ich Gas.

War beinahe so etwas wie ein Freund geworden, dieser Bulle.

„Ihr könnt wieder herauskommen."

Candalostias Bekannte und ihre beiden Kinder waren die letzte halbe Stunde brav und still am Boden der Zugmaschine gekauert. Die Grenzbeamten am LKW-Übergang hatten sich wie geplant nur für meine Frachtpapiere interessiert.

„Wenn immer alles so einfach gehen würde", sagte Candalostias Bekannte.

„Dann wär's auch nicht anders", sagte ich. „Damit jemand kassieren kann, muß ein anderer zahlen. Ganz einfach. Sonst geht die Rechnung nicht auf. Und die muß immer aufgehen."

Ich bremste meinen Tankzug den Brenner hinunter. Diesmal hatte ich es nicht eilig.

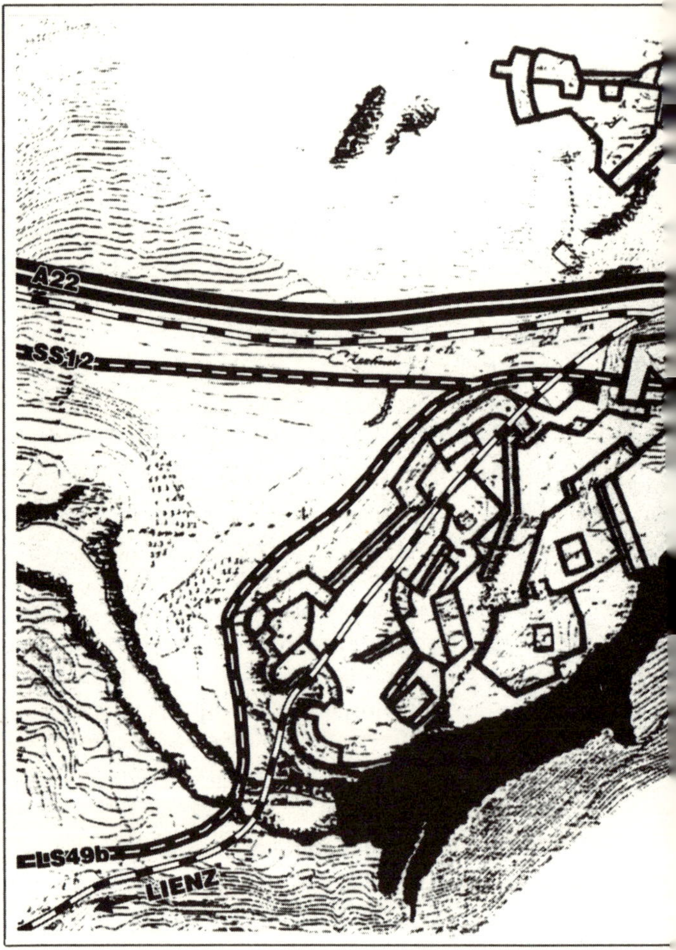
A22
SS12
LS49b
LIENZ

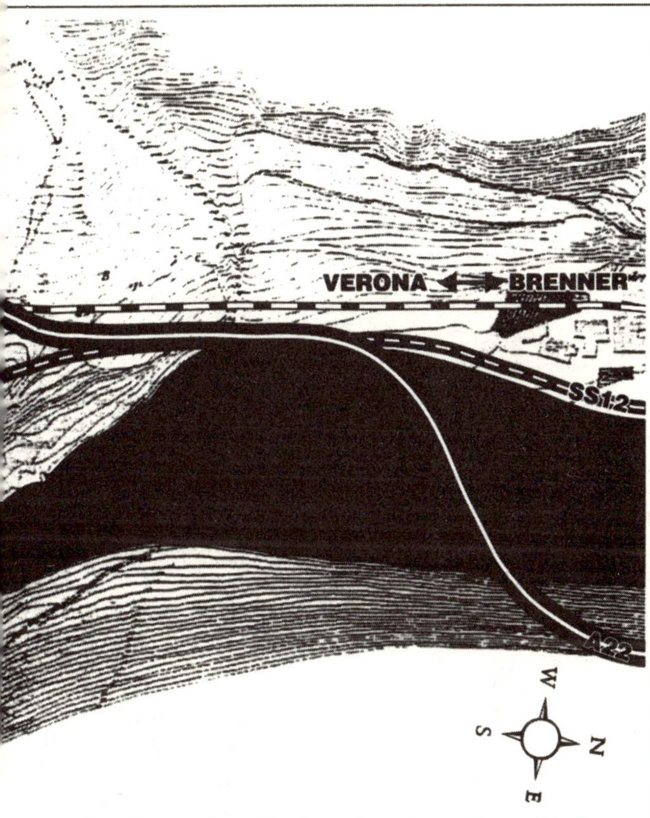

Project der Befestigung der Aicha

(nach dem Originalplan des Arch. Franz v. Scholl)

S. 10 *Tschenett:* Tschonnie (Johann) Tschenétt. Drei Romane lang ist Tschenett der Meinung, sein Familienname leite sich aus dem Rätoromanischem ab. Was schon abseitig genug wäre. Bis ein aufmerksamer wie informierter, zudem professoraler Leser dem Tschenett via Autor ausrichten läßt: Es liege dem Familiennamen unter Umständen eine arabische Wurzel zugrunde. جَنَّاتْ Dschenet. Dsenet. Altes Wort für *Die Paradiese.* Und somit, scheint es, auch ein Frauenvorname. Nun, sagt Tschenett: Gern. Das paßt doch. Und entwickelt die Theorie, einer der maurischen Ingenieure, ins obervinschgauerische Stilfs geholt, um den Silberabbau zu überwachen, wäre dort, naja, hängengeblieben.

S. 10 *Franzensfeste:* Kleiner Exkurs. Monumentale Festungsanlage auf 20 Hektar aus dem frühen 19. Jahrhundert, deren Bau nach heutiger Währung 500 Millionen Euro gekostet hat und auf die trotzdem nur dreizehn Kanonenschüsse abgegeben wurden.

Franz I., letzter Kaiser des Heiligen Römischen Reiches und erster Kaiser Österreichs, erließ nach den für ihn (und nur für ihn) qualvollen Erfahrungen der Napoleonischen Kriege den Befehl, an der Talenge bei Aicha nördlich von Brixen ein *Bollwerk* gegen Franzosen, Aufklärung und liberales Gedankengut zu bauen. Unter dem Kommando von Erzherzog Johann, Generaldirektor des *Genie- und Fortifikationswesens,* und nach Plänen des Festungsarchitekten Ingenieurgeneralmajor Franz von Scholl verbauten in den Jahren 1833 bis 1838 an die 4500 Handlanger, 1721 Handwerker, 400 Soldaten, diverse Hauptleute, Oberleutnants und anderes Kommandopersonal 20 Millionen Mauerziegel, 300 Laufkilometer Holz, und 255.000 Kubikmeter Granit. *Am 17. August 1838 verließen die Majestäten Innsbruck und reisten dem Süden zu. Am 18. August geruhte nun der Kaiser* (es war inzwischen Ferdinand I.) *in seinem Allerhöchsten Beisein die Einweihung und Taufe der Festungswerke bei Aicha vornehmen zu lassen. Der Bau stand wie ein Löwe trotzend und doch malerisch schön da. Der Fürstbischof sprach die eigens von ihm für diesen festlichen Zweck zusammengestellten Gebete und Psalmen und rief dabei den Allerhöchst bestimmten Namen* Franzensfeste *aus. Die Majestäten näherten sich dann mit dem Fürstbischofe dem Festungstore, an welches der Bischof mit einem silbernen Hammer drei Schläge und hierauf der Kaiser ebensoviele Schläge machte. Die Tore öffneten sich, die Kanonen donnerten. (...) Als die Majestäten ihre Fahrt nach Brixen antraten, brach die Menge in lauten Jubel aus.*

Wegen Geldmangels kam es zwar 1845 zum Bau einer bombensicheren neugotischen Festungskapelle, aber erst 1847 zur Bestückung mit Kanonen. Seither hat die *Franzensfeste* militärisch keine Rolle mehr gespielt. Bis auf einen Tag im März 1862, als die k. u. k. Armee dreizehn 24pfündige Granaten auf ihre eigene Festung abfeuerte: zu Testzwecken.

Gestorben wurde in der *Franzensfeste* fünf Jahre lang. Bei Arbeitsunfällen während der Bauarbeiten.

1867 wurde die Brennerbahn eröffnet, 1871 die Pustertalstrecke. Beide Eisenbahnlinien führten, wie die Brennerstraße auch, mitten durch die Festungsanlage. Ab 1880 gab es für die *Franzensfeste* keinen Festungskommandanten mehr. Sie wurde lediglich als Militärdepot verwendet.

Im November 1918 stießen die Italiener nach dem Waffenstillstand kampflos durch die *Franzensfeste* bis nach Innsbruck vor. Die Festung blieb weiter Depot. Das nahe der Festung entstandene Dorf *Franzensfeste* hieß nun *Fortezza* (Festung).

Ab 1935 wurde der Eisack, der orographisch links der Anlage durch eine enge Schlucht fließt, gestaut und ein Kavernenkraftwerk in den Felsen gesprengt.

Im September 1943 marschiert die Wehrmacht in Italien ein und errichtet in der *Franzensfeste* – ein Depot. In der Nähe wird ein russisches Strafgefangenenlager angesiedelt.

Die Nazis klauen sich in Rom 127,5 Tonnen Gold der italienischen Währungsreserven, transportieren sie in zwölf Eisenbahnwaggons in die Festung, die ja schließlich Zuganschluß hat.

Als die US-Armee am 17. Mai 1945 die Gegend am Brenner befreit, findet sie in der *Franzensfeste* noch ganze 25 Tonnen Gold vor, die an Italien rückerstattet werden.

Kommentartext aus dem Fotodokumentationsarchiv der 5. Armee: *Fifth Army, Fortezza Area, Italy. Maj. Sherman L. Anderson, and Lt. Col. James H. Penick, both of the Allied Finance Agency in Rome. They are checking the boxes of gold coins. This is part of the gold reserve that was stolen by the Germans in Italy, estimated at one half billion Dollars in bullion. (5/MM-45-9449. 196th signal*

photo CO) Stored by russian slave labor (5/MM-45-9453. 196th Signal photo CO). (Fünfte Armee, Franzensfeste, Italien. Maj. Sherman L. Anderson und Oberstleutnant James H. Penick, beide von der Finanzagentur der Allierten in Rom. Sie kontrollieren die Kisten mit Goldmünzen, die Teil der Goldreserven sind, welche die Deutschen in Italien gestohlen haben und welche einen geschätzten Wert von einer halben Billion Dollar in Goldbarren haben. Die Deutschen haben russische Sklavenarbeiter benutzt, um das Gold zu lagern.)
Fehlen in der Rechnung noch 102,5 Tonnen.
Ein Teil (23,4 Tonnen) war bereits 1944, wie gehabt, in der Schweiz verschwunden, und endet, quasi umgehend, im Untersuchungsbericht der Unabhängigen Expertenkommission Schweiz, *Die Schweiz und die Goldtransaktionen im Zweiten Weltkrieg, Zürich 2002.*
81 Säcke mit Goldmünzen, insgesamt 4,3 Tonnen, habe er Ende April vor den anrückenden Amerikanern beim ehemaligen Ortsbauernführer von Hintersee (Salzburg), Alois Ziller, in Sicherheit gebracht: erzählt am 6. Juni 1945 der Legationsrat 1. Klasse im persönlichen Stab von Reichsaußenminister Joachim von Ribbentrop und SS-Sturmbannführer Bernd Gottfriedsen den am 23. April 1945 aus dem KZ Buchenwald befreiten Herbert Herzog. (Die Amerikaner stellen das Gold sicher. 1947 übergeben sie es hochoffiziell an Österreich, Bundeskanzler Figl unterzeichnet die Quittung eigenhändig. Noch im September 1952 sieht sich die italienische Regierung gezwungen, die österreichische Nationalbank auf Herausgabe des Goldes zu verklagen.)
Fehlen in der Rechnung noch 74,8 Tonnen.

Zwischen März und Oktober 1944 gingen 71 Tonnen „als Italiens ‚Kontribution' zum Krieg an der Ostfront" (lt. *Report on Gold of the Banca d'Italia*) heim ins Reich. Nebenbei bemerkt: Laut einer Aufzeichnung der Reichsbank-Hauptkasse vom 16. November 1944 stammte ein Teil des „von Italien übernommenen Edelmetalls" mit einem Wert von ca. 10 Mio. $ ursprünglich aus Jugoslawien. Diese Währungsreserven der jugoslawischen Nationalbank waren vermutlich 1941 nach der Zerschlagung Jugoslawiens von italienischen Streitkräften in Dalmatien erbeutet worden.
Ergibt in summa einen Fehlbetrag von 3,8 Tonnen Feingold. Rundungsfehler und der materialübliche Schwund eben. Und Stoff genug für die Zukunft.
Zwischen 1945 und 1947 steht die Festung offen. Seither halten sich Gerüchte, in der *Franzensfeste* sei noch weiteres Gold versteckt gehalten worden: Teile des Staatsschatzes der faschistischen kroatischen *Ustascha*-Regierung.
Ab 1947 wird die *Franzensfeste* vom italienischen Militär als Depot benützt.
In den frühen 60er Jahren schlägt man ein Straßentunnel durch den westlichen Festungsteil; seit 1972 verläuft die Brennerautobahn auf einer Rampe zwischen dem oberen und dem unteren Festungsabschnitt. Noch heute sind die beiden Festungsteile durch den ursprünglichen, unter Staatsstraße, Eisenbahn und Autobahn durchführenden, an die 3 Meter hohen, 160 Meter langen und in 433 Stufen bergan führenden bombensicheren Gang miteinander verbunden.
Ende der 80er Jahre durchsuchen, nicht zum letzten Mal, italienische Polizeibehörden unter

Mithilfe einer spezialisierten Firma und Aufsicht eines Staatsanwaltes die *Franzensfeste* nach dem immer noch sagenhaften Goldschatz (L'oro della fortezza). Und es geht die Rede von verschwundenen Waffen, Plastiksprengstoff, Zündschnüren, Minen und Panzerabwehrraketen.
In den 90er Jahren wird die Festung in einen Kriminalfall verwickelt. Ein junger Mann, der mit maschinengeschnitzten Krippen handelt und auf einem deutschen Bankkonto 4 Millionen Mark liegen hat, wird mit einer Axt erschlagen. (Nach der Autopsie weiß man auch, was sein letztes Mahl war: Speckknödel.) Zeugen wollen einen Mordverdächtigen (Unteroffizier P.P.) erkannt haben: er war zum Zeitpunkt der Tat in der *Franzensfeste* stationiert.
2003 verläßt das Militär die Festung, 2007 übernimmt die Provinzverwaltung und saniert den Komplex, der seither erstmalig öffentlich zugänglich ist. Auch Goldsuchern.

S. 12 *Sissignore*: wichtigste Vokabel der italienischen Militärsprache. Wörtlich übersetzt: *Ja, Herr*. Das Äquivalent des deutsch-militärischen *ZuBéffel.*

S. 15 *cazzo*: (ital.) Seegurke (*Cucumaria cucumis*). Zugehörig dem Unterreich der Metazoa (Vielzeller), 2. Reihe: Deuterostomia, 7. Stamm: Echinodermata (Stachelhäuter), 7. Klasse: Holothuroidea (Seewalzen, Seegurken), Art: Cucumaria, Gattung: Cucumaria cucumis. Die Holothurien sind frei bewegliche Echinodermen, die durch Streckung der Mund- und Afterverbindungen entlang der Hauptachse zylindrische (gedrungen, wurmförmig) Gestalt angenommen gaben. Die Fortbewegungsweise ist meist ein Kriechen auf dem Meeresboden. Viele Holothurien weisen eine große Regenerationfähigkeit auf. Auf starke äußere Reize hin stoßen sie einen großen Teil ihrer Eingeweide, besonders den Darm, die Kiemenbäume und Curierschen Organe, aus und vermögen dann das Verlorengegangene wieder zu regenerieren.

Auch: triv. ital. für männl. Glied.

Cazzo stellt den zwischen Italien und deutschen Landen pendelnden Zeitgenossen vor ein nicht unerhebliches Problem, zumal wenn er sich daran versuchen wollte, aus dem Italienischen ins Deutsche zu übersetzen: So gut wie alles, was hier mit *cazzo* (und coglione/Hoden) verbunden ist, ist dort dem Arsch / Scheiß assoziiert, und muß, arbeitet der Übersetzer korrekt, auch so wiedergegeben werden. Also: „Che cazzo dici / Was redest du da für einen Scheiß", „Che coglione / was für ein Arschloch", „Sto cazzo di vento / Der Scheißwind". Usw.

Dem Verlag zum Beispiel, der Peppe Lanzettas „Un messico napoletano" unter dem Titel „Roter Himmel über Napoli" herausbrachte, wurde es irgendwann der Scheißärsche zu viel, die sich als *cazzi* und *coglioni* in den napoletanischen suburbs herumtrieben. Woran der Übersetzer aber nichts ändern konnte, wollte er nicht vom *traduttore* zum *traditore* werden.

Am End also, und ganz unter uns, fra di noi: Was, bitte, sagt uns das alles?

S. 17 *Pudel*: der Tresen wird in Tirol aus unerfindlichen Gründen zu einer Hunderasse. (siehe auch: „Den letzten beißen die Hunde.")

Dazu der Zweizeiler eines anonymen Trinkers: „Hab niemals im Leben einen Pudel gequält / maximal, ich gesteh es, hab ich mich an ihn gelehnt."

S. 18 *Weibermensch, Mandermensch:* der Tiroler teilt die übergeordnete Gattung Mensch (*das*) in die Untergattungen *Weibermensch* (*das*) und *Mandermensch* (*das*) ein.

S. 20 *Treber*: eigentlich „Rückstände beim Keltern, auch *Trester*". Den Weinerzeugern ist durch EG-Verordnung 2046/89 (in Italien außerdem durch Gesetz Nr. 1064 vom 3. 12. 1971) vorgeschrieben, 8% Vol. des Alkoholgehaltes der angelieferten Traubenprodukte an staatl. anerkannte Brennereien zur Erzeugung von Superalkoholika abzugeben.

Wenn die *Trester* an nicht-anerkannte, sogenannte *Schwarzbrennereien* geliefert werden, ist das illegal. Vor allem, weil keine Alkoholsteuer abgeführt wird. Außerdem riecht man die Schwarzbrennerei in der gesamten Nachbarschaft. Der aus den Traubenrückständen (*Trester*) gewonnene Schnaps wird, legal und illegal, *Treber* genannt.

S. 20 *Weißgespritzter:* ist die frühvormittägliche, weil mit Mineralwasser auf*gespritzte* Variante meist mittelqualitativen *Weiß*weins. In den Szenenlokalen des Nordens grassiert zeitweise eine urbane Abart dieser ländlichen Art, Wein zu verschneiden: der sog. *Veneziano*. Der, im Unterschied zum mit reinem Wasser versetztem *Weißgespritzten*, mit *Aperol* (oder, schlimmer noch, einem Aperol-Imitat) gemixt wird, was es, wie ein dem Tschenett bekannter Gastronom sagt, „auch noch dem letzten versoffnen Kneipier saueinfach" macht, alles, was an alkoholischen Resten von den Tischen an die Spüle zurückgelangt, im Szenedrink unterzubringen: Den diversen Farb- und Geschmackszusatzstoffen (Geheimrezept seit 1919) des *Aperol* sei dank. (Um ganz sicher zu gehen und mit der produktfälschenden Konkurrenz mithalten zu können, hat man den Spritgehalt des *Aperols*, in Italien 11 Volumenprozent, in Deutschland seit dem Jahr 2006 auf 15, laut Firmeninfo „leichte“, Vol.-% aufgebohrt.)

S. 22 *es putzt mich*: mit *putzen* meint der Tiroler italienischer Herkunft, daß es einem beinahe oder ganz ans Leben gegangen ist. Offensichtlich weil, wenn man tot, endgültig aufgeräumt ist.

S. 26 *silenzio* (ital.): Ruhe, Stille. Und gleichzeitig das berühmteste Musikstück der italienischen Militärmusikgeschichte. Zwölf schmalzige Takte, die zur Schlafengehenzeit dem Soldaten ins Ohr geblasen werden. Anderswo, etwas weniger gemütlich und umso zweideutiger, auch Zapfenstreich genannt.

S. 30 *coglione* (ital.): Testikel (lat.): med. Hoden. Auch (ugs.) Trottel, Idiot. (siehe: *cazzo*). Daß aus einem *„coglione!“* betitelten Romanentwurf der frühen 80er Jahre nichts werden konnte außer ein unvollendet sowie in großen Teilen unveröffentlichtes Fragment, versteht sich. Eine Spur findet sich unter dem Titel „Rebibbia“ in einer Sammlung von „hirnrissigen Geschichten“ (Heiße Hunde. Haymon, 1997. Weißwein und Aspirin. Diogenes TB, 2002).

S. 30 *tranquill*: von ital. *tranquillo*, ruhig.

S. 36 *Terner*: So nennen sich die Bewohner des Bergdorfes Terenten (1209 M.ü.d.M.) in Kurzfassung.

S. 36 *Ape* (ital.): die Biene. Hier: ein von der Firma *Piaggio* seit ewigen Zeiten hergestelltes dreirädriges Fahrzeug mit kleiner Fahrerkabine und einer kaum mehr als quadratmetergroßen, meist offenen Ladefläche. Wird durch einen 50-ccm-Motor angetrieben und diente in den 50er und 60er Jahren zur führerscheinfreien Beförderung ganzer Familien. Es wurden auch schon fuchsschwanzgeschmückte Exemplare ausgemacht. Wurde zeitweise gern von promillebedingt führerscheinlosen BMW-Fahrern benutzt. Inzwischen haben auch andere Kleinstgefährtproduzenten die Marktlücke entdeckt.

S. 41 *naioni* (ital.): umgangssprachlich für die den Militärdienst *(naia)* ableistenden Jungmänner. Inzwischen ist das italienische Militär ein Berufsheer, seine Soldaten werden also lieber sowas wie *peacekeeper* genannt. Naja.

S. 41 *ladruncolo* (ital.): kleiner Dieb.

S. 43 *Mein Vater, der unglückliche Carabiniere-Brigadier Johann Tschenett*: Wohl war. Bei dem Sohn. Zitat:

Carabiniere Brigadier Johann Tschenett hatte sich geschnitten. In der Früh um halbsieben beim Rasieren quer in die Wange geschnitten.

Weil ihm gewesen war, als ob ihm der Gemeindesekretär schon wieder sein „Heil die Berge. Fut in Flammen. Amen." ins Ohr schreien würde. Und dann, noch lauter, wenn das überhaupt möglich war: „Luis Trenker!". Und Lachen.

„Luis Trenker, pfff", sagte der Carabiniere-Brigadier Tschenett mehr zu sich als zu sonst jemandem, als er in die Küche trat.

„Was ist mit dem Trenker?", sagte seine Frau, ohne das Mus aus den Augen zu lassen, das auf dem Herd stand.

„Fang du nicht auch noch an, *vedla stria*", sagte Tschenett, „wegen dem hab ich mir heut schon das halbe Gesicht aufgeschnitten."

„Hör auf, mit deiner Frau badiotisch zu reden, wenn du eh nur die paar Schimpfwörter kannst."
Jetzt war sie beleidigt.
Er setzte sich laut ächzend an den Tisch. Da saß er, der Brigadier Tschenett, hielt sich ein Taschentuch an die blutende Wange, und schaute seiner Frau zu, wie sie ihm den Gerstkaffe einschenkte.
„Ist ja wahr", sagte sie, als sie wieder am Herd stand.
Er schüttelte langsam erst die eine, dann die andere Schulter.
„*Mai*", sagte er, und ließ einen Erdäpfelsack voll Luft aus sich heraus.
„Weißt du, wer mir Sorgen macht?", sagte er.
„Dein Sohn", sagte sie.
Hundertmal hatte sie auf die Frage mit hundertmal den gleichen zwei Worten geantwortet.
„Der Hans", sagte sie.
„Richtig", sagte Brigadier Tschenett. „Ich möcht nur wissen, was aus dem Laggl einmal werden wird."
„... und von wem ers hat", sagte sie.
„Richtig", sagte Brigadier Tschenett.
„Und weißt du, wer mir noch Sorgen macht?", sagte Tschenett.
Seine Frau hörte mit einmal auf, im Mus zu rühren. Das war neu.
„Ich", sagte Brigadier Tschenett, und tupfte sich schon wieder die Wange ab, „ich mach mir Sorgen."
„Daspavënt", sagte sie. „Mandl, was ist denn heut los?"
(aus dem im Dezember 1963, Tschonnie Tschenett ist also 11 Jahre alt, angesiedelten Roman *„Lusenberger"*. 1992 in 58 Fortsetzungen in der italienischen Tageszeitung *„Il mattino"* erschienen.)

S. 44 *sbirro* (ital.): von lat. *sbirrus*, rot (wohl wegen ehemals roter Uniformjacken); Polizeispitzel. Allgemeiner gebraucht, ist es für jeden halbwegs anständigen Menschen ein besonders übles Schimpfwort.

S. 50 *Freiheitskämpfer*: Wie es sich für echte *Freiheitskämpfer* gehört, war auch die italienisch-tiroler Variante der sechziger Jahre nach ein paar Wochen Existenz bereits mehrfach geheimdienstlich unterwandert und einige Wochen später so gut wie zur Gänze hinter Schloß und Riegel gewandert. Spätestens die zweite Generation war schon mehr großdeutsch interessiert als freiheitskämpferisch.

Es ließe sich die wohlbegründete, posthum etwas desillusionierende Theorie aufstellen, die „Bekämpfung" der *sog. Freiheitskämpfer* habe vor allem vor allem einem Testlauf der illegalen transatlantischen, außer die EU auch noch „neutrale" Staaten wie Österreich und Schweiz umfassenden Parallelkonstruktion *Gladio*, auch unter dem Kürzel *Stay behind* bekannt, gedient. Dazu mußte man den *sog. Freiheitskämpfern* etwas Leine lassen. (Einiges mehr zu diesen Vorgängen findet sich in dem Tschonnie-Tschenett-Roman „Der Tote im Fels" (Haymon, 1993; Diogenes Tb, 1999.)

S. 50, 56 *Carabinieri, Guardia di Finanza, Finanzer:* militärisch organisierte italienische Polizeistrukturen. Der Carabiniere ist eine seit 1814 existierende Gattung Mensch und diente nach der Einigung Italiens zuallererst als das, was man zu einer Staatsgründung am dringendsten braucht: das Militär. Als solches verschlug es den Carabiniere in der Folge nach Albanien, Griechenland, Äthiopien und in die Sowjetunion. In der Zwischenzeit (das also, was man Friedenszeit nennt) dient der Carabiniere als Ordnungshüter.

Die *Carabinieri* sind so beliebt, daß es eine ganze Reihe von Buchveröffentlichungen gibt, die die neuesten Witze über diese Gattung sammeln. Das sollte trotzdem nicht vergessen lassen, daß Italien sich mit den *Carabinieri* nicht-zivile, militärisch kommandierte, dem Verteidigungsministerium (sic!) unterstellte Polizei leisten zu können glaubt und sie, mittels Kasernen, bis in die letzten Dörfer übers Land verteilt. Bau und Instandhaltung obliegt dabei den Gemeinden. Gelegentlich wird der *Carabiniere* auch *Karpf* genannt.

Die *Guardia di Finanza* (auch *Finanzer* genannt) ist das staatliche Instrument zur Kontrolle der Steuerhinterziehung und des Schmuggels. Ist also eigentlich inexistent. Und deswegen auch nicht sonderlich beliebt. Wer bei der *Guardia di Finanza* etwas werden will, läßt sich, zum Beispiel, als Vizechefbuchhalter in einer der Firmen des späteren Ministerpräsidenten unterbringen. Eine legale Form des Handaufhaltens. Andere Finanzer, etwas dümmer, ließen sich von ebendiesen Firmen ebendieses späteren Ministerpräsidenten schmieren. Nichts besonders Aufregendes, jeweils 51.000 Euro in den Jahren 1989 und 1992, 1991 ist ein schwierigeres Jahr, da gibt es runde 67.000 Euro. Trinkgeld.

S. 51 *Hesamandl:* (in memoriam Erich Sinner, von dem der Autor alles über das *Hesamandl* gelernt hat) südtirolerisch für die ansonsten unter der Bezeichnung *Ameisenlöwe* wissenschaftlich bekannte Larve der *Ameisenjungfer (Myrmeleon Formicarius)*. Das *Hesamandl* (der *Ameisenlöwe*), 2010 zum Insekt des Jahres ernannt, ist

eine etwa 12 Millimeter lange und 5 Millimeter breite, plumpe, etwas abgeflachte Larve. Ihr halsartig verschmälertes Vorderbrustsegment leitet zu einem schmalen Kopf über. An diesem sitzen umgebildete Mundwerkzeuge, mit denen das *Hesamandl* seine Beute ergreift und sticht, ihr sodann lähmendes Gift und Verdauungssaft einspritzt und den vorverdauten Nahrungssaft einsaugt. Der „Beuteerwerb des Ameisenlöwen zählt zu den interessantesten der heimischen Tierwelt".
Das *Hesamandl* lebt in sandigen, trockenen Gebieten am Grunde eines in den lockeren Sand gegrabenen Trichters von ungefähr fünf Zentimeter Tiefe und acht Zentimeter oberem Durchmesser. Den Trichterbau beginnt es rückwärtsgehend mit einer kreisförmigen Furche, die den späteren oberen Trichterrand umreißt. Von dieser ausgehend nähert sich das *Hesamandl* auf spiraliger Bahn immer mehr dem Kreismittelpunkt, wobei es durch schnellende Bewegungen mit dem Kopf und den gekreuzten Saugzangen Sand aus dem umschriebenen Bezirk hinauswirft und sich dabei immer tiefer in den Boden arbeitet, so daß der ursprüngliche Kreismittelpunkt schließlich zum tiefsten Punkt des Trichters absinkt. Nach einer Viertelstunde ist der Trichterbau meist schon beendet. Dann wühlt sich das *Hesamandl* so weit mit seinem Hinterleib in den Trichterboden ein, daß nur mehr die Saugzangen herausragen. Die reiche Beborstung des gesamten Hinterleibes verankert das Tier in seiner Falle.
Wenn Ameisen oder andere kleine Insekten sich dem Trichterrand annähern, rutschen sie infolge des nachgiebigen Bodens in die Tiefe, direkt in die geöffneten großen, gekrümmten und gezähn-

ten Saugzangen des *Hesamandls*. Es packt seine Beute, lähmt sie mit einem beim Biß sofort eingespritzten Gift und saugt sie aus. Falls die Beute sich beim Herabrutschen an der Trichterwand wieder fängt und zurückzuklettern versucht, schleudert ihr das *Hesamandl* mit seinem Kopf zielsicher einen Sandregen nach, der sie wieder in die Tiefe reißt. Oft fallen auch sehr kräftige Tiere in den Trichter. Sogar bei ihnen packt das *Hesamandl* sofort zu, und die nach vorn gerichteten Borsten seines eingegrabenen Rumpfes verankern es so fest im Boden, daß sich das Beutetier trotz heftigster Gegenwehr nicht aus dem Trichter ziehen kann. Das ausgesaugte Beutetier wirft das *Hesamandl* dann mit der bereits aus dem Trichterbau und dem Beutebeschuß bekannten Schleuderbewegung des Kopfes aus dem Trichter. Unabhängig von seiner Körpergröße baut das *Hesamandl* den Trichter um so größer, je länger es gehungert hat. Hält man mehrere *Hesamandln* in einem sandgefüllten Glasbehälter, frißt ein *Hesamandl* das andere, so lange, bis nur mehr die stärksten übriggeblieben sind.

Dem *Hesamandl* wäre, wär die Welt gerecht und die Literatur ein ernstzunehmendes Fach, längst ein Roman gewidmet. Vielleicht ist es aber vielmehr so, daß dieser Roman um das *Hesamandl*, daß sich diesen Roman wohlverdient hat, längst geschrieben ist. Aber nicht veröffentlicht. Weil dies keine Zeiten sind, in denen der Schreiber die *Hesamandln* dem Druck überantworten möcht.

S. 56 *polenta, fagioli, Schwarzplenten:* Maismehl, Bohnen, Buchweizenmehl . Gehören in jede anständige Küche. Falls man weiß, was damit anzufangen ist. Zwei der drei Ingredentia, übrigens, sind keine Weizenmehle. Welche?

S. 57 *crucco:* ist für den Italiener der Deutsche schlechthin (falls er ihn beschimpfen will – was gelegentlich vorkommt). *Crucco* stammt urspr. vom serbo-kroatischen *kruh* (Brot) ab, wurde von italienischen Soldaten erst für jugoslawische, dann für deutsche Soldaten gebraucht. Die Frage ist, was sie sich dabei gedacht haben. Und welche Geschichte daran sich entwickelt.

S. 65 *antidroga*: die Abteilung Drogenbekämfpung der Polizei. Wie das Leben so spielt: Voller Liebhaber amerikanischer Mainstreamserien. Und der ein oder andere Bad Lieutenant der Erstfassung dabei.

S. 68 *ferragosto, Hochunserfrauentag:* ein dem Italiener wie dem Südtiroler genauso heiliger Tag. Aus unterschiedlichen Gründen. *Ferragosto* (wörtlich: Augustferien) sind die Tage um den 15. August, an denen in Italien alles stillsteht. Die Tage, an denen alles ans Meer oder in die Berge fährt. Seit man denken kann. Der an *ferragosto* in die Berge fahrende Italiener trifft dort auf (letzte Exemplare der ursprünglich häufiger verbreiteten) Tiroler, die am *Hochunserfrauentag* (der katholische Feiertag „Mariä Himmelfahrt", daher das *hoch*) in die Kirche gehen, unterm Arm bündelweise Kräuter, die gesegnet werden sollen. Damit sie, neben ihrer natürlichen Heilwirkung, auch noch eine religiöse haben. Doppelt hält besser.

S. 67 *giallorossi*: die Anhänger des Fußballclub *AS Roma*, nach den Vereinsfarben auch die Gelbroten genannt. Mao sitzt am Vatikan.

S. 76 *ins Brot gehen*: diese Umschreibung für „eine Arbeit annehmen" war zu der Zeit, als sie noch in Gebrauch war, sympathisch realistisch. Denn recht viel mehr als das tägliche Brot konnte sich ein Knecht mit seiner Arbeit nicht „verdienen". (Meist weniger.)

S. 78 *kommod*: bequem. Das Wort hat man sich im 18. Jahrhundert von den Franzosen ausgeliehen und meint damit zum einen den „laxen Charakter" und zum anderen die Truhe, *Kommode*.

S. 80 *Ebbene, luridi pezzi di merda ...*: „Also gut, ihr dreckigen Scheißstücke. Aufgepaßt. Wißt ihr, wer ich bin? Nein. Also gut. Ich sag's euch, wer ich bin. Ich bin der Staatspräsident. Habt Acht!"

S. 84 *Tu mi fai girar...:* populärer italienischer Schlager. Die Dame (Patty Pravo, Festival di San Remo 1984) singt: „Du drehst mich, du drehst mich, als ob ich eine Puppe wäre. Dann wirfst du mich hin, dann wirfst du mich hin, als ob ich eine Puppe wäre."
Undsoweiter undsofort.

S. 91 *Sud:* wo der Rest der Welt unter *Sud* (von Sieden) „das Wasser, in dem etwas gekocht worden ist" versteht, der andere Rest der Welt den Süden (Sud, nui simm' ro Sud / nui simm curt e nir' / nui simme 'bbuon per cantà / e faticamm' a faticà) meint eine gewisse Subspezies des zentralalpinen Menschen damit auch den Rausch. Was das zu bedeuten hat, ist wissenschaftlich noch nicht geklärt. Und der Alpine kann sich nicht mehr so recht erinnern.

S. 92 *Knotten:* alpin formuliert, die Felsen. Oder, eleganter, wenn auch ältlicher: die Schroffen. Zudem wird berichten, Knotten wäre der kasselänische Spottnamen für die Bewohner Oberkaufungens (Dorf im preuß. Regierungsbezirk und Landkreis Kassel. Meyersches Konversationslexikon. 4. Auflage, 1885 – 1892. PLZ 34260).

S. 95 *Laggl:* der *Laggl* ist etwas ganz und gar Tirolerisches. Zum Beispiel ein breit und entsprechend schwerfällig gebauter Mensch. Einerseits. Oder, in etwas übertragenerem Sinne, eine unzuverlässige bis liederliche Person. Im Unterschied dazu ist der Laggl dem Franken ein „langer, meist hagerer Bursche". So schnell nimmt man ab.

S. 95 *centesimo:* der hundertste Teil einer einzelnen Lire. Sozusagen ziemlich wenig. Im *Cent* europäisch wiedergeboren. Auch nicht mehr wert. Außer, er wär myriadenfach dem Herrn Madoff ins Kissen gelegt. Worden. (Mal nachgewogen: 100 Eurocent à 2,30 g geben 0,23 kg, 51 Madoff-Milliarden demgemäß 117.300 Tonnen. Das zum Gewicht des *Cent/esimo.*)

S. 96 *Falcone*: tatsächlich, soviel wissen wir inzwischen, gaben diese anonymen Briefe des *corvo* (ital. Rabe, Krähe), die aus dem Herzen des italienischen politischen Systems kamen, der Mafia das Signal: wir geben Richter Falcone und und Richter Borsellino zum Abschuß frei. Dann wurden die beiden per Autobombe in die Luft gejagt (23.5.1993, 19.7.1992). Daß noch im Jahre 2010 ein Prozeß läuft, und nach länger laufen wird, der politische Sympathisanten, wenn nicht Mitauftraggeber dieser und anderer Bomben zu ermitteln versucht: gehört zum Gang unserer, der italienischen Geschichte. (Auch, daß dabei Senatoren, Abgeordnete und Ministerpräsidenten auf der Liste stehen.)

An dieser Stelle sei dem Schriftsteller, dies eine Mal, eine persönliche, wenn auch strikt an die Arbeit gebundene Geschichte erlaubt:

In den Monaten, als der Schriftsteller an dem Roman „Grobes Foul" sitzt, der Recherche hal-

ber aus seinem Gastarbeiteraufenthalt im Norden in den Süden zurückgekehrt, in einem Kellerlokal als seinem Schreibzimmer arbeitend und wohnend, im Rücken ein 12-Zoll-Tv-Gerät (das der Geräuscherzeugung dient: damit läßt es sich konzentrierter arbeiten), trudeln, über die Zeit, die Geschichten, die Seiten und die Kapitel in steter Regelmäßigkeit folgende Nachrichten an den Schreibtisch, nächtens:
Autobombe in der Via Ruggiero Fauro, Roma, Anschlagsziel ist der TV-Moderator Maurizio Costanzo. Sachschäden. 14. Mai 1993.
Autobombe in der Via dei Georgofili, Firenze. 5 Tote, 48 Verletzte. Auch die Uffizien werden in Mitleidenschaft gezogen (Nacht vom 26. auf den 27. Mai 1993).
Autobombe in der Via Palestro, Milano. 5 Tote. Schwere Schäden am Padiglione di arte contemporanea. 27 Juli 1993, letzte Nachtstunden.
Autobombe an der Basilica di San Giovanni in Laterano, Roma. Und Autobombe an der Kirche San Giorgio in Velabro, Roma. 22 Verletzten. Gebäudeschäden. 28 Juli 1993, erste Morgenstunden. Staatspräsident Ciampi eilt an den Regierungssitz, um dort festzustellen, daß die Telefonleitungen tot sind.
Und während der Schriftsteller am Roman weiterschreibt, legt er sich im Hinterkopf und nebenbei zurecht: Wo die ordentlichen Schuhe stehen, die grobe Jacke, das Stück Brot und der Kanten Wurst. Wie durchs Kellerfenster hinten raus in die Landschaft. Und durch die Finsternis die Rebhänge hinaus, durch den Wald in die Felsen, dort die menschenleere Hochebene gequert. Und dann bleibt immer noch Zeit, sich die Richtung zu über-

legen. Es sind nicht die ersten Bomben, nicht der erste Putschversuch in seinem Leben als Italiener, man gewöhnt sich an sowas, auch daran: Daß solche Bomben unmittelbar nur schwer zu lesen sind. Also an dieses: Schuhjackebrot-Denken. An den Rest nicht.

Am 15. September 1993 dann, „Grobes Foul" geht in Druck, wird Padre Giuseppe Puglisi, auch 3P genannt und für seine Antimafia-Arbeit bekannt, in Palermo auf offener Straße erschossen. „Ich habe es mir erwartet", sagt er im Sterben.

Vittorio Sgarbi, Parlamentarier der Berlusconi-Rechtspartei *Forza Italia* wird 1995 in einer Nachrichtensendung eines TV-Kanals des Unternehmers und Teilzeitministerpräsidenten einen „ihm zugegangenen" Brief verlesen, der von einem Freund Giuseppe Puglisis stammen soll und den palermitanischen Staatsanwalt Gian Carlo Caselli als Auftraggeber sowie den Palermos Bürgermeister Leoluca Orlando als Ausführenden des Mordes nennt und hinzufügt: „Caselli, più che nemico della mafia, è un nemico della Sicilia. Orlando è un mafioso vestito da gesuita." „Caselli ist ein Feind Siziliens, nicht so sehr der Mafia. Und Orlando ist ein Mafioso, der sich als Jesuit verkleidet."

Und während der Schriftsteller „Grobes Foul" für die Neuauflage einrichtet, wir schreiben die ersten Tage des Jahres 2010, wird das italienische Parlament wieder Gesetze beschließen, die es wahrscheinlich machen, daß die Prozesse, die die Auftraggeber der Bomben aus der Entstehungszeit des „Groben Foul" aufklären sollten, formaljuristisch endgültig abgewürgt werden. Es bleibt einem nichts, als Romane zu schreiben.)

S. 97 *mistero buffo* (ital.): komisches Mysterienspiel. Maradona war zu diesem Zeitpunkt lang schon kein Fußballspieler mehr. Eher schon eine Erscheinung. Wie das Blut des *San Gennaro,* das sich regelmäßig wundersam verflüssigt.

S. 97 *Roma bene:* die Hottwollee der Hauptstadt.

S. 99 *der alte Fosco:* Die Präsidenten der italienischen Fußballvereine sind eine ganz besondere Gattung. Fußball ist in Italien eine Massenveranstaltung. Und damit auch eine politische und eine wirtschaftliche. Und insofern auch eine kriminelle. Am Beispiel der mittleren Vergangenheit des *AS Roma*: Oktober 1990. Im Olympiastadion von Rom geht das Spiel *Roma* gegen *Bari* zu Ende. Zwei *Roma*-Spieler werden bei der anschließenden Dopingkontrolle erwischt: der Mittelstürmer Andrea Carnevale und Torhüter Angelo Peruzzi. Der Staatsanwalt eröffnet ein Ermittlungsverfahren gegen den Verein und die beiden Spieler. Hauptanklagepunkt: Drogenmißbrauch. Gleichzeitig gehen Gerüchte um, der Verein sei hoch verschuldet. Und drittens: vor kurzem ist Vereinspräsident Dino Viola gestorben. In den römischen Katakomben tobt der Kampf der Interessengruppen um die Machtübernahme im Verein. Und damit auch um 27.000 Abonenten und 30 Milliarden Lire (ca. 60 Mio Euro) an Jahreseinnahmen.

Der verstorbene Viola, ein Herr der alten Schule, hat ein Vermächtnis hinterlassen. Der *AS Roma* darf nicht in die Hände des Dauerpolitikers, mehrfachen Ministers und Mehrfachministerpräsidenten Giulio Andreotti fallen, hat er seiner Frau Flora am Totenbett aufgetragen. Frau Flora ist inzwischen Präsidentin des Vereins gewor-

den. Aber das nützt ihr auch nichts mehr. Es geht längst schon um mehr als nur um Fußball.
Die Tageszeitung *Il Tempo*, zum Einflußbereich Andreottis gehörend, berichtet seitenweise über die Schwierigkeiten des Vereins, ruft nach einem neuen Präsidenten und macht auch gleich einen Vorschlag: Giuseppe Ciarrapico. Der Mineralwasserfabrikant wird seit langem schon unwidersprochen und ungestraft als *il finanziere di Andreotti*, Andreottis verlängerter Arm in der Finanzwelt, apostrophiert. Ciarrapico soll die Mehrheit des Aktienpaketes der Gesellschaft, der der Fußballclub *AS Roma* gehört, übernehmen. Nach diversen politischen Interventionen steht das Aktienpaket zum Verkauf an. Der Präsident des nationalen Fußballverbandes *Federcalcio*, Antonio Matarrese, enger politischer Freund von Giulio Andreotti, stellt Frau Viola ein Ultimatum. Der Verein muß sein Defizit finanzieren, oder er wird in der nächsten Saison aus der ersten Liga ausgeschlossen. Frau Viola bleibt gar nichts anderes übrig, als zu verkaufen. An Ciarrapico, der für 50 Milliarden Lire (26 Mio Euro) 52 Prozent der Anteile am *AS Roma* erwirbt. Und damit hat sich Giulio Andreotti eine weitere Einflußsphäre gesichert.
Dabei weiß man in italienischen Finanzkreisen, daß Ciarrapico eigentlich nur Schulden hat. Wo also kommt das Geld her? Von der von Andreotti geführten italienischen Regierung. 1988 hatte sie 30.000 Milliarden Lire (15.493.706.972 Euro) bereitgestellt, um die Sanitätsstrukturen des Landes zu verbessern. 1990 vermietet eine Finanzgesellschaft des Herrn Ciarrapico im Rahmen dieses Programmes eine alte, baufällige Klinik

vor den Toren Roms an die italienischen Sanitätsbehörden. Das Gebäude ist völlig untauglich, hat nicht einmal einen Blitzableiter, es fehlt an allem: an Kühlschränken für die Aufbewahrung von Blutkonserven, an medizinisch-technischer Einrichtung. Trotzdem wird ein Mietvertrag über 20 Jahre unterschrieben. Kostenpunkt: 228 Milliarden Lire (117 Mio Euro). Aber Ciarrapico braucht das Geld sofort, er muß schließlich den *AS Roma* kaufen. Also werden ihm, nach entsprechenden politischen Interventionen, 57 Milliarden (30 Mio Euro) Vorschuß auf die Mietzahlungen überwiesen. Außerdem läßt sich Ciarrapico von einer Gesellschaft der Staatsholding *EFIM* Rechnungen in Höhe von 89 Milliarden Lire (46 Mio Euro) begleichen. Präsident der Gesellschaft ist Mauro Leone, Sohn des früheren Staatspräsidenten und Parteigänger Andreottis. Leone hatte auch wegen des Vorschusses auf die Klinikmiete interveniert. Die meisten Rechnungen werden sich später als gefälscht herausstellen.

17. März 1993, neun Uhr abends. Giuseppe Ciarripico, Präsident des *AS Roma*, wird als Häftling in das römische Gefängnis *Regina Coeli* eingeliefert. Drei Tage vor ihm war Mauro Leone, Vizepräsident des *AS Roma*, verhaftet worden. Ciarrapico wird beschuldigt, einer Vereinigung zu verbrecherischen Zwecken (*associazione a delinquere*) angehört zu haben, außerdem wird ihm schwerer Betrug (*truffa aggravata*) und Bilanzfälschung (*falso in bilancio*) vorgeworfen. Unter anderem soll er Rechnungen in Höhe von 30 Milliarden Lire gefälscht und Bilanzen um 286 Milliarden verfälscht haben. Außerdem werden Unregelmäßigkeiten in den Bilanzen des *AS Roma* festge-

stellt. Der Verein hat unter anderem in einem Jahr gute 20 Milliarden Lire (11 Mio Euro) an Flugspesen seiner Fußballer gezahlt. An die Fluggesellschaft *Air Capitol*, im Besitz des Herrn Ciarrapico. Vergleichbare italienische Fußballvereine haben knapp 900 Millionen Lire (0,5 Mio Euro) an Flugspesen in ihren Bilanzen stehen. Laut *Banca d'Italia* hat der Finanzier Andreottis trotz der liebevollen Zuwendungen von seiten des Staates insgesamt 467 Milliarden Lire (242 Mio Euro) Schulden angehäuft.

23. Juni 1993. Die italienischen Sportzeitungen titeln: „*Roma* avanti marsch". Der *AS Roma* hat einen neuen Präsidenten, den General im Ruhestand Ciro Di Martino, gewesener Chef des Generalstabs des italienischen Heeres.

Der *AS Roma* ist kein Einzelfall im italienischen Fußball. Die Kombination von Sport, Politik und Geschäft hat jahrzehntelang perfekt funktioniert. Ein kurzes Blitzlicht auf die Situation im Jahre 1993, alphabetisch geordnet: Ancona – E. Longarini, Eigentümer, in Haft wegen schweren Betruges (602 Milliarden für Bauten im Auftrage des Staates, die nie zu Ende geführt wurden). *Ascoli* – C. Rozzi, Präsident, der Bestechung angeklagt. *Avellino* – F. Sibilia, Ex-Präsident, in Haft wegen versuchten Mordes und Zugehörigkeit zur Camorra. G. Graziano, Ex-Präsident, der Korruption angeklagt. *Bari* – V. Mattarese, Präsident, der Korruption angeklagt. *Brescia* – C. Barreti, Ex-Präsident, in Haft wegen Bankrott und Betruges zu Lasten der Staatskasse. *Inter* – G. Prisco, Vize-Präsident, in erster Instanz verurteilt wegen Beihilfe zum betrügerischen Bankrott. *Milan* – P. Berlusconi, Vizepräsident und Bruder des Medienzars, gerichtliche Untersuchungen wegen des Verdachtes der Korruption. S. Berlusconi, Vereinsinhaber, angeklagt wegen Bestechung, Bilanzfälschung, u.a. *Torino* – G. Borsano, Ex-Präsident, Parlamentsabgeordneter des PSI, angeklagt des betrügerischen Bankrottes, des Betruges und der Bilanzfälschung. *Verona* – M. Chiampan, Ex-Präsident, verhaftet wegen betrügerischen Bankrottes zu Lasten des Vereines.

S. 107 *Repubblica di Salò*: eigentlich *Repubblica Sociale Italiana (RSI)*. Im September 1943, nach der „Befreiung" Mussolinis aus seiner Haft am Gran Sasso gegründeter faschistischer Rumpfstaat, der auf dem von den Nazis besetzten italienischen Staatsgebiet ausgerufen wurde. „Regierungssitz" wurde eine Villa Mussolinis in Salò am Gardasee. Die *RSI* war eine Marionettenveranstaltung der Nazis unter begeisterter Beteiligung italienischer Faschisten, deren ein oder anderer noch im heutigen Parlament sitzt, und widmete sich vor allem der brutalen Partisanenbekämpfung.

S. 114 *palleggio* (ital.): artistische Ballbeherrschung. War, solange nicht auch in Italien der teutonische Kraftfußball Einzug gehalten hat, ein Zentralbegriff hiesiger Fußballästhetik.

S. 117 *pezzi di colore* (ital.): wörtlich: farbige Stücke. Im italienischen Journalismus werden damit Artikel bezeichnet, die Leid und Freud des täglichen Lebens erzählen. Entsprechend farbig, blumig und oberflächlich sentimental sind sie geschrieben. Politischer Journalismus wird demnach als grau empfunden.

S. 117 *scoopa un pò di meno, scopa un pò di più:* setzt sich zusammen aus *scoop*: (engl.): Exklusivbericht, sensationeller Pressebericht, und *scopare* (ital.):

kehren, fegen, auch vulg. für: Geschlechtsverkehr vollziehen. Sinngemäße Übersetzung dieser allzeit gültigen Ermahnung an die journalistische Zunft: „Gib dich weniger der Gier nach Schlagzeilen hin, und mehr der Lust am Geschlechtsverkehr".

S. 124 *Plaste und Elaste:* Zentralbegriffe realsozialistischer Industrieproduktion. Untergegangen. Längst wieder mobil auferstanden.

S. 131 *infamata* (ital.): der *infamatore* ist der „niederträchtige, schändliche, infame, sich selbst entehrende Verleumder" und, vor allem, Verräter. Noch tiefer kann man eigentlich nicht sinken als durch einen „schändlichen Verrat". Außer, man verriete Freunde, Verwandte und Geliebte, und das auch noch: gratis. Und lachend. Und zu recht.

S. 132 *rafting:* die österreichische Regierung hat schon erwogen, eine amtliche Kennzeichnungspflicht der über die Wildbäche treibenden Gummiboote einzuführen, um diesen *Sport* etwas unter Kontrolle zu halten. („Für die Kennzeichen von Raftingbooten in Österreich gelten folgende Vorschriften: Dunkle Schrift auf hellem Grund oder helle Schrift auf dunklem Grund. Beidseitig, gut lesbar am Raft. Schrifthöhe 15 cm. Schriftstärke 2 cm." Geht doch.)

S. 139 *motorino* (ital.): Moped.

S. 143 *figo* (ital.): eigentlich altertümlich für *fico,* die Feige. Hier: geil, toll. Lektion 1 für Toskanatouristen: *Ma quanto sono figo.*

S. 145 *cazzo di buddha* (ital.): Beispiel für religionsübergreifende Verständigung. Wörtlich: Primäres Geschlechtsmerkmal Buddhas. (siehe auch: *cazzo*)

S. 145 *grazie al cavolo* (ital.): Aus unerfindlichen Gründen bedankt sich der Italiener, wenn ihm etwas gar nicht paßt, beim Kohl. Bedankt sich der Deutsche beim AndreottiCraxiBerlusconi? Ungerecht, die Welt.

S. 149 *Lynchen?:* Weil es unmöglich war, einen Leserbrief wie den vorliegenden zu erfinden, wird wörtlich zitiert. Und zwar aus einem hier *Alpenländisches Tagblatt* genannten quasi regierungsamtlichen Lokalblatt. Der Leserbrief wurde am 13. April 1993 kommentarlos abgedruckt und von einer sog. *Schriftleitung* mit dem Titel *Lynchen?* versehen. Man beachte das Fragezeichen. Das *wertkonservative Tagblatt* verweist in Fällen ihm nicht ganz so nahestehender Leserbriefmeinungen gern auf das italienische Presserecht, das ihm den Abdruck verbiete.

Tatsächlich könnte sich im Falle des vorliegenden Leserbriefes der hundsgemeine Hausverstand fragen, ob da nicht, unbeschadet des Presserechtes, auch der eine oder andere Artikel des italienischen Strafgesetzbuches verletzt wird. Zum Beispiel Paragraph 414: „Wer öffentlich dazu aufruft, eine oder mehrere strafbare Handlungen zu begehen, wird, allein wegen der Tatsache, daß er dazu aufgerufen hat, mit Gefängnis zwischen ein und fünf Jahren bestraft. (...) Dieser Strafe unterliegt auch, wer öffentlich Verbrechen verherrlicht."

Der Leserbriefschreiber, die *Schriftleitung* und der Leser seien beruhigt: nach Auskunft von versierten Juristen ist ein Satz wie *„... ist meiner Ansicht nach (...) nur die Lynchjustiz das wirksamste Mittel, welche früher oder später sowieso Anwendung finden wird"* zwar grammatikalisch ein halbes Verbrechen, strafgesetzlich allerdings

fällt er als Leserbrief unter den Schutz der Meinungsfreiheit, wie der italienische Verfassungsgerichtshof am 23. April 1970 festgestellt hat. Weil der Leserbrief, respektive sein Schreiber, die „reine und einfache Meinungsäußerung" damit noch nicht überschritten hat. Um straffällig zu werden, sagen die Verfassungsrichter, müßte „zur reinen Meinungsäußerung auch noch ein Verhalten kommen, das konkret dazu angetan ist, das Begehen von Verbrechen zu provozieren." (L'apologia punibile ai sensi dell'art. 414 è quella che, per le sue modalità, integra un comportamento concretamente idoneo a provocare la commissione di delitti, trascendendo la pura e semplice manifestazione del pensiero.)
Brandstifter und Mörder, die Schlafzimmer und Wohnungen von „Fremdrassigen" in Brand stecken oder mit Eisenstangen auf offener Straße Menschen totschlagen, weil sie die falsche Haut- oder Haarfarbe haben, solche Brandstifter, Totschläger und Mörder schreiben kaum Leserbriefe. Und schon gar nicht sind sie für ihre Veröffentlichung oder das redaktionelle Mit-Fragezeichen-Versehen zuständig. Insofern gibt es in diesem Fall, wie sonst auch, eine Arbeitsteilung.
Zum Beispiel auch mit dem Rechtsprofessor, Mitglied der rechtsradikalen *Lega* und ehem. Abgeordneten zum Senat Gianfranco Miglio. Miglio am 21. August 1993 in einem Interview mit der *Lega*-freundlichen Tageszeitung *L'indipendente*: „Ich habe es schon gesagt, und ich wiederhole es noch einmal. Wenn man, wie ich, überzeugt ist, daß die Justiz etwas Menschliches und nicht etwas Göttliches oder Absolutes ist, daß sie dem Willen der sich versammelnden Bürger entspringt,

dann kann man nicht anders denken, als daß die Lynchjustiz die höchste Form der Justiz ist. Weil die Lynchjustiz auf der gemeinsamen Überzeugung der Bürger beruht. Justiz ist das, was das Volk will."

Das hat sich die benachbarte Schweizer SVP Jahre später zu Herzen genommen. Deren Parteichef Brunner formulierte Ende 2009 Helvetosakrosantes: In einer direkten Demokratie kann über alles abgestimmt werden, auch über die Zulassung von Folter. Beim Frauenwahlrecht wollte das damals nicht so recht klappen: 1990 wurde der Kanton Appenzell Innerrhoden, gestützt auf den 1981 eingeführten Gleichstellungsartikel, vom Bundesgericht gezwungen, „die Frauen am politischen Geschehen teilnehmen zu lassen". Volksabstimmungen zum Thema waren wiederholt gänzlich andersartig ausgegangen.

S. 150 *imbecille* (ital.): Dummkopf, Schwachkopf. *Imbezil*: Deutsch, medizinisch, veraltet für: geistig behindert. Über Französisch *imbécile* aus dem Lateinischen *imbecillus* (= 1. schwächlich, kränklich; 2. schwach, gebrechlich, kraftlos; 3. haltlos, ohnmächtig, hinfällig; 4. geistig schwach, energielos)

S. 152 *Ausland-Ausland-Überweisung*: sämtliche großen italienischen Fußballvereine arbeiteten mit diesem System der ebenso Geld sparenden wie Geld waschenden Finanztransaktionen. Bis sie, in den allerersten Jahren des neuen Millenniums, vollends pleite gegangen waren. Und dem Staat das Geld direkt aus der Tasche zogen.

S. 155 *Törggelen*: so unsinniger wie beliebter Neu-Brauch, der vor allem darin besteht, massenweise produzierten halbvergorenen Jungwein und schlecht gebratene, importierte und als heimisch ausgegebene Kastanien so lange zu sich zu nehmen, bis der Tourist geschröpft und wieder leer ist. Dem Touristen gesellt sich zunehmend auch der sog. Einheimische zu: längst auch er ein Tourist seiner selbst.

S. 164 *e dai, brutta carogna, girati:* dreh dich, du Schurke. Wobei die *carogna* das Aas, den Kadaver meint. Und selbst als Kadaver oder Aas noch als häßlich beschimpft zu werden: zeugt doch von einer gewissen Lieblosigkeit, seinem Mitleichnam gegenüber.

S. 174 *Polizia di stato:* ein weiteres polizeiliches Organ. Mit den Carabinieri *(siehe dort)* aus Tradition verfeindet. Aus Gewohnheit. Und Spaß an der Freud. Und weil es, zumal in Italien, sonst eh nichts zu tun gibt.

S. 179 *porca miseria* (ital.): schweinisches Elend. In Polen ist *Miseria* eine schweinslose Spezialität. Nachzulesen in der gleichnamigen, hirnrissigen Kurzgeschichte (Heiße Hunde. Haymon, 1997. Weißwein und Aspirin. Diogenes TB, 2002).

S. 192 *ponte* (ital.): die Brücke. Einen *ponte* zu machen bietet sich an, wenn zwischen zwei Feiertagen ein oder mehrere Arbeitstage liegen. Man wird entweder krank oder nimmt sich passend Urlaub. *Ponte*-Berechnen war eine beliebte und ganze Abteilungen lahmlegende Beschäftigung in den letzten Arbeitstagen des alten wie den ersten Arbeitstagen des neuen Jahres. (Und hat längst den Kontinent erreicht. Und ist digital und innert Sekunden machbar. Was also nun anfangen mit der Zeit?)

S. 192 *Tschotten*: (Eine Art Topfen, Quark.) Wobei es das nicht trifft. Tschotten geht so: Man trenne

Frischmilch in Rahm und Magermilch. (Rahm vergessen.) Die Magermilch an einen warmen Ort stellen, es startet die Säuerung. Das Kasein ist in der sauren Milch nicht mehr löslich, fällt aus und gerinnt nicht mehr. Diese saure und geronnene Masse vorsichtig zerkleinern und langsam in einem Topf auf dem Herd erwärmen. (Beim Holzherd geht das wie von alleine. Bei anderen Herden sollte man ein stetes Auge drauf haben.) Dadurch trennt sich der Tschotten (die Käsemasse) von der Molke, steigt nach oben und assembliert. Das kann bis zu zwei Stunden daueren. Je höher die Temperatur, desto fester/trockener der Tschotten. Umfüllen in ein Tuch, wo der Tschotten abtropfen und auskühlen kann. Sodann Weiterverarbeitung. Kaufen? Wenn's sein muß.

S. 192 *Speis:* Speisekammer.

S. 196 *Holerschnaps:* Holunderbeeren, die auf schwarzgebranntem Treber angesetzt werden (mit etwas Nelken und Zimtrinde). Einen Monat in die Sonne stellen. Dann ein halbes Jahr bei Zimmertemperatur lagern. Anschließend filtrieren. Ein weiteres Halbjahr lagern. Genießen. Hilft bei sämtlichen Krankheiten. Falls es eine Ausrede braucht.

S. 196 *Totò, der große Komiker*: geb. 1898 als Antonio De Curtis Gagliardi Griffo Focas in Napoli, 1967 in Rom gestorben. Theaterschauspieler, -Impresario und -Autor, ab 1949 vor allem Filmschauspieler. Unsterblich. Wie Pasolinis „Ricotta". Jedem Livestylekoch wärmstens (gern auch kalt, ohne alles) zu empfehlen.

S. 198 *Folgore*: Fallschirmjägerbrigade („Blitzschlag") des italienischen Heeres mit Hauptsitz im traditionell anarchosyndakalistischen Livorno. Ein Schelm wer. 1941 gegründet, war als allererste

Aufgabe die Invasion Maltas geplant. Mitglieder der *Folgore* waren an verschiedenen Putschversuchen im Nachkriegsitalien beteiligt. 1992 an Folterungen von Zivilisten in Somalia.

S. 209 *che pù fa:* süditalienisch für in etwa „Was willst du da tun ...", zu ergänzen wäre: „Es ist eh wie es ist."

S. 212 *corretto* (ital.): eigentlich „richtig, fehlerfrei, einwandfrei, anständig". Als Kurzform für *caffè corretto* meint man damit „Kaffee mit etwas Alkohol". Der Österreicher, erzählt man sich, sieht die Kombination als nicht ganz so anständig an und nennt sie „Pharisäer"; wohl wissend, was er tut. Er setzt dem Kaffeschnapsgemisch einen Schlag auf (also: etwas geschlagene Sahne), und schon, denkt er, ahnt keiner nichts.

S. 214 *hale*: die Gemeinschaft der Traminer Sprachforscher geht davon aus, daß *hale* ein Überbleibsel der französischen Besatzungszeit ist (allez. Los! Auf geht's!). Tatsächlich wird es auch im Sinne von „geh weiter" gebraucht.

S. 230 *Quark alleene macht dicke Beene:* den Spruch sollen sich Berliner Mütter in der unmittelbaren Nachkriegszeit einfallen haben lassen, um ihren Töchtern nahezulegen, nicht zu viel zu essen, weil zu wenig da war. Insofern ist die Art und Weise, wie Paolo Canaccia das Sprichwort verwendet, nicht unbedingt im Sinne der Erfinderinnen.

S. 241 *War beinahe so etwas wie ein Freund geworden, dieser Bulle:* Kann man so sagen. Kann man so sehen. (Siehe dazu auch die weiteren bis dato veröffentlichten Tschonnie-Tschenett-Romane *„Der Tote im Fels", „Herzsprung", „Azzurro" und „Napule".*) Man spricht immerhin noch, miteinander.

Kurt Lanthaler
Das Delta
Roman
168 Seiten, fest gebunden mit Schutzumschlag,
€ 17.90/sfr 30.70
ISBN 978-3-85218-547-7

Die Geschichte der Geschichten eines gewissen Fedele Conte Mamai, als Säugling im Schwemmland des Po aufgefunden, an Bord einer chiatta auf dem Großen Fluß herangewachsen. Die Geschichten der Geschichte von Aal und Fluten, von der Erfindung eines Schweinsblasenrezeptes, der vecia col pist und dem lavoriero, der Frau am Kanal und dem Schwein auf dem Eis; von Maierlengo, dem Dorf hinter dem Deich, und vom namenlosen Dorf hinter der Staumauer am Berg; von den großen Vorhaben der Ingenieure und den noch größeren der Natur. Die Geschichte der Geschichten vom Essen und vom Weiterziehen, von den Sprachen und den Sprichwörtern. Lanthaler erzählt einen mäandernden Lebenslauf, der vom Delta des Po ausgehend quer durch das Land und die Jahrzehnte, in die Berge und ans Meer führt. Und schreibt einen Schelmen- und Entwicklungsroman, in dem Natur und Kultur aufeinanderprallen. Fünfzig Jahre vorgeblicher Zivilisationsgeschichte ziehen an uns vorüber, pralles italienisches Leben voller Lust und Leid. Und wenn Fedele Conte Mamai schließlich in sein Ursprungsdelta zurückkehrt und dort von Sondereinsatzkräften überwältigt wird, sind wir endgültig im Heute angelangt ...

„Kurt Lanthaler ist mit ‚Das Delta' ein Meisterstück der pikaresken Erzählkunst gelungen."
3sat Denkmal

„Auf 160 Seiten und 48 Kapitel hat Lanthaler seinen Roman komprimiert, packt eine wundersame Episode an die nächste, ist kritisch und leidenschaftlich. Mit ‚Das Delta' hat Kurt Lanthaler mal wieder gezeigt, dass er ein großer, eigenwilliger Erzähler ist."
SWR, Frank Rumpel

1,–

Joseph Zoderer
Das Glück beim Händewaschen
Roman
164 Seiten, € 9.95/sfr 17.90
HAYMON taschenbuch 14
ISBN 978-3-85218-814-0

Ein 12-jähriger Junge tritt eine schicksalhafte Reise in die streng religiöse Welt eines Schweizer Internats an. Abgeschirmt von der Außenwelt, werden ihm Gehorsam und Schweigsamkeit allmählich zur Ersatzheimat – bis ihn die Begegnung mit einem Mädchen dazu bringt, die heilige Regel des Schweigens zu brechen ...
Joseph Zoderer erzählt eine berührende Geschichte von Heimat und Heimatlosigkeit, von Lust und Leiden an der Unterwerfung, aber auch von Rebellion und Widerstand.

„Zoderer erzählt gut ... genau im Detail, nie überzogen und immer überzeugend."
FAZ

„... stumme Anklage gegen gesteuerte Horizontverengung hierzulande. ... ein literarischer Durchbruch."
Tiroler Tageszeitung

„Einer der eigenständigsten Erzähler unserer Zeit, und zugleich schon ein Klassiker."
La Repubblica

www.haymonverlag.at